GIGANTIS volume1 Birth

小森陽一

集英社文庫

GIGANTIS

volume1 Birth

目次

登場人物

長崎

◆防衛省陸上自衛隊水陸機動団

赤城　喬　水陸機動団　団長　陸将補
村松駿二　第3水陸機動連隊　連隊長　1佐
草香江達也　第3水陸機動連隊　中隊長　3佐
羽根田伸郎　第3水陸機動連隊　中隊長　3佐
永田真唯子　第3水陸機動連隊　副中隊長　1尉
早嶋才加志　第3水陸機動連隊　小隊長　2尉
井波鉉太郎　第3水陸機動連隊　小隊長　3尉
小柴勇人　第3水陸機動連隊　1曹
真島典弘　第3水陸機動連隊　1曹
小菅太一　第3水陸機動連隊　3曹
水沼　第3水陸機動連隊　1尉
中山　第3水陸機動連隊　1曹
田才　第3水陸機動連隊　3曹
北口　第3水陸機動連隊　3曹
飯田真司郎　第3水陸機動連隊　2曹
篠崎岳良　第3水陸機動連隊
運用訓練幹部　2尉
谷重喜一郎　水陸機動団　医官　3佐
長船邦哉　偵察中隊　1曹
仲根數馬　偵察中隊　2曹
三根　団本部通信班　班長
丹澤巳緒　団本部通信班　3曹

佐賀

◆防衛省陸上自衛隊目達原駐屯地

小野寺翔子　西部方面ヘリコプター隊　機長

◆対馬市住民

行本　玄　厳原高校二年生　美咲の兄
行本美咲　中学二年生　玄の妹
山岸幸雄　漁師
里見利香　厳原高校三年生　幸雄の彼女
阿比留　砲台跡の代表　地区の会長
梅野　主婦　玄の同級生の母親
梅野浩二　厳原高校二年生　玄の同級生
村瀬　主婦　島の観光ガイド

福岡

◆自衛隊福岡病院

嶋津　舞　インターン

吉富　師長

◆第七管区福岡海上保安部

繁本将市　警備救難課長　三等海上保安監

◆福岡航空基地

依田すみれ　基地長　二等海上保安監

◆福岡市民

長谷川将也　黒田丸　船長
海東隆志　避難者　真奈美の兄
海東真奈美　避難者　隆志の妹

千葉

◆陸上自衛隊特殊作戦群

藏品宗司　群長　1佐
沖田昌玄　副群長　2佐
加治屋　第4小隊　小隊長　1尉
福添　第4小隊　小隊陸曹　曹長

浦畑　第4小隊　隊員　1曹

小田川　第4小隊　隊員　2曹

東京

◆内閣危機管理センター

大場留美子　内閣総理大臣

釜下　官房長官

浜島　防衛大臣

水之江　内閣危機管理監

◆防衛省中央指揮所

花門忠正　陸幕長

アメリカ（バージニア州）

◆国防高等研究計画局（DARPA）

沙村輪　防衛科学研究所

プロジェクトマネージャー

ジョセフ・フォルトゥナート　防衛科学研究所　主任

分子細胞生物学の権威

ビル・コンドラッド　長官

GIGANTIS

volume1 Birth

それは現れた。
手当たり次第に貪り食い、爆発的に増殖している。
地球が営々と築き上げてきた生態系はたった一年で激変しつつある。
それは何か?
どこから来たのか?
何をしようとしているのか?
まだ誰も明確な答えを導き出せていない。
これまでに分かっていることは五つ。
1. 環境を変え、生息域を拡大させている。
2. 生物(動物・植物・菌類・藻類など)を捕食する。
3. サイズ、形態、能力は統一されない(一つとして同じものが存在しない)。
4. 単独行動するものもいれば群れを成すものもいる。
5. 生命力がとてつもなく強く、重火器、ミサイルなどでの殲滅《せんめつ》は不可能。
国際科学会議《ICSU》ではそれを外来種と定義付けた。地球に元からいた古来種ではなく、隕《いん》石《せき》などに付着して宇宙から運ばれて来たもの。それが気候変動の影響で蘇生《そせい》したのであろうと推測した。

Invasive Alien Species
以後、それは頭文字を取ってIAS《イアス》と呼称されている。
だが、その定義に疑問符をつける科学者もいる。極秘機関の研究によって人為的に誕生した種である可能性がまことしやかに語られている。
ただ、一つだけ確かなことがある。このまま見過ごせば、数年のうちに地球の在来種は死滅してしまうであろうということだ。それは同時に人類が滅ぶことを意味している。

国防高等研究計画局《DARPA》防衛科学研究所
プロジェクトマネージャー　沙村《さむら》　輪《りん》

Prologue　二〇二三年十月十日　人非《あら》ざる者

……何か聞こえる。女の声だ。俺に呼びかけている。銃声もする。獣のような叫び声も聞こえる。ダメだ、頭がぼんやりしている。分からない。身体《からだ》が動かない。熱い。燃えているみたいだ。なんだ……。掻《か》いているのに手の感覚がない。足もだ。うつ伏せなのか、仰向《あおむ》けなのか、立っているのか、座っているのか。分からない。さっきから見えているもの。これは――色だ。赤、黒、白、橙《だいだい》、黄、他にもある。それらが入り混じって濁流になっている。上からきたと思えば横からくる。下からもだ。目が廻《まわ》る。見たくない。どうやったら見なくて済むんだ。分からない。何も分からない。あぁ気分が悪い。もう嫌だ。この音も。キーキーという高音とドォンドォンという低音。止《や》めろ。ここはどこだ。自分の手はどこにいった。俺はどうしたんだ。どうなるんだ。分からない。何も分からない。

助けて！

声が聞こえた。今の……。この声は知ってる。知ってる声だ。昔から。赤ちゃんの頃から。誰だ。女。誰だ。大切なもの。誰だ。

ねぇ、お兄ちゃん。

お兄ちゃん……。そうだ。俺はお兄ちゃんだ。お兄ちゃんと呼ばれていた。大切なものから。お兄ちゃんと。

……妹。

——美咲《みさき》！

濁流が止まった。色が裂けていく。視界が開けた。光が飛び込んでくる。空。森。土。覗《のぞ》き込んでいるのは輪だ。永田《ながた》がいる。丹澤《たんざわ》に長船《おさふね》という男も一緒だ。みんなが見ている方、あれはなんだ。巨大な生物がいる。そうだ、あれは鵺《ぬえ》だ。誰か手を伸ばして叫んでいる。草香江《くさがえ》が必死の形相で喚《わめ》いている。その先に女がいる。鵺の触手に捕まって振り回されている。

美咲！

美咲が宙を舞っている。

止めろ！

叫んだ。声が出ない。もがいた。ダメだ。ただ、目という器官だけがその様子を見つめている。その様子を見るよう、目だけが生かされてるみたいに。触手に巻かれている美咲がゆっくりと鵺の顔に近づいていく。口が開く。美咲の背丈の何倍も大きい。でたらめに並んだ無数の歯の間から白濁した涎《よだれ》が垂れる。美咲が右手を伸ばしている。助けを呼んでいる。

お兄ちゃ……。

美咲の声が途中でプツリと切れた。鵺が美咲の頭にかぶりつき、噴水のように血が噴き出す。勢いよく首の根本から真っ赤な血を噴き上げているのとは対照的に、右手は愚鈍に動いている。今、行く。そいつをブチのめしてお前の顔を吐き出させてやる。待ってろ。怖くない。全部抗《あらが》ってきた。これからも変わらない。抗ってやるんだ。徹底的に。

グガァ――――ッ！

声を限りに叫んだ。全身に怒りが湧き上がり、震えた。皮膚の下の肉と骨が内向きにぐるんと一回転した瞬間、止まっていた色がまた動き出した。さっきまでとは比べ物にならないくらいの濁流となって、龍のようにうねり、のたうちまわりながら溶け合っていく。赤く染まっていく。ドォンドォンという低音が流れに合わせてリズミカルに鼓を打つ。最初に左足の感覚が戻ってきた。次に右手の親指、左肘、右肩という風に。ひんやりとした土の感触が掌《てのひら》を通じて伝わってくる。両腕に力を入れ、ゆっくりと身体を起こした。掌がズブズブと地面にめり込んでいき、バランスを崩して肘をついた。掌や肘の周りに生えている草が萎《しお》れ、焦げたように色が黒ずんでいる。さっきから身体の周りが白く霞《かす》んでいる。どうやら自分の身体から湯気が出ているようだ。輪がこっちを見上げている。これ以上ないくらい目を見開いている。

危ない！

丹澤が叫びながら固まっている輪を後ろに引きずった。それでも輪の視線はこっちに向いたままだ。地響きがした。美咲を喰《く》った鵺が砲台跡からこっちに向かってくる。

玄《げん》、立って！

輪が叫んだ。はぁーっと深く息をして上体を起こす。ぬかるんだ地面に今度は足がめり込んでいく。

立つのよ！

分かってる。急《せ》かすなって。

鵺から蔦《つた》のような触手が伸びてきて、腕に、首に、腹に巻き付いたが、たちどころに火が点《つ》いて千切れた。それでも次から次に触手が伸びてきて身体を絡め取ろうとする。うっとうしい。身を捩《よじ》った。いつの間にかすぐ側《そば》まで鵺が来ていた。美咲の身体を探したがどこにも見えない。

この野郎、美咲を返せ！

そう叫んだつもりだが、唸《うな》り声《ごえ》にしかならなかった。丹澤と輪が両手で耳を塞いでいる。鵺が前脚を振り上げた。直径10mはあろうかという円錐形《えんすいけい》で白濁色をしている。骨のようだが、つるんとはしておらず、表面に細かい突起が無数に見える。胴がガラ空きだ。腹目がけて思いっきり蹴りを入れた。身体に巻き付いた触手が千切れ飛び、砲台跡まで吹っ飛んだ。コンクリートが壊れ、土煙が舞い上がる。それを見てもう一度両足を踏ん張った。ふらつきながらゆっくりと立ち上がる。視界が上がっていく。広場全体が見渡せた。森のてっぺんが見え、その向こうに黒い色をした海が広がっていた。

Introduction　二〇二三年八月二日　鵺が啼《な》く

やはり砲台跡から出るべきじゃなかった……。

行本《ゆきもと》玄は月明かりも届かない暗い森の茂みに身を潜め、幾度も後悔していた。夏の夜だというのに身体が激しく震えてガチガチと歯が鳴る。食いしばって止めようとしたが無理だった。掌で顎を下から強く押し上げてみるが、腕自体が震えている為《ため》にほとんど効果はなかった。玄は先月十七歳になった。勉強は出来ないが『後悔先に立たず』ということわざの意味くらいは知っている。やってしまったことは仕方がない。

「今更悔やんでもどうにもならない。気持ちを切り替え、これからどうすべきかを考えるのが重要だ」

先生や親ならそう言って諭すだろう。自分だってそう思ったはずだ。

半年前ならば……。

「街に行かないか」

三つ歳上《としうえ》の漁師、山岸幸雄《やまぎしゆきお》に言われた時、身体の中を電流が走り抜けた。「行く」と即答した。

「決まりだ。決行は明日の夕方四時」

玄は黙って頷《うなず》いた。

実はなんとかして街に出ようと思っていた。妹の美咲が咳《せ》き込《こ》んでいる。喘息《ぜんそく》なのだ。

持ってきた薬は随分乏しくなっていた。薬を飲んだと美咲が嘘《うそ》をついていることにも気づいていた。それでも何もしてやれない自分がもどかしかった。大人からは砲台跡を出るなときつく言われている。でも、薬を取りに行かなければ美咲は苦しみ続ける。だったら一人で行くより二人の方がいい。

翌日、幸雄は里見利香《さとみりか》を連れて来た。利香は幸雄の彼女で、ちょっと陰気な感じの小柄な女だ。話したことはほとんどない。利香が他の男と喋《しゃべ》るのを幸雄が嫌がっているのも知っていた。いざという時、女は足が遅い。邪魔になるかもしれないと思ったが、玄は何も言わなかった。幸雄も何も言わなかった。

松明《たいまつ》を持った幸雄を先頭にして、間に利香、玄は少し後ろから薄暗い砲台跡の通路を歩いた。足を動かす度、腰からぶら下げている愛用の鉈《なた》がカチャカチャと音を立てた。誰も口を開かず、足音だけがコンクリートとレンガで造られた壁に反響した。頭の片隅には美咲のことがあった。自分のことで人に迷惑をかけたくない。言えば反対するのは分かっていた。自分のことを伝えていない。美咲には外に出ることを伝えていない。そんな風に思う優しい性格だ。街に出て、坂石《さかいし》調剤薬局で薬を調達し、すぐに戻って来る。それ以外のことはしない。

「ここだ」

立ち止まった幸雄が松明を床に擦《こす》りつけて消すと、辺りは真っ暗になった。幸雄が手探りで壁の石を抜き取った。穴を通して外の灯《あか》りが通路に差し込む。汗ばんだ顔を照らした。

「海に向かって県道を走る。入り江には小舟があるから、それで厳原港《いづはらこう》まで行く」

「港に着いてからは？」

「十五分の自由行動」

薬局は厳原港からそれほど離れてはいない。歩いてなら五分弱、走れば三分くらいで着く。薬の名前は覚えている。気道の炎症を鎮める「テオドール」と気道を広げる「ホクナリン」。探し出したらすぐに港に戻る。十分な時間だ。

「それからは？」

レンガや小石を注意深く外していき、幸雄は広げた穴からゆっくりと上半身を出した。外の様子を窺《うかが》っているようだった。利香が爪を嚙《か》みながら時折こっちを見たが、何も声はかけなかった。しばらくしてそのまま穴から這《は》い出《だ》すと、幸雄が壁越しに「来い」と小さく呼んだ。

あんたから。

玄は利香に目で合図を送った。利香は何も言わず、穴に身体を滑り込ませると、幸雄に引っ張り出された。続いて玄も頭から穴に潜り込んだ。肩を捩るようにしながら外に這い出す。むっとする熱気と湿気が全身を包んだ。だが、そんなことは一瞬でどうでもよくなった。久し振りに見る囲いの外だ。空も、森も、地面も、何もかもが見渡す限りに広がっている。匂いが、音が、世界が身体の中に流れ込んで来るのを感じる。

「ぼさっとすんな。さっさと穴を隠せ」

幸雄の言葉で我に返った。玄は壁に垂れている蔦を周囲から集めると、外から穴が見えないようにした。

入り江に出るのは森の中を突っ切るのが一番だったが、幸雄はそれを避けた。あえて見通しの良い県道を選んだ。美咲を連れていたなら玄でも同じことをしただろう。とはいえ、島にはほとんど直線の道はない。至るところ、曲がりくねった道だらけだ。それでも森を行くよりは遥《はる》かに先が見通せる。日はまだ高い。順調にいけば、真っ暗になる前に戻って来られるだろう。いや、なんとしてもそうしなければならない。外で夜を迎えるなんて考えられない。

夢中で山道を駆けた。砲台跡と同じように、先頭を幸雄、間に利香、後続を玄が務めた。走りながらも注意は怠らない。何があってでも予期してさえいれば身体は動く。700mほど走ったところで車が見えた。薄い水色の軽トラックが茂みに突っ込むようにして止まっている。全体は埃《ほこり》を被《かぶ》って白く汚れ、ところどころ錆《さび》が浮いている。

あの車が使えれば。

先を行く幸雄も同じことを考えたようだ。警戒しながらゆっくりと軽トラックに近づいていく。だが、すぐに無駄だと分かった。フロントガラスは粉々に砕けており、ドアは大きく凹《へこ》んでいる。運転席の周りには黒い染みがあった。口に出さなくても、ここで何があったのかは想像がつく。

「くそ……」一言呟《つぶや》いて再び走り出そうとする幸雄を利香が止めた。

「ちょっとだけ休ませて……」

幸雄の返事を聞く前に、利香がその場にしゃがみ込む。幸雄はちらりと玄の方を見た。玄は「先を見てくる」と言うや、走り出した。

捨てられた軽トラックのある場所から一つ目のカーブを曲がった。見える範囲には何もない。狭い林道、左右にはどこまでも鬱蒼《うっそう》とした森が続いている。玄は上を向いた。重なり合った木々の間に鳥が飛んでいるのが見える。トンビだった。羽を丸めて風を摑《つか》まえ、弧を描きながら島を見下ろしている。トンビの目からは今、この島はどんな風に見えているのだろう。海を越えた向こう、内地はどんな風になっているのだろう。スマホは充電が切れ、とうの昔に使えなくなった。テレビはない。幾つかあったラジオは生存者がいることを伝えようと砲台跡を出て行った大人達と一緒に戻らなかった。強い風が吹き抜け、玄の身体が揺れた。島に突風はつきものだ。珍しくもない。しかし、玄の眉間に皺《しわ》が寄った。風の中に嫌な匂いを感じたからだ。生臭い匂いだった。急いで踵《きびす》を返した。カーブを曲がり、軽トラックの見える場所へと戻った。

――あ！

そこに異形のモノがいた。大きさは尻尾を含めると2mほどになるだろうか。全身は薄茶色をした体毛に覆われている。ヤマネコを思わせるが、二本足で立っている。手や足には節の長い指があり、顔はまるで人間のようだった。額には無数の突起が突き出し、口が正面に一つ、右の頰にもう一つある。異形のモノは黄色く濁った目を玄の方に向けたまま、摑んだ幸雄を貪り食っていた。顔の半分ほどを失った幸雄の手や足が、時折震えるように動いた。玄は見つめた。声は上げない。目も逸《そ》らさない。鉈に指をかけたま ま、何が起きても一瞬で動けるように筋肉が準備を始めている。どうして自分がこんな風になったのかよく分からない。パニックになった人が次々と狩られ、食われていくのを見たからかもしれない。妹がいたからかもしれない。元々、そういう素質があったのかもしれない。

目の前のモノは初めて見る形態だった。こいつらはある日突然島に現れ、昆虫であろうと動物であろうと、木や草や人間までおよそ生きているものならなんでも喰らった。父親も母親も襲われた。いつしか島では鵺と呼ぶようになった。

こいつ一匹なら……。

身体の奥底から狂暴な衝動が湧き上がるのを感じる。めちゃくちゃに暴れたい。徹底的に嬲《なぶ》り殺してやりたい。鉈を振り上げる度に肉片と血飛沫《ちしぶき》が飛び散る。想像するだけで頭が痺《しび》れてきたようにうっとりする。

「た……すけ……て……」と声にならない声で利香が訴えた。鵺は長い尻尾を利香の身体に巻き付け、逃さないようにしている。へたり込んだ利香が小便を漏らしたのだろう。路面に濡《ぬ》れた筋が出来ている。怯《おび》えた利香の顔にふと妹が重なった。途端、波が引くように衝動が静まっていく。

玄は鵺を見つめたまま息を整えた。鵺は幸雄を食べ続けていたが、何かを感じたのか

「フーッ」と威嚇の声を上げた。すり足で間合いを詰めた。鵺は幸雄を無造作に投げ捨てると、上半身を低くした。どうにかして鵺を動かせば、利香に巻き付いた尻尾が離れる。今はそのことだけを考えた。ゆっくりと左に円を描くようにして後ずさる。釣られるようにして鵺の足が前に出た。一歩、また一歩と近づいて来る。利香からするりと尻尾が離れた。

「逃げろ！」

叫ぶと同時に森の中に飛び込んだ。鵺も追ってきた。茂みを掻き分けながら無我夢中で走る。梢《こずえ》が何度も顔や身体を打ったが構わなかった。狂ったように走った。鵺が鋭く吼《ほ》えた。「キー」と「ガー」が混ざった耳障りな声だ。足音が来る。捕まれば食われる。生きたまま、幸雄のようにバリバリと貪られる。

森に飛び込んだのは賭けだった。鵺の足を見た時、直感したのだ。動物の足ではなく人のような指があった。裸足《はだし》で森の中を走るのは容易なことではない。適していない。それを信じて走った。森の中をひたすら走った。走りながら耳を澄ませた。鵺の唸り声が止んだ。足音も聞こえなくなった。それでもまだ止まらずに走った。

斜め前に大きな木が見えた。幹の裏側に飛び込むようにして身体を隠し、辺りを窺いながら呼吸を整える。どれくらい走ったのだろう。十分くらいは経《た》った感じだが、それ以上でも以下のようでもある。まったく分からない。光の届かない森の中は静かだ。何かが近づくような気配もない。利香はどうしただろう。無事に逃げられただろうか。親しくはなかったが、幸雄のあんな惨《むご》い姿を見たのは可哀想《かわいそう》だと思う。

玄は周囲に気を配りながら、さっき見た鵺を思い浮かべた。これまでも五～六匹の鵺を見たことがある。光沢ある丸い球からムカデのような無数の脚が生えているモノ、枯れ木のような姿をしたモノ、まるで中身がなくなって皮だけになった薄っぺらな犬のようなモノがいた。他の人の目撃情報を合わせると、その形態は更に増える。鵺の正体がなんなのかは分からないが、動物や植物や昆虫などを喰らい、それと混ざり合っているのは間違いなかった。

「あれは宇宙から来たものだ」と言う人がいた。「北の実験だ」と言う人もいた。「昔からいた」と言う人も。

鵺を見たことがない人は冗談だと思うだろう。自分の目で見なければ、自分の目で見たとしても到底信じられるようなモノじゃない。

木々の間から覗く空は茜色《あかねいろ》を通り越して薄暗くなっている。夜が来るのだ。夜まで森に隠れているのは死を意味していた。

やはり砲台跡から出るべきじゃなかった……。

出るとしてももっと周到に準備をして出るべきだった。過ちを犯しても、それを反省し、道を正せばいくらでも取り戻せる。半年前まではそうだった。先生も親もそう言っただろう。しかし、そんなことはもうこの島では通用しない。過ちを犯せばあるのは死だ。

「美咲……」

妹の名を呟いた。三歳下の妹は、今頃、薄暗い砲台跡で姿の見えなくなった自分を捜しているだろう。父親も母親も殺された。飼っていた犬も熱帯魚さえも喰われた。家族は二人になった。

なんとしても帰らないと……。

玄は息を整えると、右手に鉈を握り締めて茂みを出た。周囲を警戒しながら、下ってきた斜面を避けるように斜めに別のルートを登り始めた。林道にさえ出ればなんとかなる。たとえ夜になっても砲台跡までは辿《たど》り着ける自信はあった。しばらく登り続けていると人影が見えた。茂みの中にぽつんと立っている。髪が揺れている。利香だった。

なんで……。

逃げられずに自分を追って森の中に入ったのかもしれない。そうじゃないかもしれない。玄はその場にゆっくりとしゃがみ込んだ。ポキリと枝の折れる音がした。利香がこっちに顔を向けた。表情は暗くて分からない。

「玄……？」と利香が呼んだ。

確かに利香の声だ。玄はその場から立ち上がった。

「帰ろう」

利香の方に向かって歩き出す。木の葉が風に揺れ、隙間から差し込んだ夕陽《ゆうひ》が利香を照らした。てっきり顔だと思っていたのは後頭部だった。なのに、身体は玄の方を向いている。

「玄……げげげ……玄……げ……げげげ……」

利香の声が震えながら身体がゆっくりと持ち上がっていく。見上げるほどの高さになった時、利香だったモノがこっちに向かって覆い被さるように倒れ込んできた。とっさに側面へ飛び、起き上がると同時に走り出した。振り向きもせず、斜面を駆け下りていく。足下どころか周りもほとんど見えない。それでも走った。

「げげげン……げンンン……げげげ……」

声が追いかけてくる。利香は喰われた。でもまだ喋っている。

バケモンめ！

身体がふいに浮いた。しまったと思ったが遅かった。何かを摑もうと必死で手足を伸ばす。波の音が迫ってくる。凄《すさ》まじい衝撃が全身を貫き、玄の意識はそこで途切れた。

Phase 1　二〇二一年八月七日　手負いの少年

1

真夏の太陽にたっぷりと炙《あぶ》られた海水は、日が沈んでも温かさを保ったまま陸地に湿った風を送り続けている。科学的な知識は人並み程度にしか持ち合わせてはいないが、肌感覚で地球の温暖化が進行していると感じる。40度を超える日がざらにあるなんて子供の頃には考えられなかった。陸上自衛隊水陸機動団第3水陸機動連隊の中隊長、草香江達也《たつや》は、浜辺に停《と》めた軽装甲機動車《ライトアーマー》（LAV）の開け放った天井ハッチから上半身を出し、真っ黒な海の方を見つめながらそんなことを考えていた。

海風は絶えず吹き続けているが、高い湿度のせいで、濃い緑色の迷彩服の下はじっとりと汗ばんでいる。空に雲はほとんどない。星が点々と瞬き、右側の膨らみが欠けた月がぼんやりと辺りを照らしている。あれは確か居待月《いまちづき》といった。秋の季語だったと思う。昔、何かの本で読んだ記憶がある。暦の上ではもう秋なのだ。だが、本格的な秋の気配を感じるのに一ヵ月以上は待たなくてはならないだろう。

「中隊長、間もなく分進点に到着します」

運転席から小柴勇人《こしばゆうと》1曹が呼びかけた。短い髪、日焼けした顔は自分と似たようなものだ。特徴は目の周りにある。眼鏡を外すとそこだけ日焼けをしていない。併せて黒目がやけに大きいところから、パンダと渾名《あだな》されている。

「時間通りだな」

草香江は腕にはめている愛用のステルス・ウォッチに目をやった。ダイヤルと時分秒針の蛍光塗料が二十時半を指している。

「機長がデラさんですから」小柴の声には僅かな含み笑いが忍んでいる。小野寺《おのでら》翔子《しょうこ》機長は時間に正確なことで有名だった。

「お前らがルーズ過ぎるんだよ」

首からぶら下げた微光暗視眼鏡を摑んでレンズを覗き込んだ。画面は全体的に緑色、その奥に眩《まばゆ》い光点が見える。陸上自衛隊が保有する主力輸送ヘリ、CH－47JA、愛称チヌークのナビゲーションライトだ。今頃、チヌークの広いカーゴの中では、降下準備を整えた隊員達が緊張した面持ちでその瞬間を待っているだろう。乾いた唇を何度も舐《な》め、自分の意思とは関係なく小刻みに震える身体を持て余す。草香江にはその様子がありありと浮かんだ。夜の降下は昼間とは比べものにならないほど怖ろしい。なぜなら暗闇は想像力を搔き立てる力を持っているからだ。

「とんでもなく大きな目玉がこっちを見ていた」

「無数の赤い鳥の群れが北に向かっていた」

「絶えず誰かの啜《すす》り泣く声がしていた」

降下を終えた新米隊員に感想を聞くと、だいたいそんな答えが返ってくる。かく言う自分もそうだった。ありもしないものが見え、聞こえもしない音が聞こえる。なかなか暗闇へ踏み出す一歩が出なかった時があった。そんな時、上官だった沖田《おきた》2佐が話してくれたことを今でもよく覚えている。

「人間には想像する力がある。それは助けにもなるが、足を引っ張ることもある。しかし、想像するのを止めることは出来ん。それに打ち勝つには徹底した準備しかない」

装備を入念に整え、動作を確認し、行動を頭に叩《たた》き込む。しっかりと準備をしてさえいれば、現実力で想像力を抑え込むことが出来る。

「降下十秒前」

小柴がカウントダウンを始めた。

草香江は微光暗視眼鏡の緑色の画面に意識を集中させた。

「5、4、3、2、1、降下」

この距離ではさすがに降下している様子までは見えないが、十五名の隊員達は今、次々と闇の中に一歩を踏み出しているはずだ。

今回の洋上訓練内容は、夜間の島嶼《とうしょ》上陸を主目的としている。海上に着水した隊員達は五人一組となり、A路、B路、C路に分かれて島を目指す。草香江のいる長崎《ながさき》県平戸《ひらど》市宝亀《ほうき》町《ちょう》の黒島《くろしま》がゴールとなる。距離は約3㎞。迷彩服を着たまま20kgを超える装備を背負っての遠泳はかなりの負担になる。しかも、隊員達の構成は新人がほとんどだ。陸には慣れているだろうが、海は随分と勝手が違って戸惑うことも多い。しかし、水機団の一員となったからにはやり遂げてもらうしかない。

「中隊長……」

小柴1曹の声質がさっきまでと違う気がした。草香江は微光暗視眼鏡を下ろすと「どうした？」と尋ねた。

「副中隊長からです」

永田から……？

第3水陸機動連隊の副中隊長、永田真唯子《まいこ》1尉は今、ボートに乗って洋上にいる。着水した隊員達に並走し、間近で状況を見ている。訓練中、その永田から連絡が入るということは、隊員に何かあったのかもしれないということだった。

「マルヒト、こちらマルマル、状況送れ」

草香江は小柴から渡された無線機を受け取ると、微光暗視眼鏡を覗いたまま言った。

「マルマル、こちらマルヒト」

永田の涼し気な声が無線を通して聞こえる。特に慌てた様子は感じられない。

「2042《フタマルヨンニ》、洋上で漂流者を発見。ボートに収容した」

隊員の事故や怪我《けが》ではないことに安堵《あんど》しつつ、「状況送れ」と先を促した。

「男性一名。人着《にんちやく》から若く、十代と思われる。呼びかけに応答なし。呼吸微弱。額と足に裂傷が見られる」

「生きてるんだな？」

「辛《かろ》うじて」

奥歯を噛んだ。永田がそう言うのなら一刻の猶予もないということだ。

「現時刻を以《もっ》て訓練中止」

「マルヒト、了解」

無線を小柴に返すと、「指揮所に戻る」と告げた。すぐさま小柴がＬＡＶのエンジンを始動させる。慣れた手つきで天井ハッチを閉めると、そのまま助手席に身体を滑り込ませた。

「うちの隊員でなくて安心しました」

車体の向きを変えながら小柴が言った。

「そういうことを口に出すからお前は半人前なんだ」

「すみません……」

小柴は小柴なりに、新人の夜間訓練を心配していたのだろう。

「知り合いがいるのか？」

「中山《なかやま》１曹が都城《みやこのじょう》で一緒でした」

草香江は先日着隊した中に、背の高いうりざね顔がいたことを思い浮かべた。

「明日も訓練だ。早く終わったからって調子に乗るなよ」

訓練が終わればひと時の自由時間がある。酒も自由だ。緊張からの解放でつい飲み過ぎる者もいる。そうならないように釘《くぎ》を刺した。

「承知しております」小柴は薄く笑みを浮かべたまま答えた。

草香江はバックミラーに目を向けた。漆黒の闇しかない。しかしそこには海がある。漂流者がどこから流れてきたのか分からない。海はどこへでも繋《つな》がっている。

あの島にも……。

脳裏に浮かんだ想像を振り払うように、日焼けした太い腕を組んだ。

浜辺に揚げられた要救助者は永田1尉達によってそのまま担架に乗せられ、指揮所の側に設けられている患者集合点に運び込まれたと報告があった。そこには救護天幕がある。天幕には隊員達の体調不良や怪我の治療を施す為に医官が待機している。草香江はLAVから降りると、その足で救護天幕へ向かった。陸上自衛隊の持ち物は建物から小物まですべてがOD色だ。しかし、救護天幕だけはすぐに分かる。半円のビニールハウスのような形をした天幕の側面には赤十字を示すマークがついており、入り口には同じく赤十字の旗が立てられている。全長は展開時で5000㎜、全高2700㎜、全幅は6000㎜、収容ベッドは十床で簡単な手術などもここで対応出来るようになっている。

中に入るとぷんと消毒液の匂いが鼻についた。四方から扇風機で風を送っている分、外よりは幾分凌《しの》ぎやすい。使われている診察台は奥の方の一つで、そこに人影が見える。草香江が近づくと、中腰で診察台を覗き込んでいる永田が振り向いた。身長166㎝、手足の長いスラリとした体形と、真っ黒に日焼けしてはいるが、どこか涼しさを感じさせる印象は、初めて会った時からなんら変わらない。

「お疲れ様です」

居住まいを正して永田が敬礼すると、後ろで纏《まと》めた長い髪が揺れた。草香江は返礼し、視線を診察台へと移した。永田の言った通り、仰向けに寝かされている要救助者は若かった。まだ少年の面影が残っている。とても痩せていて、長髪がべったりと顔に貼り付いている。服装はシャツとジーンズ。靴は履いていない。左の足首が異常に腫れあがっているのが気になる。

「発見したのは浜辺まで約2・5㎞の地点。木片に覆い被さるようにして漂っている要救助者をA路を進んでいた隊が見つけました。人であることは発見時、間近だったのですぐに分かりました」

永田が淡々と発見時の状況を伝える。草香江は少年に視線を落としたまま、さっき受けたものより詳しい説明を聞いた。

「少なくとも数日の間は漂流していたようだな」

要救助者の腕や首など肌が露出した部分は太陽に炙られ、所どころ火ぶくれが出来ている。他におかしなところはないか要救助者を注意深く観察した。草香江のホルスターはホックが開けられ、いつでも9㎜拳銃が取り出せるようになっている。永田もそうしているだろう。

「谷重《たにしげ》」

少年の腕を取り、脈を測っている白衣姿の医官に呼びかけた。名を谷重喜一郎《きいちろう》という。短い髪、日焼けした肌、がっしりした筋肉質の体軀《たいく》は医官というよりむしろこちら側に見える。ただ、要救助者を見つめる強い眼差《まなざ》しは紛れもなく医師のものだった。

「どうなんだ？」

「思わしくねぇな」

谷重が要救助者を見つめたままべらんめぇ口調で言った。長く九州にいるが、未《いま》だに江戸言葉が抜けない。

「見ろこれ。額と足に裂傷がある。おそらく、岩か何かにぶつけて出来た傷だ。左足の方は完全に折れてやがる。よほど強い衝撃がかかったんだろう。それよりも問題は内臓の方だ。息が臭《くせ》ぇ。詳しい部位までは分からねぇが、相当激しく損傷してるのは間違いない」

「他の形跡は？」

草香江の言葉に谷重が手を止めた。

「……この意味、分かるよな」

「あたりめぇだ」ぞんざいに言うと、「交雑はしてない……と思う」と答えた。

「思う……？」

「断言なんか出来るもんか。俺は資料でしかそのことは知らん。異なる生物同士が混ざり合うってことで言うなら、この要救になんらおかしなところはない。人間だ。もちろん腹の中や細胞レベルまでは分からんがな。俺に分かるのは一刻も早く病院に運ばねぇと助からんということだ」

草香江は再び要救助者に視線を向けた。幾らでも疑うことは出来る。だが、谷重の言う通り、こうしている間にも命のタイムリミットは確実に削られている。

「警察と消防に連絡は？」

「連絡はした」

谷重は脈を測りながら、視線を草香江に向けた。眼鏡の下に線を引いただけのような細い目が覗いている。

「結論から言うぞ。長崎県知事から後送の要請がきた」

「後送……」

「地元警察は捜索願は出ていないの一点張りだった。消防も今から救急車を出しても小一時間はかかるという話だ」

「拾ったのは自衛隊だから、そっちがなんとかしろということですね」

永田が溜息《ためいき》交じりに呟く。

「平静を装っちゃいるが、今は平時じゃねぇ。どの組織も危うきには近づきたくないんだろう。まったくひでぇ話だぜ。こっちは許可なしに注射一本打てねぇってのによ」

谷重が眉間に皺を寄せて吐き捨てる。自衛隊は民間人に対する医療行為が出来ない。許可なくそれを行えば処罰の対象となってしまう。それなのにこっちでなんとかしろというのは、なんとも虫のいい話だった。

「どうする？」

「どうもこうもねぇ。ここじゃ何も出来ん。今からチヌークを呼び戻せるか？」

草香江は永田を見た。永田が即座に頷く。

「決まりだ」

連絡を取る為に永田が踵を返して天幕を出て行く。

「ここから一番近い総合病院で、なおかつチヌークが着陸出来るヘリポートを持っているとなると――」

「福岡《ふくおか》病院に向かう」谷重が草香江の言葉を遮った。

「一刻も早くじゃなかったのか？」

「あぁ、一刻も早くだ」

「福岡病院は長崎のどの病院へ行くよりも遠い」

「長崎で大型機のヘリポートのある病院は三つ。長崎医大の今夜の当直担当は耳鼻科と産婦人科、長崎市立病院は内科、共済病院は皮膚科だ。それにな、福岡病院はあれの研究の互助会でもある。ついでに言うと、俺のかつての勤務先だ。いろいろと勝手も出来る」

福岡病院に向かうことは谷重なりに様々なことを想定しての決断だった。

「どうだ、見直しただろう」

「それを口に出さなかったらな」

昔からの知己であり、かつ、飲み仲間でもあるベテランの医官は草香江の言葉に鼻を鳴らした。

「搬送準備、頼んだぞ」

「了解」

まるで犬でも追い払うかのように谷重は手首を振って応えた。

2

お盆を境に空気が入れ替わるというが、それも遠い昔の話になってしまったようだ。早朝五時、いつものように官舎を出ると、車もまばらな海沿いの道を西に向かって走り出した。夜明けまではもう少し間があるというのに、気温はすでに30度近い。草香江達也は額から滴る汗を何度もタオルで拭った。ジョギングは前任地にいる時から始めた。先輩に促されて嫌々始めたのだが、夜明けを見ながら走るのは気持ちがいいと知った。以来、自然と目が覚めるようになった。

長崎県佐世保《させぼ》市大潟町《おおがたちょう》678。水陸機動団は相浦《あいのうら》駐屯地に団本部を構えている。佐世保という街は昔から自衛隊に縁が深い。かつては横須賀《よこすか》、呉《くれ》、舞鶴《まいづる》と並び、旧海軍四軍港として鎮守府が置かれ、造船業で栄えた。今も海上自衛隊佐世保基地やアメリカ海軍佐世保基地が5㎞圏内にあり、一般には国防の街として知られている。相浦町は北松《きたまつ》浦《うら》半島の南部、北松浦郡の最南端に位置する。西の海域には九十九島《くじゅうくしま》と総称される多数の島が点在し、弓張岳《ゆみはりだけ》から街を望むとここがどれほど入り組んだ天然の良港かということが分かる。

水陸機動団は平成三十年三月二十七日に創設された。その背景には中国の存在がある。豊富な人口を背景に国力を高める中国は、近年、軍事力を増大させてきた。現実的な脅威が増す中、政府は南西諸島の抑止力を高めるべく、陸上自衛隊の部隊再編に舵《かじ》を切った。陸上自衛隊を総括する陸上総隊を新設し、その下に直轄部隊を配置する。「第1空《くう》挺団《ていだん》」「第1ヘリコプター団」「システム通信団」「中央即応連隊」「特殊作戦群」「中央情報隊」「中央特殊武器防護隊」「対特殊武器衛生隊」「国際活動教育隊」。そしてもう一つ、西部方面普通科連隊を基盤にし、3個連隊を編成。約三千人規模からなる新たな部隊「水陸機動団」が誕生した。他国に侵略された際に海上から迅速に機動展開し、奪回することを任務とする陸上自衛隊で唯一の水陸両用作戦能力を有する部隊となっている。

だが、あの日を境に状況は一変した。

【三月十四日午前九時十八分　対馬《つしま》市役所から長崎県庁へ緊急連絡】

「島民が得体の知れないモノに襲われている」

いつの間にか大崎波止の防波堤までやって来ていた。先端に白い灯台が見える。ゆっくりと息を整えながら灯台の方へと歩き出した。防波堤に数人の釣り人がいた。ふと、煙草《タバコ》が吸いたいと思った。軽く運動した後の一服は美味《うま》い。まだ身体がそのことを覚えている。谷重から「お前の健康の為だ」とか「隊員達に示しがつかん」などと口喧《くちやかま》しく言われ、禁煙を決意したのは二年以上前だ。それでも時折、無意識にポケットに手を伸ばしている。

気を紛らわしたくて遠くに目を向けた。目の前には幾つもの島が連なっている。島の向こうには五島《ごとう》列島があり、北に向かうと壱岐《いき》、更に北には対馬がある……。

ウエストポーチから着信音が聞こえた。スマホを取り出すと表示には「永田」と出ている。副中隊長である永田から電話がかかってくることは頻繁にあるが、こんなに朝早くは珍しい。電話に出ると挨拶もせず、「どうした?」と尋ねた。

「おはようございます」

帰ってきたのは拍子抜けするくらい、ごく自然な挨拶だった。

「この時間、ジョギングされていることは知っているので。ちなみに電話したのはこれで三度目です」

どうやらスマホが鳴っているのも気づかないほど、物思いに耽《ふけ》っていたようだ。

「着信に気づかないのは問題アリですね。なにか対策を講じていただかないと」

永田が本気とも冗談とも取れる物言いをした。

永田真唯子とは四年ほど前、陸上自衛隊教育訓練研究本部の指揮幕僚課程で出会った。年齢は草香江の方が三つ上だが、頭の回転の速さ、身体能力の高さに加え、指揮の確かさや状況判断の的確さには目を見張るものがあった。以来、何かと言葉を交わすようになった。話してみると飾り気がなく、素直で、人の話によく耳を傾けた。自分にはないものの見方が新鮮で、永田といると楽しいとすら思えた。要するに馬が合ったのだ。水陸機動団に三つ目の機動連隊が新設されることになり、中隊長として群から異動を命じられた。その際、「ぜひ、永田を補佐として欲しい」と上申した。永田もそれを引き受け、今日に至っている。

「俺の足を止めてまで聞かせたい話なんだろうな」

本当は防波堤で佇《たたず》んでいるのだが、なんとなく癪《しゃく》に障ってそういうことにした。

「先日の要救助者のことです」

「それなら連絡があった」

【命に別状なし】

谷重からの報告は受け取っていた。

「そのことではありません」

「まさか――」瞬時に身体が強張《こわば》る。

「いえ、中隊長が思っているようなことでもないんです」と永田が言い淀《よど》んだ。

「なら、なんだ？」

「電話ではちょっと。直接お伝えします」

永田はそう言うや電話を切った。

あの要救助者がどうしたというのだろう。地元の警察か消防が今になって何かを言ってきたのだろうか。だとしたら面倒な話だ。

草香江は「せーの」と声を出して立ち上がった。立ち上がってから溜息を洩《も》らした。自分はいつから次の動作に移る時に声を出すようになったのか。はっきりとは思い出せないが、最近、年寄りくさくなったと思う。三十代半ば、老けるにはまだ早過ぎる。

「くそっ」

物思いを振り切るようにして走り出した。

駐屯地の敷地内にある官舎に戻ると、シャワーで汗を流した。身長182cm、体重80kg。鍛えられた肉体に水飛沫が当たって弾《はじ》ける。結婚はしていない。一度もだ。二十代の終わり頃、一度そういう雰囲気になった女性がいたが、結局、縁がなかった。それからすぐに一回目の習志野《ならしの》行きが決まった。

特戦群。正式には陸上自衛隊特殊作戦群（JGSDF Special Forces Group: SFGp）という。陸上自衛隊における特殊部隊であり、人数、訓練内容、保有する装備など創設時から一切公表されていない。第1空挺団の拠点である習志野駐屯地に群本部を置いており、有事の際は陸上総隊隷下部隊として該当する他の部隊と連携し、全国規模で作戦を行う。

体力には自信があったが、すぐに打ち砕かれた。特戦群の訓練は想像を遥かに上回るほど過酷なものだった。一年で空挺基本降下課程と特殊作戦課程を履修し、その後、三年を過ごした。最初は逃げ出したい気持ちに駆られもしたが、歯を食い縛って耐えた。結局は二度、左胸に特殊作戦徽章《きしょう》を着けることになった。いつの間にか群に強い愛着と、他では味わえない満足感を覚えていた。

スエットに着替えた時、部屋のチャイムが鳴った。「開いてる」とドアに向かって言うと、「おはようございます」という声と共に迷彩服姿の永田が姿を見せた。

「朝からお邪魔してすみません」

起立したまま言う永田に「入れよ」と促す。

「失礼します」

永田は素早く戦闘靴2型を脱ぎ、きちんと後ろ向きに揃《そろ》えてリビングに入ってきた。

間取りは2ＬＤＫ、単身者の官舎はどこも似たような造りになっている。ちなみに同僚や後輩達が部屋を訪ねてくることはあまりない。もちろん永田にしてもだ。何しろ家具もほとんどなく、殺風景な部屋だ。来たくもないだろうし、こちらとしても進んで招きたいとも思わない。

「なんか飲むか」

「お構いなく」

草香江はキッチンに置かれた冷蔵庫からアップルジュースを取り出すと、とりあえずコップを二つ持ってリビングに向かった。

「俺の冷蔵庫にだってジュースくらいはある」

テーブルに載せた二つのコップにアップルジュースを注ぐと、「それで」と要件を促した。それを合図に永田は茶色のソファの端に座った。

「今日は赤城《あかぎ》団長を含めた全体ミーティングの日だ。遅刻は出来んぞ」

要件を言えと急かしたつもりだったが、返ってきた言葉は意外なものだった。

「中隊長は対馬に行かれたことがありますよね」

草香江はアップルジュースを飲もうとして、手を止めた。

「なんだ、藪《やぶ》から棒に」

「私はプライベートでもありませんし、あの作戦にも参加していません。だから、対馬のことは写真と映像、部内の報告書、あとはネットに出ている情報でしか知りません。でも、自衛隊員として苦さは共有しているつもりです」

「そんなことは百も承知だ」草香江はコップの中身を飲み干した。

「それがあの要救助者とどんな関係があるんだ？」

永田は持ってきたファイルから数枚の紙を取り出し、テーブルに載せた。紙には地形と無数の数字と矢印が書き込まれている。めくってみると、出されたものはすべて同じように見える。

「潮流図か？」

「海自にいる同期から取り寄せたものです。すべて平戸沖の潮流図で、七月二十五日から八月七日までの二週間分です」

知らずしらず眉間に皺が寄った。今度は慎重に、一枚一枚めくっていく。

【八月七日、天候は晴れ。大陸にある低気圧の影響を受け、北から南に向かって2・5mから3mの風】

記載されたデータを目で追いながら、黒島にいた時の記憶を手繰り寄せた。

「あの日は蒸し暑い割に北風が強かったな」

「その影響を受けて潮流も変化しています」

永田のすらりとした細い指がテーブルの上の潮流図をなぞる。その指の側には大きな島がある。

「ちょっと待て……、あの少年、対馬から流れて来たっていうのか？」

思わず声が掠《かす》れた。

「少なくとも黒島、ないし平戸の住民でないことは確かです。捜索願は出されていません」

「それだけで対馬から来たという証拠にはならん」

永田はファイルから写真を取り出した。そこには木片が写っている。永田の報告によれば、要救助者は木片に覆い被さるようにして漂っていたはずだ。

「木片には船舶番号と思わしき数字と青色の塗料が付着していました。『42』は長崎を、他の数字はよく分かりませんでしたが、おそらく漁船だろうと推測して――」

「そこから潮の流れを辿ったのか……」

「はい」

なんて奴《やつ》だ……。

「お前、うちより警察に入るべきだったかもな」

「かもしれませんね」

永田はさらりと笑みを浮かべ、「やっぱりこれ、いただいていいですか」とコップに手を伸ばした。

草香江は腕組みをして、救護天幕の診察台に横たわった傷だらけの痩せた少年を思い浮かべた。

「身分証明になるようなものは何も持っていなかった。印象からしてまだ幼いと感じた」

「同感です。おそらく高校生くらいだと」

「それくらいの男の子なら伸び盛り、食べ盛りだ。だが、あの少年はひどく痩せていた」

谷重が触診する際、あばら骨が浮き出ていた。

「ソマリア、コンゴ、シリア。栄養状態が悪いところで育つとそうなりますよね」

「髪も随分伸びていたしな」

「切る場所がない。もしくは切る道具がないのかも」

草香江はもう一度潮流図に視線を戻した。

特戦群在籍中、何度となくサバイバル生活を体験してきた。食べ物はヘビやカエル、木の実だ。川や沢があれば魚を捕り、水のないところでは雨水を溜めたり、木の皮を剝いで喉を潤した。確かに過酷だった。だが、死の恐怖を感じたことは一度もない。なぜなら外敵がいないからだ。狩ることはあってもこちらが狩られることは決してないという安心感があった。しかし、今の対馬は違う。未知の生物がそこら中に徘徊《はいかい》している。見つかれば確実に狩られる。そんな過酷極まる環境で、訓練をしたこともない者が、半年もの間生き延びることが出来るのだろうか……。

永田が空になったコップをテーブルに置いた。

「もし、あの少年が対馬の生き残りなら、情報を誰よりも多く持っているということになります」

「生き残りではないとしたら」

草香江と永田の視線が交錯した。

「このこと、他には？」

永田は首を振った。「海自の同期には訓練の参考資料という話にしています」

下手に漏らせば騒ぎになることは間違いない。言わずとも、永田ならきっちりとわきまえていることは分かっている。

「谷重3佐にはどうしますか?」

谷重はあれからずっと福岡病院におり、少年の容態を診《み》ている。

「俺が行く」

「すぐに出張の手続きを取ります」

「頼む」

永田は軽く頷くと、ソファから立ち上がった。

3

佐世保駅を午後二時三十分に発車した高速バスは九州自動車道を東にひた走り、四時を僅かに回った頃に博多《はかた》バスターミナルに到着した。冷房の利いた車内でウトウトしていただけに、外に出た瞬間からのむっとする熱気には参った。スーツ姿の草香江は片手にお土産の入った紙袋を抱え、そのままターミナルから外へ出た。体格が良く、日に焼けた草香江が歩くと、数人が珍しそうに見つめた。スーツを着ているとそういう視線を向けられるのには慣れていた。同僚からはプロレスラーかプロ野球の選手にでも間違われているんだろうとからかわれている。

博多に来るのは久し振りだった。確か、新駅ビルが完成する直前だった。見上げると、強い日差しに照らされて銀色の骨組みが眩《まぶ》しく輝いている。駅ビルの中央では大きな壁掛け時計が時を告げている。九州の玄関口に相応《ふさわ》しい見栄えだと思った。しかし、大型ビジョンに映し出された映像を見た途端、現実に引き戻された。政府が制作した啓発ビデオだった。怪しい生物を見かけたらすぐに通報することや、不用意に近づかないことなどが映像と文字で示されている。そこに具体的な情報は何一つ明示されていない。いたずらに不安だけを煽《あお》る内容になっている。草香江は大型ビジョンから視線を逸らすと、ターミナルの向かいにあるタクシー乗り場に急いだ。

以前、市営バスで病院に向かったら小一時間ほどかかったことがある。その時は三号線が渋滞の名所であることまでは調べていなかった。タクシーの後部座席に乗り込み、「福岡病院まで」と告げる。中年の運転手は「は～い」と間延びした声を上げ、車をゆっくりとスタートさせた。

「どれくらいかかりますか」

「う～ん、二十分から三十分やろうかねぇ」

草香江は腕時計を見た。四時半までは診療中のはずだった。ギリギリ間に合うだろう。

草香江の様子を気にしたのか、「お見舞いですか」と運転手が声をかけてきた。

「まぁそんなところです」

見舞いといえば見舞いのようなものだ。嘘はない。

「どちらから」

草香江は「佐世保です」

「あ～、そうですか」

あまり細かいことは話したくない。このまま黙っていてくれと願いながら、草香江は窓の外を見た。生花店では店員が花に水をやり、ガソリンスタンドからは車を呼び込む声が響いている。歩道には人が行き交い、信号待ちをするサラリーマンがハンカチを出して首筋の汗を拭う。そこには何の変哲もない日常があった。不意に胸が苦しくなり、窓から目を逸らす。動悸《どうき》がした。シートに背中を預けたまま目を閉じた。

幸い、タクシーの運転手とはそれ以上の会話はなく、二十分ほどで福岡病院が見えてきた。料金を支払い、門前に立つ。緩やかなカーブ沿いに並木が続き、真夏の日差しの下、けたたましいクマゼミの声がする。草香江はふーっと息を吐くと、病院の正門を潜《くぐ》った。

福岡病院の正式名称は自衛隊福岡病院という。自衛隊病院とは文字通り、防衛省が設置・運営する陸・海・空の共同機関だ。福岡病院の敷地も春日《かすが》基地の中にある。職域病院であるため利用者は防衛省職員が優先されているが、診療科はオープン化され一般外来受診も行っている。随分と年季の入った建物を眺めながら、草香江はロビーに入った。

自衛隊病院とはいえ病院の中はどこも似たようなものだ。白い床と雑多な音、それに消毒剤の匂いがする。真っ直《ま》ぐ《す》に受付に向かうと、「外科の谷重先生をお訪ねしたいんですが」と言った。中年の受付女性が草香江の顔をちらりと見ながら、「お約束は？」と問い返した。

「ありません。近くまで来たもので寄ってみました。私、こういうものです」

黒いカバーに入った身分証明書を提示する。身分証明書には顔写真の他に名前、階級、認識番号などが記されており、防衛省陸上幕僚長印が押されている。中年の受付女性はすぐに受話器を取って草香江の訪問を告げ、やがて「二階の休憩室でお待ちください」と告げた。

指定された休憩室で待っていると、五分ほどで大きな足音がした。

「何しに来やがった！」

病院には不似合いな谷重の甲高い声が響く。その後ろには白衣を着た若い女が控えていた。てっきり一人で現れるものだと思っていたので、草香江は若い女を気にしつつ、「ちょっとな」と惚《とぼ》けた。

「ははぁ」

谷重は片方の眉を吊《つ》り上げると、「さては俺のことが恋しくなって迎えにきたな」

「なら、そういうことにしておく」

軽く同意すると、若い女が戸惑ったような顔になった。

「これ」

お土産の袋を差し出す。谷重は奪い取るようにして中を覗き込むや、「三岳《みたけ》かよ！」と焼酎を取り出した。

「しかも春薩摩《はるさつま》だ……」

「今回はいろいろ世話になってるしな」

「お前にしちゃ上出来だ。と言いてぇところだが、どうせ永田のセレクトだろう」

確かにその通りだ。出発前、永田から持っていくよう手渡された。実は中身も今初めて知った。

「こいつの飲み方はお湯割りでもオンザロックでもいいが、俺はやっぱりストレートに限る」

「酒を前にした時のお前は子供だな」

「何言ってやがる。これ見ろ」

谷重がこめかみ辺りの短い髪を掻き上げると、無数の白髪が生えている。

「そこの女医さんが呆《あき》れてるぞ」

「私は別に……」急に話を振られて若い女が困ったように呟いた。

「紹介しとく。こいつは水機団の暴れん坊でな、ついでに俺の飲み友達だ」

若い女の方を向くと「草香江です」と挨拶した。

「嶋津舞《しまづまい》です。ここでインターンをやっています」

そう言って頭を下げた。女性らしい柔らかな声質と、リボンの形をしたヘアアクセサリーが若さを感じさせた。

谷重が「ガハハ」と声を上げて笑うと、舞の白い顔がさっと赤らんだ。

「でだ。俺の好物まで持参して来た目的だが――」

「先日の要救助者、意識は戻ったのか」

「戻りました」と谷重より先に舞が答えた。

「嶋津には補佐をやってもらってる」

草香江は頷くと、「彼と少し話せたりするかな」と舞に尋ねた。

「話――ですか」舞が谷重に視線を送った。

「どうかしたのか？」

「二日前にＩＣＵからこちらの一般病棟に移りました。危険な状態は脱したんですが、まだ、かなりの発熱が見られます。腹部打撲で大腸に傷があり、左足は骨を繋ぐ手術をしましたから鎮痛剤を与えています。なので、意識もぼんやりといった感じです」

「草香江３佐が遠路はるばるお見えになったんだ。少しくらいならいいだろうよ」

「今日は自己紹介だけにしておこう」草香江がそう言うと「助かります」と舞が答えた。

廊下から「谷重先生～！」と呼ぶ声がした。谷重が素早く壁に隠れる。

「師長がお呼びですよ」

「あの声聞きゃ分かる」

「私、行きましょうか」

「頼む」谷重が手を合わせると、舞はするりと休憩室を出て行った。

「確かに優秀そうだ」

「俺もお前も女子から助けられてばっかりだ。感謝しねぇとな」

「100%同意する」

谷重は笑うと「こっちだ」と白衣を翻し、舞とは反対方向へ歩き出した。

廊下に出ると、無数の配膳が載ったワゴンカートが並んでいた。ここではもう、夕食の時間なのだ。草香江は谷重の後をついて歩きながら、横目で皿の上を見た。茄子《なす》や豆腐、南瓜《カボチャ》の煮物に大根のおひたしが見えた。少しだけ空腹を覚えていたが、食べたいとは思わなかった。色彩の乏しい食べ物はサバイバル訓練を思い起こさせる。腹を満たす為、クモからヘビ、ネズミまで手当たり次第に食べた。もし、あの少年が対馬の生存者だとしたら同じようなことをしたはずだ。

「おい」と谷重が呼びかけた。「本当の理由を聞かせろよ」

草香江は事の経緯を説明し始めた。当時の潮流、流されていた時に摑んでいた木片、要救助者の外見などを鑑みた結果、対馬の生存者ではないかと考えていると。谷重はほとんど口を挟むことなく草香江の話に黙って耳を傾けていたが、やがて「多分間違いねぇな」と言った。

「心当たりでもあるのか」

「嶋津がな、俺に聞いてきたんだ。『まぐれってどういう意味ですか?』って。あの患者が窓の外を見ながら呟いたんだそうだ。『今、まぐれ?』ってな。俺もなんのことだか分からなくて検索してみた。『まぐれ』は対馬の方言で『夕方』って意味だ」

これまでは状況で推測するに過ぎなかったが、方言を口にしたとなれば疑う余地はないように思えた。

「ほんとに交雑の可能性はないのか？」

「ねぇよ。血液や体組織にまったく異常は見られん。もちろん見た目にも」

行方不明者や漂流者は一律に調査項目があり、血液や尿、体組織などを詳しく調べることになっている。これは本土に異物を持ち込まない水際の措置でもあった。信頼する谷重がそう言うのなら心配することはないだろう。

「他には？」

「何を聞いても上の空だ。ずっと窓の外を見てる。……あん時のお前と一緒だ」

草香江も一時期、そういう状態に陥った。といってもその頃のことはほとんど記憶がない。覚えているのは視界が霞んで、酷《ひど》く時間が間延びしていたように感じていたことくらいだ。

「どうしたら目が覚める？」

「そりゃお前の方が詳しいだろう」谷重は草香江の顔を覗き込む。「電気を使ってけいれんさせるとかな」

「あの少年が対馬の生存者なら、誰よりも新鮮な情報を持っている」

「無理やり起こして、それを聞いてどうする？」谷重が探るような目を向けてきた。

「生存者がいるのなら言うまでもない。すぐに上申し、ＩＡＳの脅威を排除して同胞の命を守る。それが俺の仕事だ」

「そりゃ表向きだろう。言わなくたってお前の腹ん中くらい分かるんだよ」

草香江は何も言わず谷重から視線を逸らした。

「無理もねぇがな」

それからしばらく互いに黙ったまま長い廊下を歩き続けた。

やがて谷重が立ち止まると、「ここだ」と顎をしゃくった。304号室。ドアの横にあるプレートは真っ白で名前はない。谷重が扉をノックした。しかし、中からの返事はない。

「まだ薬が効いて眠ってるのかもしれん」

「ここで待っていよう」

谷重はドアを開けて病室に入った。草香江は廊下の窓の側に立ち、外に目を向けた。緑に囲まれた春日基地の一角が西日に晒《さら》されている。午後五時を過ぎても、外はまだ随分と気温が高そうだった。

「草香江！」

病室から鋭い声がした。草香江は意識を切り替えると、何が起こってもいいように身構えて中に飛び込んだ。一人部屋の病室の中はガランとしていた。谷重は誰もいないベッドの横で呆然《ぼうぜん》と立ち尽くしていた。草香江はベッドを見た。点滴の針が抜かれ、白いシーツに小さな赤い染みを作っていた。右手を伸ばしてベッドに触れる。僅かな温《ぬく》もりが感じられた。

「まだ遠くには行っていない。心当たりは？」

谷重は答えない。呆然と空のベッドを見つめている。

「おい」と呼びかけた。

「あり得ねぇ……」

「何がだ？」

「動けるはずがねぇんだ」

「骨折のことか」

「ただの骨折じゃねぇ、腓骨《ひこつ》骨折だ。プレート固定術をして術後経過は安定しちゃいるが、立ったり座ったりは出来ねぇ。まして歩くなんざ絶対に無理だ」

谷重が早口でまくし立てた。

「協力者がいるのかもしれん」

「まさか……」と谷重が首を振る。

草香江自身、口にしてその可能性が限りなく低いことは自覚していた。何か手がかりがないか病室を見回した。何もない。どこにでもある病室だった。ここから患者が忽然《こつぜん》と消えたこと以外は。

もし、姿を変えたのだとしたら……。

嫌な想像が身体の内側から迫《せ》り上がってくる。

——谷重に肩を揺すられて我に返った。

「大丈夫か？」

頭の中に浮かんだ情景は口には出さず、頷く。

「これからどうする？」

草香江の決断は迅速だった。最初は左右に分かれて谷重と二人だけで院内を捜す。見つけたら携帯で連絡、見つからなければ落ち合う場所は病室の前。次に嶋津舞も含めた三人で、更に病院の敷地内を捜す。

「それでも見つからない場合はそれから考える」

大勢で捜した方が効率的だが、草香江はあえてそうしなかった。少年の存在を極力知られないようにする為だ。

福岡病院の本館は地上三階、地下一階の四層建てという構造になっている。一階には「医事課」と「薬局」、「外来」と「検査・放射線」はそれぞれ二階にあり、三階には「手術室」がある。地下は「霊安室」「医学図書館」「標本室」や「隊員食堂」など。「病棟」はすべて地上フロアだ。なるべく人目につく場所は避けるだろう。頭の中に地図を思い浮かべながら、トイレはもちろん人のいない検査室やデイルームなどを見て回った。

しかし、少年の姿はどこにもなかった。

たちまち時間が過ぎ、急いで病室の前に戻ると、谷重と一緒に嶋津舞がいた。蒼《あお》ざめているように見えた。草香江が口を開く前に、「全部話した」と谷重が短く言った。

「最後に確認されたのはいつですか？」

草香江の質問に舞は少し俯《うつむ》き、「深山《みやま》さんからナースコールが掛かって私が一緒に行ったから、確か四時十五分くらいです」と答えた。

草香江は腕時計を見た。「約一時間前……」

「あの身体だ。遠くには行けん」

「私もまだ病院内にいると思います」

「なぜそう思いますか？」

「谷重先生から連絡を貰《もら》った後、ロビーにいる警備員のおじさんに聞いてみました。そういう人は見なかったと言われました」

「裏口から出たのかもしれません」

「この病院に裏口はありません。それに、周りは高い塀に囲まれています。あの身体で塀を乗り越えるのは考えられません」

舞は淡々と事実だけを述べた。谷重が優秀だと言った時、医師としてだと思っていたが、特筆すべきはこの洞察力なのかもしれない。

「次は三人で捜す。谷重は中庭と正門付近を頼む。俺は駐車場と裏を見てくる。嶋津さんは体育館を。ただし、十分注意すること」

「分かりました」

「捜索は四十分、落ち合う場所は――」

「当直室にしよう。見つからなかった場合、今後のことを相談しやすい」

4

一歩病院の外に出ると、明らかに太陽の光が弱くなっているのを感じた。

嶋津舞はふと空を見上げた。オレンジ色に染まりつつある空には、薄《うっす》らとイワシ雲が浮いている。ここのところずっと慌ただしくて、夕焼けを見る余裕などなかった。季節が夏から秋へと移っている。こんな時だけれどそのことを実感する。

周囲に目を走らせながら、小走りで体育館の方へ向かった。急ぎながらも、なるだけ足下を注意して見た。患者は左足を縫合している。無理して歩けば傷口が開き、出血すると思えたからだ。

体育館に着くまで血痕は見当たらなかった。格子状の窓から中の様子を窺う。灯りは点いてはおらず、人がいる気配もない。夜、何度かバレーボールをしているのを見かけたが、あれはもう少し遅い時間だった。体育館の中に入ろうと靴に手を伸ばした時、視線が一点に釘付けになった。コンクリートに赤い染みがある。触らなくてもそれが血であることはすぐに分かった。辺りを見回すと、点々と血が落ちている。色がどす黒く変色していないところをみると、それほど時間は経っていないと思われた。

連絡しようか？

僅かに迷ったが、間違いの場合もあり得る。舞は血痕を辿って体育館の裏手の方へと向かった。体育館の裏には塀の内側に目隠し用で植えられたミモザとキンモクセイがある。そのせいで薄暗く、ひんやりとしていた。地面に視線を向けながらも、周囲の状況に気を配った。もし、誰かに襲い掛かられても、一通りの護身術は習っているし、それなりに動ける自信もある。クラブ活動は高校の時と同様、バドミントン部だった。バドミントンは見た目以上にハードなスポーツだ。瞬発力や持久力、動体視力などが鍛えられる。今はもうやる時間もないが、定期的にスポーツジムには通っている。誰にも邪魔されず、黙々と汗を掻くのが好きだった。

不意に風が動いた——と思った瞬間、後ろから首が絞められ、口を塞がれた。抵抗する間もなくキンモクセイの裏に引きずり込まれる。誰かが近くに潜んでいる、近づいているなどまったく分からなかった。逃げようと頭では思うが身体がまったく反応しない。必死で声を上げようとすると、きつく首を絞められた。何も出来ない。

「騒がないで」

耳元で男の声がした。まだ成熟していない響き。舞は息苦しさに喘《あえ》ぎながらも、必死で頷いた。男がようやく腕を解《ほど》いた。舞は茂みに倒れ込むと、口を開けて必死に空気を吸おうとした。鼓動が速い。上手《うま》く息が出来ない。恐怖と苦しさで涙が滲《にじ》み、視界がぼやけた。

「今日は何日?」と男が尋ねた。

「八……八月……十一日……」

これが自分の声とは信じられないくらい掠れた声が出た。

「ここはどこ?」

「ふ……福岡……」

「福岡のどこ?」

「春日市……の……自衛隊福岡病院」

「自衛隊……」男が口籠もった。

圧迫されていた気管が開き、ようやく空気が喉を通り始めた。口の中が鉄臭い。喉を絞められた時に少し切れたのかもしれない。腰を浮かそうとした瞬間、「動かないで」と男が鋭い声で告げた。視界の端に男の足が見えた。黒いスリッパを履いている。右の先端に少し傷がある。この傷には見覚えがあった。血痕、傷のあるスリッパ、若い男の声。間違いない。自分の背後に立っているのは病室から逃げ出した少年だ。

「何もしないから……。そっちを見ていい……?」

少年は何も答えなかった。舞は脅かさないようにゆっくりと後ろに首を回した。そこには獣のような目をした少年がいた。額の傷を治療する為に長かった髪は短く切られている。運ばれてきた時とは見た目の印象は違うが、酷く痩せていることに変わりはない。薄青い患者衣は汗で濡れ、顔や首筋にも大量の汗が浮かんでいた。息も短く、荒い。左足に巻かれた包帯にはべっとりと血が滲んでいる。少年の首筋に溜まった汗がポタリと落ち、地面に染みを作った。

「縫ったところが開いてる。雑菌が入ったら危ない……」

少年は答えなかった。舞は質問を変えることにした。

「なんで病室を出たの……」

少年は眉間に深い皺を寄せたまま舞を見つめている。

「君……対馬から来たんでしょう」

少年がハッとした。射貫《いぬ》くように見つめてくる。

なんて暗い目なんだろう……。

「私に『今、まぐれ？』って聞いたの、覚えてる？　対馬弁で夕方って意味なんでしょう。ちょうどこんな感じなのよね」

舞は木立から覗く空を見た。すでに太陽は沈み、空は青色とオレンジ色とがどちらの色で染め上げるかをせめぎ合っているように見える。気づいたら少年も空を見上げていた。何かを思うようにじっと暮れなずむ空を見つめている。

「来たんじゃない」

……え？

「立って」

「足が痛い……。倒れた時、捻《ひね》ったのかもしれない」

嘘をついた。少しでも時間を稼ぎたい。自分が戻らなかったら、草香江と谷重が異変に気づいて行動を起こすはずだった。

「立って」

少年がもう一度、強く言った。目の前に突き出された右手には、鉛筆ほどの枝が握られていた。いつの間にこんなものを作っていたのか、葉は取れ、先端がこすれたように尖《とが》っている。首に突き刺されたら致命傷になるのは間違いない。

「どうするつもりなの……？」

「島に帰る」

「その身体じゃ無理。ちゃんと身体を治してから――」

少年が再び目の前に枝を突き出した。表情からも動作からも本気だということが伝わってくる。舞は少年を見つめたままゆっくりと立ち上がった。

「歩いて」

命じられるまま、木立から出ると体育館の裏手を進み始めた。背後にはぴったりと少年が張り付いている。体温と息遣いを感じる。信じられなかった。重傷者が一人で病室を抜け出し、体育館までやって来ていた。そして今、足を引きずりながらも立って歩いている。

今、何時だろう。

捕まってからどれくらいの時間が経ったのか。でも、腕時計を見ることは出来ない。ポケットからスマホを取り出すことも止めておいた方がいい。おかしな素振りをしたら後ろから一突きされかねない。そんな凄《すご》みをひしひしと感じる。

「お金、ある？」背後から少年が問いかけてきた。

「何するの」

「いいから」

「ない」

「嘘をつくな」

「ほんとよ。財布はレジ室に置いてある」

少年は考え事をするようにしばらく間をおき、「車は？」と再び問いかけた。

「ここには自転車で通ってる」

少年が黙った。

「でも、運転は出来る。駐車場に行けば病院の車があるかもしれない」

これも嘘だった。駐車場に行けば草香江がいる。草香江ならこの状況をなんとかしてくれるかもしれない。

体育館の裏を抜け、そのまま病棟の裏手へと向かった。なるべく人目を避ける方がいいと思った。騒ぎになって少年が興奮すると危険だし、対馬から来たことを伏せる為にもそうしなければならない。ルートに対して少年は何も言わなかった。荒い息を押し殺すようにして、後にぴったりと張り付いている。カラスの群れが幾つもの塊になって西の方へと飛んでいくのが見えた。ふいに「嶋津か」と声がした。薄闇で顔ははっきり見えないが、白っぽい白衣を着ている。20mほど先にいるのは谷重に間違いない。よりによって谷重先生と鉢合わせするなんて……。

「声を出すな……」

首筋に小枝の先端が触れるのを感じた。

「……嶋津じゃないのか？」

こっちがよく見えないのだろう。谷重がゆっくりと近づいて来る。

どうしよう……。

このままでは谷重が危険だ。爪先に何かが触れた。見下ろすと小石があった。気づかれないように右足を引いた。蹴ってどうなるかは分からない。一瞬でも谷重が躊躇《ちゅうちょ》してくれれば。そう願った。小石を蹴ろうとした瞬間、「ぐっ」と呻《うめ》き声《ごえ》がした。少年がばさりと足下に倒れた。何が起こったのか分からなかった。振り向くとそこに草香江が立っていた。

「怪我はないか」

草香江の問いには答えず、舞はしゃがみ込むとすぐ少年の顔を覗き込んだ。

息がある……。

「心配ない。気絶してるだけだ」

その瞬間、力が抜けてぺたんとしゃがみ込んだ。

「嶋津、無事か！」

谷重が血相を変えて駆け寄ってくる。

「ちょっと腰が……」

「抜けたか。それだけか？」

「はい……」

「良かったぁ。なんかあったらどうしようってヒヤヒヤもんだったぞ……」

谷重のくしゃくしゃにほころぶ顔を見て、置かれた状況が想像以上に厳しかったのだと分かった。

「怖かったです……」途端に身体が震え出した。

5

八畳ほどのスペースにベッドと小さな机と椅子、スタンド、テレビが置かれている。草香江は当直室のベッドに腰かけて缶コーヒーを飲みながら時間を潰していた。発見された少年は今、手術室で再手術を受けている。執刀しているのは谷重、助手は舞だ。

一つしかない窓の外はすっかり暗くなり、春日基地の照明灯がくっきりと見える。また煙草を吸いたくなった。一体いつになったら吸いたいという気持ちが消えてなくなるのだろう。そんなことを思いながら缶コーヒーを口に含んだ。腕時計を見ると時刻は七時五十一分を回ったところだった。水機団の隊員達は夕食を摂《と》ったり風呂に浸《つ》かったりして、一日の疲れを癒している頃だ。

「一応連絡しておくか」

独り言を漏らしながら、ポケットからスマホを取り出す。画面が灯《とも》ると一件のメッセージが届いていた。相手は永田真唯子だった。

【不在間異常なし】

実に短く、歯切れ良い。そんな永田らしさが頼もしかった。

近づいて来る足音が聞こえて、草香江はスマホをポケットに戻し、ベッドから立ち上がった。ドアが開き、現れたのは谷重と舞だった。谷重は手で「座れ」という素振りをした。再びベッドの端に腰を下ろした。

「どうだ?」

「手術といっても再縫合しただけだからな」

谷重が椅子を引き寄せて座った。

「ただ、熱がある」

「40度2分なので解熱剤を与えて眠らせています」と舞が言った。

「話を聞くのは明日ってことになりそうだな」

「そのことなんだが」谷重が舞を見た。草香江もつられるように視線を向けた。

「さっきの話、こいつにも聞かせてやってくれ」

「その前に」舞は立ち上がって居住まいを正すと、「さっきはありがとうございました」

そう言って頭を下げた。

舞が少年と一緒に行動しているのを見つけたのは草香江の方だった。

なぜ、すぐに連絡をしてこない？

不審に思ったのは束《つか》の間《ま》だった。舞が少年に脅されていることにすぐに気づいたからだ。谷重に連絡を取り、状況と打開策を伝えた。谷重を囮《おとり》にして注意を前方に引き付け、背後から近づいて少年の首に不意打ちを食らわせた。

「当然のことをしたまでだ。それより君の方こそ、自分の心配より先に患者の方に意識が向いていた」

「私も当然のことをしたまでです」

「いや、なかなか出来ることじゃないよ」

「俺の教えの賜物《たまもの》さ」

「お前はただ先輩ってだけだろう」

舞がクスリと笑った。谷重は何か言いたそうな顔をしつつ、頭を掻いた。

「それで、話とは？」先を促すと、舞は体育館の裏で少年と交わした会話の内容を話し始めた。

「彼は『島に帰る』と言ってました」

「帰る？　来たんじゃなくて？」

「それは強く否定しました」

どういうことなんだ……。

草香江は顎を手で触れた。考えをまとめる時のクセだった。谷重は椅子から立ち上がると、部屋の中をうろつき始めた。

「つまりだな、あの患者は島から脱出したんじゃなくて、なんらかの理由で海に落ちた。で、気がついたらここにいた。病院が嫌いで逃げるのもたまにはいやがるが、患者の一番の理由は島に帰ることだった」

「でも、島には得体の知れない生物がいるんですよね……。そんなところに戻ろうとするなんて……」

「島に大事なものを残している……」

「死ぬかもしれねぇのにか？　命より大事なものって何だ？」

「年齢からいってもおそらく金とか物質的なものじゃない。友達、恋人——」

「家族……ですよね」

舞の呟きに草香江と谷重の目が合った。

今も対馬に生存者がいるのなら、それは本物の奇跡だと思う。少年は島に「帰る」と言った。深い傷を負いながら、尚且《なおか》つ、舞を人質にしてまでそれを実行しようとした。よほどの強い思いがなければそんなことは出来ない。

「なんにせよ、彼から直《じか》に話を聞きたい」

蛍光灯の灯りが壁際に立った舞を照らしている。色白で幼い印象の顔がやけに険しく見える。

「他に気になることでも？」と草香江が尋ねた。

「気になるというか……」

「いいからなんでも言ってみろ」谷重が急かす。

「場所を聞かれた時、春日市の自衛隊病院だって言ったんです。その時ちょっと間があって……」

「間？」

「……自衛隊を嫌っているように感じました」

「そりゃそうだろうよ」と谷重が即答する。「島に置いてけぼりにされたんだ。俺達を恨んでいても不思議じゃねぇ」

「残したかったわけじゃない」思わず強い言葉が口を突いて出た。

ハッとして舞がこっちを見つめる。

「だよな……、うん、すまなかった」谷重が小さく言った。

その夜、谷重に誘われて行きつけだという焼き鳥屋に入った。「鳳凰《ほうおう》」という大袈裟《おおげさ》な店名の焼き鳥屋はJR春日駅のすぐ近くにあった。カウンターと座敷が四つだけというこぢんまりした店だったが、仕事帰りのサラリーマンや家族連れで賑《にぎ》わっていた。谷重が煙で霞む調理場の方に向かって軽く手を振ると、若い店員が「こちらです」と座敷の方へ案内した。生ビールのジョッキをコツンと合わせると、競うようにして中身を呷《あお》った。草香江は半分ほど、谷重はほとんど全部を飲み干した。

「お前、弱くなったな」

「そっちが強過ぎるんだ」

千切ったキャベツに載って運ばれて来る鳥皮の山を食べた。谷重が言う通り、美味い鳥皮だと思った。香ばしく、適度にパリパリとして、酒のお摘《つま》みには申し分がない。実のところ、食欲が完全に戻ってきたわけではない。一時期は肉や魚を見るのも嫌だった。吐きそうになるのを堪《こら》え、必死で身体の中に流し込んだ。戦う力を失いたくない一心だった。

「俺は外科医になって八年になる。そりゃ大ベテランからすりゃまだまだケツは青いさ」

唐突に自分を振り返り出した谷重に違和感を覚え、「酔うには早いんじゃないのか」と言った。谷重は生ビールから早々に芋焼酎のお湯割りに切り替えている。

「いいから聞けって。確かにな、俺のケツは青いかもしれん。でもな、それでもいろんなケースを見てきたさ。人体の不思議もそれなりに経験してきた。人体の解明は今、驚くべき進歩を遂げてる。こうやって話してる間にも、新しい発見が次々にされてる。俺はなぁ草香江、あと十年、いや二十年くらいの間には不死の問題が解けそうな気がしてる」

「不死か……」

「信じられんだろう。人が死なないで生き続けるなんてよ。死の概念がなくなるんだぞ。全部がひっくり返っちまう。あっちに三百歳、こっちに五百歳なんてことになったらどうする？　三十六歳なんざ生まれたての雛《ひな》だ。子供の部類にも入りゃしねぇ。何を大袈裟なとかって顔してるがな、でもな、それくらいのことが科学の世界では毎日起こってるんだ」

「そうか、凄いな」と答えたが、今の草香江にはそんなことはどうでもよかった。科学の進歩、社会情勢、料理の味付け、あの日以来、他のことがやけに希薄に感じられる。

気がつくと、熱に浮かされたように喋っていた谷重が黙り込んでいた。

「どうした？　眠いのか」

「……変なんだよ」

「何がだ」

「あの患者さ。いいか、腓骨は二ヵ所に亘《わた》って完全に折れていた。だから、それを繋ぐ為のプレート手術をしたんだ。でもな、さっき足を開いて見たら骨がほぼ繋がりかけていた。だから自力で歩けたんだ。手術からまだ四日しか経ってねぇのにだぞ……」

「人体の不思議って話はそこに繋がるのか？　それこそ交雑の証拠じゃないのか」

「違う。患者の身体は全部俺の知ってるもんで出来てる。交雑ってのは遺伝子汚染や免疫不全だ。あんなものは不思議でもなんでもねぇ。無理矢理力ワザで異種同士の細胞が混ざり合ってるだけだ。デタラメだ」

「彼女はなんて言った？」

　ふと、舞がどういう反応を見せたのか気になった。

「自然治癒力……。しかも桁外れのな。対馬という過酷な環境がそんな身体にしたのかもしれませんね、なんて抜かしやがった」

　草香江は聞いていてなるほどと思った。怪我をすれば身を守ることはおろか、反撃も出来ない。群にいた頃、大怪我をした隊員が医官も舌を巻くほどの回復を見せたことは何度もあった。対馬という特異な場所があの少年の治癒力を飛躍的に高めたという舞の考察は一理あるような気がする。

「でも、俺の見立てはちょっと違う。覚えてるか。上が俺達にやらせた適合試験のこと」

　ある日、防衛省から通達が来た。

【G-561に対する臨床試験。スクリーニングテストの実施】

自衛官約二十五万人の血液を採取し、適合率を調べる。これは男女の区別なく行われた。詳しい理由は一切明かされなかったが、アメリカやヨーロッパでも同じことが行われたと聞いている。噂《うわさ》によれば「G-561」は細胞を著しく活性化させるタンパク質因子であり、これを体内に備えていれば細胞の無限増殖化を促進させることが出来るといわれていた。つまり、怪我などは一瞬で治るという、兵士にとっては魔法のような代物だった。だが、結果は惨憺《さんたん》たるものだった。適合率は軒並み0が並び、最も高い数値でさえ、一桁台に留《とど》まったという。以来、追加のテストなどは行われていない。

「俺は患者の傷を診ながらそのことを思い出した……」

「馬鹿馬鹿しい」

「本当にそう思うか？」真剣な表情だった。こちらに向けた谷重の目が充血しているのは酒のせいだけじゃない気がした。

「だったら血液を採取して臨床試験をすればいいだけの話だろう」

「試験は凍結された。確認しようにもデータは一切残ってねぇ」

「そんな夢物語より現実の方が先だ。明日、少年と話をする」

「上には報告しないのか」

「まず俺が話をしてからだ」

安全が確認される日まで。そういう名目で日本政府は対馬を封鎖した。空港は閉鎖され、海は海上保安庁の巡視船・艇がパトロールを行っている。警察はドローンを使って二十四時間の監視態勢を敷いていた。もちろん自衛隊でも衛星や無人機を飛ばして島の偵察を行っている。そんな状況下、少年は島からやって来た。交雑もされず、生身の人間として。

果たしてそんなことが可能なのか？

もしかすると政府は生存者がいることを把握しているのではないのか。ＩＡＳの侵入を阻止する為、知っていてそのまま放置しているのではないのか。一介の兵士にまでは往々にして情報と真実は届かない。よほど慎重に事を進めなければならない。

「急いては事を仕損じる、か」

こちらの気持ちを見透かすように谷重が言った。

「なんだ。はっきり言え」

「その逆も然《しか》りってことさ。だからいつまで経っても結婚出来ねぇんだ。永田とはどうなってる？」

「なんでここにあいつが出てくる？」

「作戦も結婚も勢いに乗らねぇと機会を逃す」

谷重なりに自分のことを心配して言ってくれているのは分かっている。

島から戻った後、重度のＰＴＳＤだと診断された。今も時折、あの時の光景がフラッシュバックする。完治したとは到底いえないが、それでも部隊に戻った。止まっているより動いている方が気も楽だった。

「平時ならな、それもいい」

「ん？」

「まだ多くの人は気づいていないが……今は有事だ」

草香江はジョッキに手を伸ばした。いつの間にかビールはすっかり温《ぬる》くなっていた。

春日駅近くのビジネスホテルにチェックインしたのは十一時近かった。谷重は病院の中にあるゲストルームに泊まれとしきりに勧めたが、堅く辞退した。これ以上酒に付き合わされるのはごめんだし、一人になりたいという気持ちがあった。エレベーターに乗り込み、五階のボタンを押す。エレベーターホールから５０９号室まで歩き、カードキーを差し込んで部屋の中に入った。

シャワーも浴びず、すぐに眠りたかったが、酔っているのにやたらと頭の中が冴《さ》えていた。カーテンを開けて椅子に座る。ガラスに映った自分がいる。その向こうに対馬の風景が重なって見える。ポケットからスマホを取り出すと画像を開いた。ブレた写真が画面に広がる。ウインターバーベキューをしながら男達が笑っているのだが、顔は分からない。小田川《おだがわ》に撮らせたのが間違いだった。日付は二月十一日。建国記念日に行われた群の懇親会。まさかこれが最後の一枚になってしまうなど、あの時は思いもしなかった。今も夢を見る。仲間達が変わり果てた姿で島を徘徊している姿だ。止めるのは自分しかいない。死人が歩くよりも惨い姿から解放し、必ずや魂を天国に送ってやる。それが使命だ。

その為なら使えるものはなんでも使わせてもらう。

Recollection　二〇二三年二月十五日　遭遇戦

「島民が得体の知れないものに襲われているとの一報が入った。特殊作戦群は直ちに先遣隊を組織し、対馬に上陸する」

花門忠正《はなかどただまさ》陸幕長の命を受け、群長の藏品宗司《くらしなそうじ》1佐は直ちに先遣隊を組織した。部隊を率いるのは副群長の沖田昌玄《まさひろ》2佐となった。

七歳違いの沖田とは気心が知れていた。二度目に群への異動が決まった時も、そこに沖田の名前を見つけて喜んだ。身長は決して高くない。170㎝を切るくらいなのだが、それを感じさせないほど身体能力が高かった。努力家であり、それをひけらかすことはない。聡明《そうめい》で、何より部下思いの人だった。飲み会の席では幹部だけでなく、必ず末席にまで降りてきてざっくばらんに話をした。だからといって訓練は優しくはなく、一切の容赦はない。しかし、やり遂げた時に「よくやった」と笑みを浮かべて声をかけてくれた。隊員達は沖田の声が聞きたくて、能力以上の力を出した。

『沖田の魔力』

上層部からそんな風に評されていることは、草香江だけでなく誰もが知っていた。

習志野駐屯地のまだ夜が明けきらない空に、ゆっくりと爆音が近づいてくる。先遣隊が見つめる中、木更津《きさらづ》駐屯地を発した二機のオスプレイがゆっくりと降下を始めた。

「お前達二十名の目、耳、鼻、口が以後の作戦を決する重要な要因となる。そのことを片時も忘れるな」

演習場ではエンジン音に負けないほど大きな藏品群長の声が響いた。先陣を切って沖田が後部ランプからオスプレイに乗り込んでいく。草香江もすぐ後に続いた。

離陸後、キャビンでは作戦会議が開かれた。机上には対馬の地図の他、ファスト・フォースで収集された航空写真が広げられている。

「皆も感じていると思うが、おそらく対馬に現れたのはＩＡＳだろう」

ＩＡＳとはこの一年ほど前から突如として世界各国に現れた未知の生命体だった。ロシア軍や中華人民軍、最強を誇る米軍ですら撤退を余儀なくされたことは、群内部でも噂になっていた。ただし、あくまでも噂レベルだ。ＩＡＳの情報は国家レベルで巧妙に隠されており、一般に漏れ出たものは即座に否定され、消されている。正確なことは何も分からない。

ただ、どれだけ隠そうともいつかは必ず日本にも現れる。

その時、最初にぶつかるのは自分達だと覚悟もしていた。しかし、いざ下命されると心の奥底にある不安が湧いた。ＩＡＳの情報は限られており、姿、形のみならず、有効な攻撃手段がなんであるのかもよく分からない。作戦プランも具体的なものが立てられない状況だった。浮足立った隊員達を前にして沖田が語った言葉は今でもはっきりと覚えている。

「抗うには、それを越える存在となるしかない」

野戦訓練、レンジャー訓練、サバイバル訓練。群の訓練はすべてにおいて過酷であり、陸自内部でも常軌を逸しているとすら言われることもある。それほどまでに肉体と精神を苛《いじ》め抜き、勝ち上がってきた者だけが特殊作戦徽章を身に着けることが許される。日本の国旗である日の丸、正義や軍事力等を意味する剣、急襲が得意な鳶《とび》、陸上自衛隊の徽章である桜星及び古来神聖な木とされてきた榊《さかき》からなる栄光の徽章。この場にいる者は全員がそれを持っている。

だから、怖《おそ》れることなど何もない。

沖田の魔法の言葉は隊員達の胸に再び熱き血潮を巡らせた。

十四時三分、オスプレイはA地点である厳原北小学校のグラウンドに着陸した。空気の中に潮の香りがする。周囲に人影はなく、かといって悲鳴や襲われた形跡もない。どこにでもある冬の景色だった。

「作戦開始」沖田の一声で隊員達が五人ひと塊となって散っていく。

厳原町を基点に二十名をA、B、C、Dの四班に分け、東西南北の検索を行う。草香江率いるA班は町の北側、住宅街を抜けて対馬高校に至るルートを担当することになっている。A班は班長以下五名。加治屋《かじや》、福添《ふくぞえ》、浦畑《うらはた》、小田川といずれも第4小隊の猛者ばかりであり、このメンバーならたとえ相手がIASであろうとも引けはとらないという自負があった。

グラウンドを出て住宅街の方へと歩いて行く。いつでも発砲出来るように右手はM4カービンの引き金に掛かっている。人がいない。犬も猫も、およそ動いているものが何もない。心が騒ぐ。何かおかしいと五感が全力で伝えてくる。他の隊員達も言葉には出さないが、同じことを感じているはずだ。それでも歩みは止めない。周囲を警戒しながら進んで行く。厳原北小学校から2㎞ほど進んだところで無線が入った。

「こちらA班。オクレ」

「何があってもこっちに来るな！」

　西に向かった沖田の押し殺した声が無線機から響いた。背後には発砲音と叫び声がしている。

「何があったんですか！」

　呼びかけたが返事はなかった。というより無線が切れた。周囲に隊員達が集まってくる。

「副群長からですか」この中では最年少の小田川が尋ねてきた。

「あぁ」と答え、数秒の間どうするべきかを考えた。

「D班が戦闘状態に入った。これより支援に向かう」

　それだけを伝え、動き出した。

　沖田のところへと向かう。たとえ命令違反だと言われても、そうするべきだと思った。理由はない。ただ、直感が急げと告げていた。

市街地に出ると、乗り捨てられた車が点々と見える。橋を渡り、路地を進んだ。この辺りの地形図はすでに頭の中に入っている。この先の路地を抜ければ広い通りがあり、その向こうには中学校がある。おそらくそこにD班はいるはずだ。

不意に生臭い風が吹いた。

バラクラバをしていても思わず鼻を押さえるほどの強さだ。

「なんの匂いだ……」目を細めながら加治屋が呟く。

「分からん。腐敗臭だぞ……」福添が答えた。

「向こうからだ」浦畑が指をさした。

「気を付けろ」草香江は念を押すと、周囲を警戒しながら狭い路地を出た。

――あ！

息をするのを忘れる。瞳孔が開く。時間が止まった。

そこは赤一色に染まっていた。道路も建物の壁も電柱も何もかもだ。すべてが赤く染まっている。それだけじゃない。そこには腕があった。足もあった。胴体しかない身体が転がっている。足下にぐにゃりとした違和感を覚え、さっとブーツを引くと内臓を踏みつけていた。

「なんだ……これ……」小田川の声が震えた。

道路を挟んだ向かいの店先に人影が動いた。作戦群の戦闘服を着ている。目が合った。

沖田だった。

「沖──」と呼びかける、しかし、声は最後まで続かなかった。

草香江の声に反応したかのように、人のようなモノがゆっくりと立ち上がった。皮膚が剝がれ落ち、肉と骨が剝《む》き出しのおぞましい姿だった。人のようなモノの背中から沖田の上半身が生えていた。沖田が目を見開いてこっちを見つめている。

「くくく……くぅぅさささささが……ががぇぇぇえええええ」

Phase 2　二〇二一年八月十二日　車椅子の女

1

ベッドサイドテーブルの上に置いたスマホが震えて飛び起きた。クーラーをかけっ放しなのにべっとりと汗を掻いていた。数えきれないほど同じ夢を見ている。スマホの表示を見た。谷重と出ている。「また何かあったのか」と挨拶もせずに切り出した。

「そっちじゃねぇ」ぶっきらぼうな声が返ってくる。

「今すぐ病院に来い」

谷重の電話は一方的に切れた。

「なんなんだ……」

草香江はベッドの脇に付いているデジタル時計に視線を向けた。六時半を少し過ぎたところだ。まったく要領を得ない。鉛が入ったかのように重く感じる身体を無理やりベッドから引きずり下ろした。

夜間通用口から院内に入ると谷重が待っていた。

「どういうことだ？」

「俺にも分からん」

「ちゃんと説明しろ」

谷重の後について薄暗い院内を歩いて行く。入院病棟へと向かっていることは案内表示で分かった。

「変な女が来てる」

「女？」

「患者に会いたいんだそうだ」

「身内か？」

谷重は首を振った。「そんな風には見えん」

谷重も当直医から電話で起こされていた。今すぐ患者に会いたいという女性が尋ねて来ている。時間を改めてと言っても聞き入れてくれない。対応してほしいと。

「面会時間を無視してるのは百歩譲ってもだ、ピンポイントでここを訪ねて来るなんざどう考えてもおかしい。アナウンスしたわけでもねぇのに」

谷重の言う通りだった。年齢はおろか少年の姓名すら判明していない。漂流していたところを偶然発見し、福岡病院に運んだのは水機団の一部の者しか知らないし、警察や消防には行く先を通知していない。

三階に着いた。エレベーターを降りると、どこかで言い争っているような声が聞こえた。

「責任者が来るまで待てってナースセンターに押し込んである」

谷重がチラリと草香江を見た。

「……俺のことか?」

谷重は答えず、ナースセンターのドアを開けた。師長や看護師数人と一緒に嶋津舞も振り向いた。

「草香江さん、お疲れのところ、朝早くからすみません」

舞に「いいんだ」と答えて軽く手を上げた時だ。

「ようやくお出ましになったわね」よく通る女の声が響いた。

看護師達の向こう、若い女が真っ直ぐにこっちを見ている。ボブヘア、真っ白なシャツに黒いパンツ姿。パッと見、外国人かと思えるような派手な顔をしている。動くと丸いイヤリングが揺れた。それ以上に目を引いたのは女の乗っている車椅子だ。かなり大型で武骨な形をしており、どこか兵装じみた感じがする。

「責任者が来るまでダメだダメだの一点張り。ほんと、日本って縦割りよね。やんなっちゃう。コーヒーも最低だし」

看護師の一人がムッとした顔をした。出したのは彼女だろう。

「そう思わない、草香江さん」車椅子に乗った若い女が薄らと微笑《ほほえ》む。その瞬間、草香江は頭のスイッチを民間人から守秘義務のある自衛隊員に切り替えた。

「あなたは?」

女はバッグから名刺入れを取り出し、細くてしなやかな指に挟んで草香江に差し出した。

「DARPA《ダーパ》の方ですか……」と谷重が小声で囁《ささや》く。

「DARPAって？」

「そっちは略称、正式名はアメリカ国防高等研究計画局。所属は防衛科学研究所で私はそこのプロジェクトマネージャーをしてる沙村輪よ。沙村さんでも輪さんでも好きに呼んで。ただし呼び捨てはもうちょっと親密になってからね」

輪は一気にまくし立て、片方の眉をぐいっとひそめた。名前は日本人だが、ジェスチャーは完全に外国人のものだ。

「何？　全然分かってないって顔ね」

「全然……」と谷重が答える。

「要するにIASの研究をしてるってことよ。そこまで言えば頭の悪いあなたにもここに来た理由が分かるでしょ」

IASと聞いてその場にいる看護師達がざわついた。政府は未だ国民に向けて正体不明生物などと曖昧な名称を使っているが、ひとたびネットを覗けば、IASという言葉は至るところで囁かれている。

「ここは業務に差し障ります。谷重、どこか話せる場所はないか」

これ以上余計な話をべらべらとされるのはマズいと判断した。

「ん〜と、今の時間はだな。食堂はダメ、あっちも開いてないから……」

「ねぇ、時は金なりって知ってる？」輪が谷重に嚙みつく。すかさず舞が「二階の応接室はどうですか」と助け船を出した。

「よし、そこに行こう」

「その前に彼の顔だけ確認させて」

「だからそれはダメって言ってるでしょう。面会は患者の朝食が済むまで禁止。それがルールです」ベテランの吉富《よしとみ》師長がぴしゃりと言った。

輪は居並ぶ面々の顔を眺めながら車椅子の肘当てを中指で叩いていたが、「分かった。そこに案内して」と言うなりさっさとナースセンターを出て行く。出る間際、「コーヒーのお代わりお願い。ちゃんと淹《い》れ直してね」と念を押すのも忘れなかった。

「なんだあの女！」

看護師達と一緒になって谷重が不満をぶちまける。草香江は少年のカルテを揃えている舞に近づき、「君も一緒に来てくれないか」と小声で話しかけた。

「いいんですか、私なんかがいても……」

おそらく守秘義務に該当する話は出るだろうが、舞は自衛隊病院のインターンだ。ある程度の心構えも出来ているだろう。それに、舞がいた方が少年の容体についてはきっちりと説明が出来る。

「頼む」

「ねぇ、応接室どこぉ！」廊下から輪の不満気な声が聞こえる。「ただいま！」舞がすぐに飛び出し、草香江は鼻の穴を膨らませた谷重の背中を押すようにして後を追った。

輪は廊下でくるくると車椅子を回している。

「こちらです」再び舞が先に立って歩き出す。

「応接室ってエレベーターと階段、どっちが近い？」

「階段……ですけど」

「じゃあ階段で行くわ」

「でも……」舞が口籠もる。

「あぁ、心配しないで。平気だから」

草香江が小さく頷くと、舞はエレベーターの前を通り過ぎて真っ直ぐに歩いていく。

「あの女、どうやって階段を降りるってんだ？　まさか俺達に担げとか抜かすんじゃねぇだろうな」

谷重が小声で囁くのに、「多分、それはない」と答えた。

「車椅子のフレームにハネウェルのマークがあった」

「ハネウェルといや米軍御用達《ごようたし》の軍事企業じゃねぇか。どうりで車椅子がゴツいワケだぜ」

そうだ。おそらく沙村輪は米軍とも繋がりがある。自分のことも、少年が対馬から来たことも知っている……。

こんな時、永田がいれば頼りになるのだが、そんなことを言っても始まらない。

舞が階段へと続くドアを開けた。沙村輪は車椅子に座ったまま階段の縁まで進むと、

「見てて。面白いわよ」と誰にともなく言い、スマホを取り出し「Deformation（変形）」と言った。車椅子からモーター音が鳴る。やがて輪の身体が椅子ごと50㎝くらい持ち上がったかと思うと、底部から四本の脚のようなものが現れた。脚は器用に伸縮し、バランスを取りながら、健常者が歩くスピードと変わらない速度で階段を降りて行く。唖然《あぜん》とした舞や谷重に向かって輪は得意そうに眉を上げた。草香江だけは表情を変えることなくその様子を眺めた。

八畳ほどの応接室に入ると、輪の対面に草香江、その隣に谷重が座った。舞はコーヒーを取りに部屋から出て行った。

「早速ですが」草香江が切り出すのを輪が片手を上げて制した。

「あなたの聞きたいことは分かってる。どうして私が彼のことを知っているのか、でしょ。DARPA《ダーパ》を舐めないでほしいわね。日本政府が封鎖している対馬は我々の監視対象でもあるのよ」

「ってことは……」

輪が谷重に微笑む。

「そう。全部見ていた。衛星を使ってね。彼が漂流したことも、あなた達が訓練中に救助したことも、この病院に搬送したのも全部知ってる。おっつけ正式な書類がおたくの上層部に届くわ。でも、私はせっかちだから先に来ちゃったってわけ。分かった？」

「分かりません」と草香江が言った。

「何が？」

「あなた方は見ていただけですか？」

「それどういう意味？」

「言葉通りです」

「手引きしたとでも言いたいワケ？　アハハ、笑っちゃうわ。そっちの監視網がザルなのをこっちのせいにしないでよね。そりゃね、水機団が救助しなければうちが助けて連れて帰ってたわよ。その方が面倒がなくて良かったのに、中途半端にしっかりしてるんだから」

「なんだと！」

谷重が気色ばむのを制して、「なぜＤＡＲＰＡは彼に熱心なのですか？」と聞いた。

「というより私が、ってことになるかしらね。この半年間、彼の動向は可能な限り偵察衛星を使って追いかけた。といっても対馬は森が深いし、彼はほとんど穴蔵の中で過ごしているから見えない方が多かったんだけど」

「偵察衛星……」谷重が唖然とした感じで呟く。

「彼はあんた達が思ってるような普通の子じゃないの。少なくとも大いなる可能性を秘めてる」

「なんの可能性ですか」

「気づいてるんじゃないの？」輪は谷重の方を見ると「手術したんだから」と言った。

「G－561」

草香江と谷重が同時にハッとした。

「当たりがあるって顔ね」

ノックが聞こえた。草香江が立ち上がってドアを開けると、「すみません」と言いつつ舞が入ってきた。手に持ったお盆の上にはコーヒーカップが三つ載っている。輪はカップの一つを手に取るとすぐに口をつけた。

「それで？　彼はどんな状態なの？　会話は出来るんでしょう」

谷重は一度咳払《せきばら》いをすると「あんまりよろしくない」と答えた。

「もっと具体的に言ってよ」

「それはだな――」

「ここに運び込まれて来た時は重篤な状態でした。内臓損傷、左足は腓骨骨折していました。昨日、谷重先生と足の再手術をしたんです。無理に動いたせいだと思いますが、今も熱が高くて会話が出来るような状態じゃありません。というより、元々こちらの会話にもほとんど応じることはなくて、未だに名前すら分かっていません」

舞が谷重の後ろに立ったまま答えた。

「あなたは？」

「ここでインターンをしています、嶋津舞といいます」

「そう。これ、さっきのより断然美味《おい》しいわ」そう言って指でカップを弾く。「お湯の温度も熱過ぎず温過ぎず。あなた、いい医者になるわよ」

「……あ、ありがとうございます」突然、降って湧いたように褒められて、舞はびっくりした様子で一礼した。

輪は笑みを浮かべたままこっちに視線を戻すと、

「彼女が今言った通りだとすれば、運ばれた時は命が危なかった。でも――数日で動いた。不思議ね」コーヒーを口にしながら草香江と谷重の顔を交互に眺めた。まるで悪戯《いたずら》好きの小娘という風情だ。

「動いたといっても一人でトイレに行ってスッ転んだだけだ」

輪は笑みを浮かべたままスマホをこちらに向けた。そこには少年が病院を抜け出す様子や体育館の裏手に向かう様子、舞を人質にして移動する様子を上空から撮影した映像が映し出されていた。

「プライバシーもなんもあったもんじゃねぇな……」

「少なくとも彼に交雑の可能性はない。ＩＡＳと接触すると体組織の変化は数十秒で始まるから」

「そうじゃないケースがあるかもしれません」と草香江が言った。

「いえ、ないわ」

「断言は出来ないはずです」

「最初の異変は二〇二一年三月、パキスタンのカラコルム山脈の裾野にあるハイバル・

パフトゥンハー州マンセラ郡の小さな村。生存者によれば、夜半に地響きがして村に何かがなだれ込んできた。暗くて正確な数は分からないが、吼え声や足音から数十はいた。異様なのはそれが何なのか分からない。大きさも形もまちまちな生物が家を破壊し、家畜を食い散らし、寝ていた人々を紙のように引き裂いた。やがて生物はどこかに去り、残された村はボロ屑《くず》のように壊されていた。過ぎ去った後、人も家畜も木も花も何もかもが根こそぎ食い荒らされていた。ロシア科学アカデミーは直ちに調査団を現地に派遣したが音信が途絶え、第二次調査隊に同行したパキスタン軍もまた行方不明となった。次は二〇二一年五月、モンゴル国オブス県オラーンゴム。家畜・人の大量消滅。同年六月、オーストラリア領トレス海峡諸島。山から木々が消滅。八月にはエチオピア連邦民主共和国オロミア州で家畜・人の大量消滅が起きた」

まるでロボットのように事例を挙げていく輪を谷重と舞は呆然と見つめた。しかし、草香江は違った。「あなたは――」と強引に話を遮った。

輪が冷たい視線を向ける。

「そんなデータを幾ら挙げ連ねても無意味です。自分は対馬でIASを見た。実際に戦った。あれは化け物だ。人も草も虫も、命という命を喰って交雑する。常識なんか通用しない。IASを前に絶対も断言もあり得ない」

「私の話は机上の空論?」

「実際に体感しなければ分からないことがあります」

「したわ」

今度は草香江が輪を見つめる番だった。

「ＩＡＳに大切なものを奪われたのはあなただけじゃない」

しばらくは誰も口を開かなかった。壁にかかっている時計の秒針が時を刻む音だけがした。

「えっと、とにかくだ」谷重が切り出した。「今、あの患者に会わせるわけにはいかねぇ。これは主治医としての見解だ」

「見解？」輪が鼻で笑う。「まずは自分達が先ってわけね」

草香江と輪の視線がぶつかった。

「好きにすれば。言っとくけどタイムリミットは間近よ。じゃそういうことで」輪は首を反らすと「嶋津さん」と呼びかけた。

「――え？　はい？」

「悪いけど市内のホテル、押さえてくれる？」

「私が……ですか？」

「嶋津は小間使いじゃねぇんだぞ」谷重が腕を組んだまま凄んだが、輪は一向に気にする素振りもない。

「ビジネスはダメ。ネット環境と素敵な見晴らしと食事の美味しいところがいいわ。値段は気にしない。ベッドはツイン以上」と一気に告げた。

「取れたら電話して。番号は彼に聞いてね」と草香江を指さす。「じゃ、よろしく」コーヒーカップについた口紅を親指で拭うと、車椅子をターンさせて応接室を出て行く。

「……分かりました」

「見送って来ます」慌てて舞が輪の後を追う。

「なんなんだ、あの女はよ！」

谷重が立ち上がって叫んだ。

「落ち着け」

「俺をバカにすんのはまだいい。嶋津をてめぇのメイドみたいに扱いやがって。何が食事の美味しいところがいいわ、だ！　ふざけんな！」

「いいから座れ」

まだ怒りが収まらない様子の谷重は、そのままドスンとソファに腰を沈めた。

「少し冷静になれ」

「俺はいつだって冷静そのものだ」冷静さの欠片《かけら》もない素振りで谷重が答える。

「俺達のあずかり知らないところで、とんでもない計画が進行してる……」

「G－561か……」

「なんとしても彼と話がしたい」

谷重が短く頷いた。

結局、少年は何も語らなかった。何を尋ねても口を開こうとはしなかった。草香江だけでなく、谷重にも舞にもだ。ベッドに横たわり、顔を背け続けた。頑《かたく》なな態度が、逆に事態の深刻さを伝えているようだった。

「このままじゃ埒《らち》が明かん。一度、間を置こう」

輪の動向が気になったが、谷重の言葉を受け入れる形で、草香江はいったん佐世保へと戻ることにした。

2

相浦駐屯地に到着すると、官舎ではなく隊舎へと向かった。命の終わりを惜しむかのように、クマゼミが精一杯声を張り上げて鳴いている。向こうからTシャツ姿の一群が走って来るのが見えた。誰もがたっぷりと汗を掻き、日焼けした肌が光っている。草香江を見つけると、第3連隊の隊員達は立ち止まって敬礼した。草香江も返礼した。再び隊員達が走り出す。いつもの光景に心が落ち着いた。

中隊長に昇格すると個室が与えられる。とはいえ、八畳ほどのスペースに仕事用の机と来客用のソファがあるだけの簡素なものだ。壁にはホワイトボードがあり、そこには第3連隊全員の顔写真と名前、渾名や特技、月の予定がびっしりと書き込まれている。草香江は時折そのボードを眺めて、それぞれ隊員の特性や悩みなどを考え、時には部屋に呼んで悩みを聞くこともあった。

ドアを開けるとひんやりした。クーラーを利かせ、ソファに若い女が寝ころんでスマホのゲームをしている。若い女はこっちを見ずに上体を起こすと、「お帰りなさい」と言った。

「俺も若い頃は相当やんちゃをしたもんだが、上官の個室に勝手に入り込んでゲームをする度胸はなかったぞ」草香江は呆れながら、ジャケットをハンガーにかけた。

「中隊長は留守だって聞いてましたし」それよりスーツ姿って初めて見ました。結構、おじさんっぽくなるんですね。やっぱ迷彩の方がいいですよ。断然似合ってます」

「そんなお世辞で無断使用が許されると思うのか？」

「私の辞書にお世辞という言葉はありません」

ああ言えばこう言う。

丹澤巳緒《みお》は団本部通信班に属している。現在二十四歳。階級は3曹だ。小柄で色白、ショートカット。一見すると女子高生にしか見えない。丹澤はデザインの専門学校に在学中、いわゆるホワイトハッカーとしてスカウトされた。近年、防衛省は高度化するサイバー攻撃に対処する為、民間から人材を活用し、サイバー防衛隊の一部業務を外部委託しているのだ。確かに技術は素晴らしい。だが、歯に衣《きぬ》着せぬ奔放な物言いと、人に合わせることをしない自由な態度は規律を重んじる組織では疎まれる。持て余され、契約解除になるところに水陸機動団団長、赤城喬《たかし》陸将補が待ったをかけた。以後、丹澤は技術陸曹として新たに迎え入れられ、今に至っている。

「春日の自衛隊病院に行ってたんですよね」

草香江は机の上に積まれた書類に目を通しながら「あぁ」と答えた。

「この前の漂流者のことですよね。なんかあったんですか？」

「なんかってなんだ？」逆に問いかけた。

「だって、うちの医官がずーっと福岡に行きっぱなしとか、普通に考えたら変じゃないですか。それに中隊長まで様子を見に行くなんてなったら。なんかあったと考える方が自然です」

「勘ぐり過ぎだ。お前、ゲームのし過ぎだぞ」

「それを言うならミステリーの読み過ぎ、となります」

「知事の要請で搬送した手前、責任がある」

「確認なら電話で済むはずです」

「自分の目で確かめたかった。それだけだ。もういいだろう」

「あの要救助者って島の人じゃなかったんでしょう」

書類をめくる手が止まった。

何か知ってるのか？

鎌をかけたような言い草が気にかかる。

「訓練の前後、近隣に十代の行方不明者の届け出は一件もありませんでした」

「調べたのか」

「そんなの調べるうちに入りません」

「まだ分からん」草香江が言葉を濁すと、丹澤が「ふ〜ん」と相槌《あいづち》を打った。

「それは？」

話題を変えるのにちょうどいいものを見つけ、丹澤のスマホを指した。丹澤が画面をこっちに向ける。そこには古風な衣装を着た外国人の女の画像が映っていた。

「誰だかわかります？」

「さぁ」

「マタ・ハリです」

記憶を辿る。名前はどこかで聞いたような記憶があるが、思い出せない。

「二十世紀初頭、フランスを揺るがせた女スパイ。私の守護天使です」

スパイが守護天使などと知ったら、丹澤の上司である気の小さい三根《みね》通信班長はゾッとした顔をするだろう。

「お邪魔しました」するりと丹澤は立ち上がり、ペコリとお辞儀をした。そのまま一歩、二歩とドアの方に向かって歩き出す。

「あ、そうだ！」

今度は何だと思いつつ、目線は書類に落としたまま、声はかけない。

「知ってます？　前にやった臨床試験の話。ほら、上が全員にスクリーニングテストをやらせたじゃないですか」

話題が話題だけについつられるように顔を上げると、丹澤の顔にバカにしたような笑みが浮かんでいる。

「それがどうした」

「ロシアで適合率20%台が出たそうです」

思わず息を飲んだ。「……確かなのか」

「私のソースを疑うんですか？　ロシア科学アカデミー傘下のコンスタンティノヴィチ＝コルトソフ進化生物研究所のデータです。まだ公にはなってませんけどね。大怪我をしてもたちどころに治るメキシコサラマンダー！　つまりウーパールーパーのことですけど。完璧に眉唾だと思ってましたけど、これでちょっと分からなくなってきましたね」

言いたいことだけを言って丹澤が再び歩き出す。

「丹澤」と呼びかけた。くるりと踵を返して大きな目を輝かせる。その仕草が芝居じみており、異変に勘づいていることを如実に物語っていた。

「温度を下げてくれ」

「……え？」

「昔からエアコンの温度は26度と決めてる」

丹澤は壁際に備え付けられたリモコンを操作し、憮然《ぶぜん》とした様子で部屋を出て行った。

草香江は丹澤の出て行ったドアを見つめながら、椅子に深く背中を預けた。適合率20%台。冷静に考えればまだまだ成功などと言えるほどの数値ではない。だが、それだけの適合値を弾き出す人間が現実にいることには衝撃を覚えた。

「俺は患者の傷を診ながらそのことを思い出した……」

昨晩、焼き鳥屋で聞いた谷重の言葉が脳裏に甦《よみがえ》る。

対馬からの漂流者。

桁外れの治癒力。

DARPAから来た車椅子の女。

そしてG－561……。

おそらく沙村輪は彼の適合率を確かめに来たのだろう。大いなる可能性を秘めているということは、適合率はもっと高い値だと踏んでいるに違いない。でも、それが一体何なのか？　細胞の無限増殖化とIASとは何か関係があるのだろうか。

草香江は机の上のスマホを摑むと、アイコンにタッチした。五十音順にずらりと名前が並んでいる。太い指でスクロールすると「た」行で指を止めた。

ワンコールもしないうちに相手は電話に出た。

「丹澤、仕事を頼みたい」

「表？　それとも裏ですか？」

「DARPAという組織と沙村輪というプロジェクトマネージャーについて調べてほしい。大至急だ」

「それはなんですか」とか「その女は誰ですか」など余計なことを丹澤は聞き返さない。

「裏モード、了」それだけ言うと電話は切れた。

ドアがノックされた。「入れ」と呼びかけると永田が入って来た。

「すみません。戻られていることは知っていたんですが、組み手の最中でした」

永田の頬が上気している。永田は格闘術にも優れた適性がある。徒手格闘、銃剣格闘、短剣格闘、どれにも秀でており、指導官にも認定されている。群出身の草香江をもってしても、本気で手強いと思わせる数少ない相手だった。

「小菅《こすげ》と北口《きたぐち》はどうだ」

部隊で遅れ気味の隊員の名前を告げると、「二人とも頑張りました」と言って永田が白い歯を見せた。おそらく相当鍛えられたのだろう。

「福岡はいかがでしたか？」

「土産な、助かった。谷重の奴が本気で喜んでたよ」

「それは良かったです」

「座れ」と促すと、永田はさっきまで丹澤が横になっていたソファに座った。首にかけたタオルで滴る汗を拭う。草香江は冷蔵庫からミネラルウォーターを取り出し、テーブルに置いた。

「いただきます」

先日のアップルジュースとは違い、一切遠慮することなく飲み干していく。白い喉がリズミカルに揺れた。永田が落ち着くのを待ってから、「いろいろ分かった」と言った。

手短に経緯を語った。少年は対馬の生存者で間違いないこと、DARPAが強引に介入してきていること、その理由がどうやら以前行われたスクリーニングテストと関係があることなど。永田は一言も発せず、時折タオルで首筋を拭いた。

「どう思う?」

「もう少し情報が欲しいところですね。特にその沙村輪という女の」

おそらくそう言うだろうと思った。

「丹澤に調べてもらってる」

途端に永田の顔が曇った。

「なんだ?」

「丹澤を巻き込むんですか?」

「すでに巻き込まれたがってる。少年のことも、俺が何しに福岡まで行ったのかも調べてた。勘が鋭い奴だ」

「それが危なっかしいんです」

永田と丹澤は不思議と馬が合うようだった。永田からすれば手のかかる妹、丹澤からすれば頼りになる姉という感じなのかもしれない。これは確かめたわけではない。勝手にそう感じていることだ。

「気をつける」草香江は言うと、「また近いうちに福岡に行く」と告げた。

その夜、官舎の自室でトレーニングをしているとスマホが鳴った。メールの着信音だ。送信元は「M」。

【個人用のPCにレポートを送ってます。この人、なかなかユニークですよ（笑）】

冷蔵庫を開けてアップルジュースをコップに半分ほど注ぐと、小さな机の上に置かれたノートPCの電源を入れた。草香江はアップルジュースを一口飲むと、画面に見入った。

○年齢　二十六歳　身長　160cm　体重　46kg　国籍　日本

○九年前、十七歳（高校二年生）の時、家族旅行で訪れたチリとアルゼンチン国境のヘネラル・カレーラ湖で事件に巻き込まれ、父親・母親・妹を失う。自分自身も大怪我を負った。

○遺体はほとんど残されておらず、残った部分は司法解剖され、警察はピューマの仕業と断定した。

○意識を回復後、襲ったのはピューマではなく、見たこともない中型犬ほどの生物だと主張した。しかし、それが警察に聞き入れられることはなく、家族を失ったショックによる幻影だとされた。

日本人家族が南米チリで獣に襲われたという事件は記憶の片隅にあった。一時期、新聞やテレビが騒いでいた。「ＩＡＳに大切なものを奪われたのはあなただけじゃない」そう言い放った輪の顔が浮かんだ。ファイルにはチリの全国紙や地元紙が幾つか挟まれていた。そこには輪の家族や入院先でベッドに横たわった姿、帰国する際の様子が写っていた。驚くべきは顔の変遷だ。少女らしく笑っている顔は泣き腫らした顔になり、やがて無表情になっていた。

丹澤のレポートはまだ続く。

○帰国後、母方の姉の援助を受け高校を卒業。進学はアメリカ、カリフォルニア工科大学（めちゃくちゃ頭いい）。

○在学中、南米だけでなく、アフリカ、アメリカ、アジア諸国を巡り、独自に取材をする。三年時、科学雑誌に記事を投稿する。タイトルは「生物の枠から外れた存在」。しかし、まったく相手にされなかった（タイトルが悪かったのかも）。ネットでは「頭のおかしい女」と揶揄《やゆ》する投稿も現れる。それでも諦めず「ネイチャー」「ナショナルジオグラフィック」「ニュートン」へ投稿を続ける。どこにも掲載はされなかったが、アメリカ国防高等研究計画局（略称ＤＡＲＰＡ）から接触を受ける。

○大学卒業後、プロジェクトマネージャーに就任。七つに分かれている組織の中の一つ、「防衛科学研究所（ＤＳＯ）」に籍を置く。ＩＡＳ研究の最先端で分子細胞生物学の権威、ジョセフ・フォルトゥナート博士のプロジェクトチームに加わり、Ｇ－５６１の研究を進める。

「なんだって……」思わず声が洩れた。

あのテストを主導したのが沙村輪だったとは……。

これで繋がった。輪はＩＡＳの研究を進める上で、Ｇ－５６１を体内に持つ人間を探していた。ついに最大の可能性を持つターゲットを見つけた。だとすればどんな手法を使ってでも少年と会い、獲得しようとするに違いない。それにしてもなんというやり口だろう。世界中を巻き込んだなりふり構わないやり方には、怒りよりもむしろ怖ろしさを感じる。

それは俺も同じか……。

再び対馬に行く為、自分もまた少年を利用しようとしている。輪と向き合った時に感じた言いようのない苛立《いらだ》ちは、己の姿を鏡で見せられている気がしたからだ。

草香江はスマホから丹澤にメールを送った。

【とても参考になった。お礼をするから考えておいてくれ】

返信はすぐにきた。

【中隊長の部屋のソファをいつでも自由に使用出来る権限】

【考えておく】と返事を打つと、レポートを削除した。

3

気持ちが通い始めてるのかも……。

嶋津舞はそんな気がして嬉《うれ》しかった。

逃走未遂から一週間が経った。日常会話になら少しずつ応じるようになっている。食欲も旺盛で、病室に入れた器具を使ったり、廊下で歩行のリハビリも始めている。あらためて思うが、やはり傷の回復力には目を見張るものがあった。舞は彼の回復状況だけでなく、会話の内容から食事を出した時に何から手をつけたかまですべてを記録した。どこに対馬へと繋がるきっかけが潜んでいるか分からないと考えたからだ。谷重は彼が再び脱走を図る可能性を考え、病室を変えた。三階にある一番端の病室には外から鍵が掛けられ、部屋の中にはカメラが取り付けられている。二十四時間態勢で行動を監視出来るようになっている。舞は若干の抵抗を覚えたが、仕方のないことだと自分に言い聞かせた。

「おはよう」

朝七時、いつものようにドアをノックして病室に入ると、「あぁ……」とたどたどしい挨拶が返ってきた。

「よく眠れた?」

明るく声をかけながらカーテンを開ける。朝の光が一斉に飛び込んできた。

「まぁまぁ」

ベッドに上半身を起こした彼は、眩しさに目を細めた。髪が寝ぐせで逆立っている。手術をする時に短く切ったはずなのに、すでにかなりの長さに伸びている。爪もそうだ。額にあった傷は、近寄ってじっくり見ないと分からないところまで薄くなった。ベッド脇にある棚には文庫本が開いた状態で伏せられている。十代の若者が好きそうな本をネットで選んで何冊か与えたが、彼が手に取ったのは司馬遼太郎《しばりょうたろう》の『竜馬がゆく』だった。

「もう、そんなに読んだの」

昨日はまだ最初の数ページしか読んでいなかったはずが、栞《しおり》が挟んであるのは半分を超えたところだ。

「他にすることないから」

「本好きなんだね」

「ほとんど読んだことない」

「へぇ、そうなんだ」

舞は言葉を選んで語りかけている。彼も言葉を選んで受け答えしているのが分かる。お互いにそれを感じているが、表面上はさり気なさを装っていた。

「朝食持ってくるから、体温測っといて」

舞が病室から出て行こうとした時、「あのさ」と呼び止められた。

「頭に付けてるやつ、なんて言うの？」

舞は後頭部に手を当て「これのこと？」と聞いた。

「そう」

「バレッタよ」

「バレッタ……」確かめるように小さく繰り返す。

その様子を見て「好きな子にプレゼント？」と思い切って聞いた。

「そんなんじゃない」彼は素っ気なく返すと、「あれのこと、ＩＡＳって言うんだろ……」と話題を変えた。

表情を変えないように気を付けながら「どうして？」と聞いた。

「患者同士が話してるのを聞いたんだ。ＩＡＳってどういう意味？」

「確か……侵略的外来種とか」

「侵略的？」

「地球の生物じゃないってことだと思う。その頭文字を取ってＩＡＳ。でも、それってネットの噂だよ。呼び方も含めて政府は認めてない」

「俺らはあれのこと、鵺って呼んでた」

……え？

胸がドキドキした。鵺という喩《たと》えにではない。今、彼は確かに俺ではなく俺らと言った。複数形だ。やっぱり対馬には彼の他にも人間がいるのだ。そう思いつつ「鵺って？」と聞いた。

「猿の顔、狸《たぬき》の胴体、手足が虎だったかな。要するに寄せ集め、無茶苦茶ってこと」

「なんか凄いね」

このまま話を進めようか迷ったが——止めた。今はこれだけで十分だ。

「早く顔洗ってきて。目やに付いてるよ」

彼が目を擦る。

「嘘」舞はぎこちなく微笑みながら病室を出た。

廊下を歩き出したが、ふわふわして実感が湧かない。早くこのことを伝えたい。そう思っていると、ミーティングを終えた谷重が医局から出て来た。

「谷重先生！」

「おう。今日の患者はどう――」

谷重の言葉を無視してレジ部屋に引きずり込んだ。

「どうした、落ち着け。俺を襲う気か！」

「彼が！」

「いいからほら、そこ座れ」

谷重に強引に椅子に座らせられた。

「彼がどうしたって？」

「話をしてくれました！」

「そりゃ話くらいするだろう」

「そうじゃなくて！　これ、なんて言うのって聞いてきたんです！」

髪からバレッタを外して見せた。

「俺も分からん……」

「それからＩＡＳの話をしてきました。俺らは鵺と呼んでたって」

「そうか、なるほど、鵜ねぇ。言い得て妙だ。……ん？」

ふいに谷重がきょとんとした。「……お前、今、俺らって言ったか……？」

「言いました……。言いました！」

谷重の鼻の穴がみるみる膨らんでいく。

「これで他にも生存者がいることがはっきりした。嶋津、こいつぁ凄いことだぞ……。早速、草香江に伝えよう。他には何か言ったか？」

「いえ。それだけです。あまり焦らない方がいいと思って」

「あぁそうだな。焦ってまた貝みてぇに口を閉じられちまったら元も子もない」

「沙村さんにはどうします？」

沙村輪からは毎日、何度も状況を尋ねるメールが届いているが、まだ話せる状態ではないと断り続けている。

「あの女か……」谷重がガシガシと頭を掻いた。

「いつまでも引き延ばせないと思います。あの人だったらいつ乗り込んで来てもおかしくないし」

谷重は沙村輪のことを嫌っている。谷重もズケズケと遠慮なくものを言うし、沙村輪もあけすけに話をする。二人は似ているところがある気がする。耐性があるからなのか、舞は正直なところ輪がそれほど苦手ではない。先日、アパートに帰ると小包が届いていた。ゴディバのチョコレートが入っていた。添えられたメッセージカードにはホテルを準備したことに対する感謝の言葉が記されていた。そういう気遣いも出来る人なのだ。

「すぐに草香江を呼ぶ。そして患者と話をさせる。あの女はそれが済み次第だ」


その夜のこと。

舞が病院から歩いて二分ほどのアパートに戻った時、スマホの着信音が鳴った。玄関でパンプスを脱ぎながら出ると、「嶋津！」と谷重の大声がした。

「どうかしたんですか？」

「すぐ、302号室に来い！」それだけ言うと電話は切れた。

302号室は彼の病室だ。舞は再びパンプスを履き直すと、アパートを飛び出した。病院に駆け込むと薄暗い廊下を走り抜け、彼の病室に向かった。ドアは開いたままだ。嫌な予感がした。飛び込むと谷重が立っていた。呆然とした顔で舞を見つめてくる。ベッドは空だった。

「私が確認した時は確かに……」

天井付近に取り付けられた監視カメラには、舞が差し入れた本のカバーが貼り付けられていた。

「見ろ」

谷重が窓の方を指した。鉄格子が枠ごと外され、床にはコンクリート片が散らばっている。

「格子の嵌《はま》った部分をナイフかなんかで少しずつ削り、枠を外してここからジャンプした」

開いた窓から外を見ると、7mほど先にあるモミの木の枝が大きくへし折れていた。

「草香江には伝えた。俺達だけで患者を捜すのは無理だという結論に達した」

「警察に通報するんですか……」

「もうした」

「酷いこと、されませんよね……」

「むしろ警察の方が心配だ」

「先生！」

「あの患者は俺が知ってる人間の範疇外《はんちゆうがい》だ」

嘘……。

「彼は人間ですよ……！」

谷重の視線を断つようにして病室の中を見回すと、文庫本が閉じた状態で枕元に置かれていた。舞はベッドに近づき、手に取った。栞が挟んであった。そこには鉛筆でこう書かれていた。

【妹が待ってる】

Phase 3　二〇二三年八月十八日　姫神山《ひめかみやま》砲台跡　一

集合室と呼ばれている壕《ごう》に全員を集め、阿比留《あびる》が「三人がいなくなった」と告げた。そのうちの一人は兄だ。行本美咲は胸が苦しくなるのを感じて、左手をみぞおちに添えた。

三歳違いの兄は素っ気なくて口数も少ないが、病気がちな自分をずっと見守ってくれていた。両親を失ってからは特にそうだ。ずっと一緒だった。兄がいるから今までなんとか正気を保っていられた。

そんな兄が忽然《こつぜん》と消えた。

美咲は懸命に兄の姿を捜した。捜すといっても島全体ではない。島の突端にある暗くて狭い砲台跡の地下通路だ。いなくなればすぐに分かる。人にも聞いて回ったが、兄がいなくなった理由を知る人は一人もいなかった。いなくなったのは兄だけじゃなかった。山岸幸雄と里見利香も姿を消していた。美咲は山岸幸雄のことも里見利香のこともよくは知らない。兄が一緒にいるところも見たことはない。おそらく一緒にいなくなったのは偶然だろう。兄が自分を置いてどこかに行くとは考えられなかった。たとえ行ったとしてもそれは一時的なもので、いなくなることはあり得ない。それだけは確信があった。可能性を考えた。あり得そうなのは別の砲台跡に行ったということだ。島には他にも砲台跡が幾つか点在している。そこには生き残った人達がいると噂されている。

「島の外はどうなっているんだろうな……」

兄の口から独り言のような言葉を聞いたことがある。もしかすると連絡する手段を探しに向かったのかもしれない。でも、それならそれで自分に一言言っていくような気がする。黙って出て行くことはないと思えた。

じゃあなんだろう……。

他に思い当たるのは薬だ。喘息の薬。ちゃんと飲んだといっても咳だけは誤魔化せない。砲台跡は閉鎖空間で、空気が籠もっている。前より症状が悪化しているのは自分でも分かっていた。持ってきた薬を歯で半分に割って飲んでいたが、それでは抑えきれなかった。兄は街まで喘息の薬を取りに行ったのかもしれない。そんな気がする。言うと反対されるから、心配させないように黙って行ったのだ。

「これで、この砲台跡にいるのは二十一人になった」

阿比留は地区の会長をしている。白い髪、白い髭《ひげ》を生やしている。おそらく七十代くらいだろう。美咲が小学生の頃から交差点に立って見守りをしていた。砲台跡に逃げ込んだ後、自然と推されるようにして阿比留が責任者のような立場になった。「砲台跡に向かえ」と指示したのも阿比留だ。しかし、阿比留の奥さんは逃げる途中、「鵺」の犠牲になった。ここにいる者はみんなそうだ。家族、兄妹、親しい人を失《な》くしている。

あの日、学校から帰って玄関を開けたら、生臭い匂いがした。これまで嗅いだことのない、咽《む》せるような匂いだった。ハンカチを出して鼻を覆うと、家の奥から何かを砕くような「バリバリ」という音が聞こえた。

「お母さん……？」

返事はなかった。靴を脱ぎ、玄関から廊下を進んで、突き当たりのキッチンに向かう。進むにつれて生臭い匂いがどんどん濃くなった。ふと、足に粘り気を感じ、下を見た。白いソックスがどす黒く染まっている。黒い染みが床の上を川のように流れている。

………何？

その時、テーブルの向こうで何かが動いた。

「お母さん……？」

もう一度小声で呼んだ。やはり返事はない。息を殺して覗き込んだ。そこに黒い体毛が生えた見慣れない生き物がいた。美咲の方に背中を向けている。びっしりと毛が生えた背中は、大人の男くらいはあるだろうか。

――イノシシ！

時折、人里にイノシシが現れることがある。作物を食い荒らす害獣だ。こっちの思いが届いたかのように、生き物が振り向いた。小さな耳を立て、黒くて大きい円《つぶ》らな瞳が輝いている。顔はどことなくテンのようだ。生き物は美咲を見つめたまま、口をもぐもぐと動かした。ずるずるとソーセージのようなものが口の中に吸い込まれていく。白くて長いものが生き物の向こうに見えた。それが腕だと分かるのには間があった。時折、どたん、ばたんと腕が跳ね上がる。肘に見慣れた痣《あざ》があった。母親は生きたまま喰われていた。生き物が上体を起こしてこっちを見た。頭の中では「逃げろ」と叫んでいるのに、身体がまったくいう事を利かない。生き物が「キー」と啼いた。べっとりと口の周りを血で濡らしているのに可愛《かわい》い声だった。

その時、何かが駆け抜けた。兄だと分かるまでに少し時間が掛かった。兄は野球で使うバットを生き物に振り下ろすと、自分を抱いて走り出した。それからどうしたのか、記憶がぷっつりない。気がついたら、砲台跡で兄に抱き締められていた。咳が止まらず、苦しくて涙が出た。兄は「大丈夫だ」と言った。「兄ちゃんがいる」と言った。何度も何度も。

時間が経つにつれて、母親が死んだことを段々と受け止められるようになった。兄から父親も死んだことを知らされた。一向に受け止められないのは、みんなが鵺と呼ぶ生き物のことだ。あれは一体なんなのだろう。突然、どこからかやって来て、犬も虫も花も人間まで手当たり次第に食べ始めた。人間は生態系の頂点だと教えられてきた。事件に巻き込まれたり、事故で死ぬことはあっても、他の生き物に食べられるということは一度も考えたことはなかった。鵺は生きたままお母さんを食べていた。黒々とした円らな瞳を今もはっきり覚えている。悪びれた様子もなければ、怯えた感情もなかった。捕らえた獲物をただ食べている。当たり前のことをしているだけだった。だからこそ怖い。怖くて怖くてたまらない。捕まれば確実に食べられる。突然、人間は捕食される側になった。獲物になった……。

「美咲ちゃん」と呼ばれて我に返った。阿比留がこっちを見ている。白い眉が垂れ下がり、ヤギのようだ。

「玄がおらんでも心配ない。みんながおるから」

兄と二人が抜けて、残り二十一人。最初は砲台跡にもっと人がいた。おそらく今の倍くらいはいたと思う。まず、四十代、五十代の男の人が減った。他の砲台跡に出て行ったまま戻らなかった。次に七十代、八十代のお年寄りが死んだ。元々持病があったそうだ。赤ちゃんと三歳の子供も高熱を出してそのまま息を引き取った。二十代の女二人が壕の中で首を吊っているのが見つかった。砲台跡には老人が数人と中年の女、怪我をしている中年の男、子供が残された。美咲のような十代の女は他にいない。

「はい」と返事をしようと口を開けた途端、咳が出た。近頃は、一度出始めるとなかなか止まらない。中年の女が背中を摩《さす》ってくれた。梅野《うめの》だった。「すみません」と言おうとしたがダメだった。

薬を飲んで眠った。目覚めた時には咳も落ち着いていた。兵舎跡には誰もいなかった。おそらく作業に出ているのだ。美咲はベッドの上で身体を起こした。ベッドといっても床に刈られた草を被せただけのものだ。最初の頃は痛くて眠れなかったが今はもう慣れた。通路に出て声のする方に向かう。コンクリートで壁が覆われているせいで声が反響するのだ。弾薬庫跡では女達が貯蔵する食料作りをしていた。

「もういいのかい？」

梅野が声をかけてきた。

「はい。さっきはすみませんでした」

「いいのよ。浩二《こうじ》も喘息だったからさ、分かるのよ」

浩二とは息子の名前だ。兄の同級生でサッカー部だった。女子にとても人気のある人だったから美咲も知っている。梅野も大切な息子を鵺に奪われた。美咲は梅野の隣に座ると、目の前に置かれた山盛りの野草を数本手に取った。砲台跡の周辺に生えている野草を手当たり次第に集め、それを選《え》り分けて食料にするのだ。

一本の野草の中でも食べられる部位とそうでない部位がある。葉、根、茎、花、芽の五つに分け、虫のついたものや変な匂いのものは捨てる。触ることも大事だ。肌に触れた部分が痒《かゆ》くなったり、発疹《ほっしん》が出たら毒があるサインとなる。火を通すのも重要になる。幸いなことにライターがあった。ここに逃げ込んできた当初、喫煙者が数人いた。やがて煙草はなくなり、ライターは共有され、火起こしの道具になった。

その他にもツイていることが幾つかあった。スプーンや包丁、紙皿や紙コップが見つかった。ビニールシートや傘もあった。おそらく誰かが砲台跡でキャンプをした名残だろう。

砲台跡へ逃げる際、家から何かを持って出てきた人はほとんどいない。皆、慌てふためき、着の身着のままで走った。だから、投棄されたゴミ袋からカップラーメンの容器やペットボトル、ビールの空缶を取り出し、雨水を貯《た》めた。袋も使った。ガムの包み紙から飴《あめ》の袋までなんでも利用した。生理用品などないからハンカチやハンドタオルを使い、ビニールシートで覆って身体を拭くのを見られないようにした。替えの服や下着はないから、必ず毎日手洗いして清潔さを保つことを心掛けた。

「それ、ダメよ」梅野が美咲の摑んでいる野草を見て言った。

「嚙んだら舌がヒリヒリするって村瀬《むらせ》さんが」

「ヤナギタデね」

奥の方に座っている村瀬が頷く。村瀬は役場を退職した後、趣味の山歩きが高じて観光客のガイドのようなことをやっていたそうだ。だから、島の生き物や野草に詳しかった。

「ありがとうございます」

「そっちの黄色いのとかいいわよ」

「これ、タンポポですよね」

「そう。タンポポはどこにでも生えてるし、花と葉っぱと茎が食べられる。葉っぱはよく煮て、水にさらしてアクを抜いたら白和《しらあ》えやおひたしにする。っていっても調味料ないけどね」

「じゃあそのつもりで」

美咲の言葉に村瀬が笑う。

「ここじゃなんでもそのつもりでね」

つられるようにして女達が笑った。美咲も笑った。笑うと髪が顔にかかった。砲台跡に逃げてから一度も髪を切っていない。島が平和だった頃、時々、お風呂に入る前に母親がブラッシングをしてくれた。髪の毛の汚れを落とすことでシャンプーの泡立ちが違い、泡が汚れを絡め取りやすくなると言っていた。母親は結婚する前、美容師の専門学校に通ったことがあり、子供の時は髪を切ってくれていた。美咲にとってはそんなうんちくよりも、母親との何気ない会話の時間が好きだった。垂れてくる髪を掻き上げて耳にかけ、作業を続ける。

砲台跡に逃げ込んで以降、この辺りで鵺が見かけられたことはない。阿比留を始め、男達は交替で見張りをしている。鵺がいない。そのことが細い緊張の糸をなんとか切らさずにいる。

私達は生きている。ここで、必死に生きている。

だから、お兄ちゃんも生きていて。どこかで。絶対に。

笑い声を聞きながら、美咲はタンポポを握り締めた。

Phase 4　二〇二二年八月十九日　変動

1

大理石を基調としたバスルームにアロマを焚《た》いて、沙村輪はのんびりとバスタブに身を浸していた。少し温めのお湯が心地良い。それに、バスタブのすぐ脇にある大きな窓からは、朝日に照らされた砂浜と濃い青色をした海が見えた。博多湾だ。日本海にはもう少し猛々《たけだけ》しいイメージを持っていたが、意外にも波は穏やかで静かだ。遠くに白い船が見える。その光景はフランスかイタリアの避暑地を思い起こさせた。まさか、福岡でこんなに美しい景色に出会えるとは思っていなかった。百道《ももち》地区にあるホテルを選んだ嶋津舞のセンスには感謝しなければならない。とはいえ、対馬から漂流して来た患者に未だ会わせようとしないのは癪に障る。要因はあの男だ。水機団の医官、谷重喜一郎。

水機団については他にもいろいろと調べた。中でも草香江達也の調査は特に念入りに行った。水機団の前は特殊作戦群に所属していた。特殊作戦群は陸上自衛隊の特殊部隊であり、その存在は秘匿されている。草香江はそこに二度に亘って配属された。つまり、兵士として極めて有能だという証《あかし》だろう。だからこそ半年前の対馬先遣隊にも選ばれている。

ＤＡＲＰＡの防衛科学研究所にはＩＡＳに関するあらゆる情報が世界中から集められている。政府のものであれ、軍のものであれ、民間のものであれ、だ。陸上自衛隊が対馬で行った二つの上陸作戦も当然そこに含まれていた。

最初の作戦名は「電光石火」。特殊作戦群から二十名が選抜され、投入された。侵入し、調査し、確証を掴んで引き上げる。それが先遣隊に課された任務だった。しかし、島は彼等の想定を超えていた。というより大きく変貌を遂げていた。先遣隊はＩＡＳと遭遇し、数を減らした。急報を受けた日本政府は慌てふためき、三時間後、ようやく次の方針が決定される。

新たな作戦名は「鎮」。対馬から異物《ＩＡＳ》を取り除き、鎮める。

結果として作戦は失敗した。島から異物を取り除くことも、鎮めることも出来なかった。ＩＡＳに対する明らかな情報不足が先遣隊の壊滅に繋がり、災害要請で向かったが故に後続部隊が重火器を装備していないという準備不足を露呈した。作戦中に命令が「災害派遣」から「防衛出動」、再び「災害派遣」と二転三転したことも現場を混乱させた。これだけ揃えば作戦が成功するなどあり得ない。そんな中、草香江は島民が護衛艦に救助される間、撤退せずにＩＡＳと激しく戦っている。先遣隊の生存者は三名、草香江以外は今も病院で治療を受けている。もし、特殊作戦群があの場にいなければ、死傷者の数は桁違いになっただろう。

輪は窓の外を眺めながらバスタブの縁に置いたスマホを掴んだ。

「考察14」

録音用のボイスメモにして語りかける。

「おそらく草香江は再び対馬に行くことを考えている。仕事の失敗は仕事で取り返すしかない。軍人らしいロジックだ。彼から対馬の情報を聞き出し、それを使って上層部を動かすつもりだろう。そんなことはどうでもいい。彼の存在意義を何も分かっていない。彼は世界の希望だ。ＩＡＳに対抗しうる――」

着信が入った。パネルをタッチして切り替える。

「もしもし」

「嶋津です」

「ちょうどお風呂に入ってあなたのことを考えてたのよ。ここは天国だってね」

「そう……ですか」

声が沈んでいる。「どうかした？」と優しく尋ねた。

「彼が……逃亡しました」

「いつ？」

「昨夜です……」

「時間は？」

「おそらく九時から十二時の間」

「確かまだ動けないんじゃなかった？」

「すみません……」

「嘘じゃないわよね？」

「嘘なんかつきません！　いえ……、これはほんとです……」舞の声が小さく、震えた。

「すぐそっちに行く」輪はそう言うと、一方的に通話を切った。

「まったく……」

深い溜息をつくと、輪は再びスマホを操作した。舞が言った時間帯の福岡病院周辺のドローン画像をチェックする。暗視映像を読み解くのはコツがいるのだが、とうに初心者の域を脱している。細部に亘って注意して見たが、それらしき姿はどこにも映っていない。おそらく物陰に沿って移動したのだろう。

英語でショートメールを打った。

【Boss, the subject ran away.（ボス、対象が逃げた）】

DARPAの長官、ビル・コンドラッドからの返信はものの数秒できた。

【Expand the search range. Be sure to find it.（捜索範囲を広げる。必ず見つけろ）】

輪は視線を窓の外に向けた。彼はまだこの街のどこかにいるだろう。それにしてもなんという失態、余裕をもって接し過ぎたのが間違いだった。

「私もまだまだ甘ちゃんだわ」

呟くと、バスタオルに手を伸ばした。

応接室のドアを開けると、谷重が驚いた顔で輪を見た。

「ノックくらいしろって！」

何も答えず、部屋の中を一瞥《いちべつ》した。谷重、舞、草香江もいる。その隣には見知らぬ若い女がいた。

「輪さん」

舞が促す方へ車椅子を進めた。

「コーヒーを貰える？」

輪が言うと舞は頷き、すぐに部屋を出て行った。

テーブルを挟んで三人の向かいに陣取ると、「どういうことか説明して」と誰にともなく言った。

「鉄格子を枠ごと外して逃げた。昨夜のことだ」と谷重が答えた。

「監視してたんじゃなかった？」

「見ないでほしいっていう時間があった。……男の子だし、分かるだろ」

「つまり、私に嘘をついていたということね」

「嘘っていうかだな……」

「喋れない。動けない。熱がある。吐き気がある。眩暈《めまい》がする」

谷重が口籠もるのを輪は冷ややかな目で見つめた。そのまま視線を草香江に向ける。

「うちからの書類は届いた？」

草香江が頷く。

「そこにはなんと書いてあった？」

「全面協力せよ」

「してないじゃない！」テーブルを叩いた。弾みで三人の前に置かれたコーヒーカップが揺れた。

「私が接触する前に聴取したがっていたのは知ってる。その理由も大方見当はついてる。行本玄から情報を聞き出して、もう一度対馬に行きたいんでしょう」

草香江はそのことには答えず、「行本玄……」と呟いた。

「それが彼の名前ですか？」

「行本玄、十七歳。厳原高校二年。家族構成は四人。父親と母親、三つ下に美咲という妹がいる」

「なんであんたがそんなこと知ってるんだ……」谷重が驚きの声を上げた。

「対馬は監視対象だと言ったわよね」

再び谷重がムッとする。輪は無視して「それで、今はどういう状況なの？」と尋ねた。

「警察と海保が動いています」

草香江が答えた。

「海保？」

「半年前から対馬への空路は閉鎖されています。となると海を渡らなければなりません。ならば向かうのは港、必ず船を手に入れようとするはずです」

草香江の隣にいる女が口を開いた。

「あなたは？」

「申し遅れました。第3水陸機動連隊の永田1尉です」

永田は立ち上がると軽く一礼した。

あぁ……思い出した。草香江の右腕だ。

背がスラリと高い。写真で見るより実物の方が遥かに美人だ。日焼けはしているが、目鼻立ちは整っており、表情には自信が漲《みなぎ》っている。しいて言えば宝塚の男役のような感じだ。

「私、こんなだから立てないの」ひじ掛けを軽く叩く。

「いえ」永田が再びソファに座った。

「いいわ、そういうことなら。遠くないうちに見つかるでしょう」

実際のところ、半分も当てにしていない。すでにボス《長官》経由で沖縄の在日米海兵隊基地部隊が動いている。監視用ドローンの目から逃れることは不可能だ。

「それまでに行本玄の検査データを一式用意して」

「検査データをか？」

「そうよ。今すぐ。Right now!」

「患者のデータは個人情報だ。そう容易《たやす》く――」

「谷重」草香江が言葉を遮った。

「分かったよ……。やりゃいいんだろ……」

「沙村さん」

「輪でいいわ」と草香江に答える。

「……輪さん、彼——行本玄の検査データを使って何をするつもりですか」

「なんとなく想像ついてるんでしょう？」

「ほんとか？」谷重が輪ではなく草香江に聞いた。

「G－561の臨床試験」

「だからあれは凍結されたって——」

「してないわ。やり方を変えただけ」

「なんであんたがそんなこと言える？」

「私もプロジェクトチームの一員だから」

「は……？」谷重は言葉を失った。

「ロシアで20％台の適合率が出たと聞きました」

「そんなことよく知ってるわね」

草香江は答えない。

「カビリヤ・ポランスキー、三十一歳。農民。村がIASに襲撃を受け、彼は唯一の生き残り。背中にIASから受けたと思われる刃傷痕《にんじょうこん》があった」

「直接接触……」と永田が呟く。

「他にも世界中で三十人弱、10%から20%ほどの適合率が出ている。その誰もがＩＡＳとの直接、及び間接接触が確認されている」

「では、彼も……」

「おそらく。手術後にすぐ動いたわけだしね。傷の治癒力、回復力はもちろん、髪や爪の伸びるスピードも普通の人とは全然違う」

「なんであんたがそんなこと……」

「舞から聞いた」

「あいつ、余計なことをペラペラと……」

「舞を悪く言うのは筋違いよ。あの子は患者を心配しているだけ」

「つまり、彼は重要な対象者になりうるということですね」

輪は草香江に向かって頷くと、

「アメリカにいる時より、むしろ今の方が断然確信が持てる。ちなみにだけど」と草香江を指さし、「あなたも対象の一人なのよ。対島戦の貴重な生き残りなんだから」と言った。

草香江は黙ったまま輪を見つめた。

「舞、遅いわね」

「輪さん、あなたは本当にメキシコサラマンダー並みの驚異の再生能力を獲得することが出来ると思っているんですか」

「へぇ、上手いこと言うじゃない」輪は唇の端に笑みを浮かべると、

「思ってるんじゃないわ。一年前、この世界に突如ＩＡＳが現れた。そう報道されてる。でも、真実は違う。ＩＡＳは何年も、もしくは何百年も前から少しずつ数を増やしてきたのよ。パンデミックが起きたのがちょうど一年前だったというだけ。ＩＡＳとはなんなのか、どこから来たのか、何をしようとしているのか。正確なことは何一つ分からない。でも、一つだけはっきりしていることがある。ＩＡＳを殺さない限り、人間の——地球上に住む生物の未来はないってこと」

と一気にまくし立てた。

「大袈裟だ」と谷重が喚いた。

「こっちには銃も戦車もミサイルもある。あんた達お得意のドローンでＩＡＳを見つけ出し、レーザーをぶち込むことだって可能だ。生命力があるといっても相手はたかが生物だぞ」

「おそらくＩＡＳを兵器で全滅させるのは無理。核ミサイルで地球ごと吹っ飛ばせば話は別だけど。それでも真空で生き残る可能性は残ってる。一匹ずつ、確実に葬る。時間は掛かるけど、これが一番確実なやり方よ。その為にはＩＡＳと同等、その上をいく力が必要なの」

「ＩＡＳに対抗するのはコントロールされたＩＡＳということですか……」

「Ｇ－５６１は細胞の無限増殖化を促進させる。治癒力が高まるのは側面の一つでしか

ない。G-561は眠れる遺伝子。太古から繋がる我々とは別系統の人間のね」

草香江が怪訝《けげん》な顔をした。

「私のこと、頭がおかしな女だと思ってる？」

「別系統とはなんですか」

「巨人よ」

草香江、谷重、永田、三人が三様に息を飲んだ。

「『神の子たちが人の娘らと交わって子供を産ませたその頃、この地にはネフィリム《巨人》がいた。彼等は大昔の名だたる勇士であった』。これは旧約聖書の『創世記』第六章の一節。ヘカトンケイル、キュクロープス、ティターンにギガス、アルビオン。巨人はギリシャ神話にも無数に登場する。ヨートゥン、リトー、ツニートは北欧神話、盤古《ばんこ》や長《ちょう》人《じん》は中国、日本にもダイダラボッチがいる。太古から世界中に巨人はいた。その証拠も無数に見つかっている」

「では、どうして巨人は消えたのですか？」永田が口を開いた。

「気候変動、疫病、覇権争い、種の減少、原因はいろいろ考えられるけど詳しいことは分からない」

谷重が馬鹿ばかしいという風に鼻を鳴らしたが、話を続けた。

「私は見つかった巨人の歯や骨から巨大化するコマンドを見つけ出した。それが限られた人間の中にあることも突き止めた。巨人の末裔《まつえい》。その遺伝子が発動する鍵が――」

「ＩＡＳとの接触……」草香江が呆然と呟く。

「脳に強い刺激が加わると下垂体が刺激され、成長ホルモンが促される。成長抑制機能の箍《たが》が外れてしまう。ここから爆発的な細胞増殖が始まり、G_1期『大きさの増大』、S期『ＤＮＡの合成と複製』、G_2期『大きさの増大』、M期『有糸分裂と細胞分裂』が起こる。巨大化するにしたがって張力が発生し、細胞が離れる方向に引っ張られて更に成長が加速する。約三分で10ｍほどに達する。人間の数十倍のパワーを兼ね備えた人間。強く、大きく、シンボリックで、感情もあれば会話も出来る。私達はジャイガンティスと呼んでる」

　ドアがノックされ、コーヒーをお盆に載せた舞が現れた。

「遅い！」

　舞は慌てて輪の前にコーヒーカップを置くと、「医局に呼ばれてしまって……。砂糖とミルクはお使いになりませんでしたよね」と言った。輪は早速コーヒーを口にすると、「美味しい」と返した。舞がほっとした表情を浮かべる。

「もう一度言うわ。今後は二度と嘘はつかない。邪魔もしない。これはお願いじゃないということを忘れないで」

　輪は一同の顔を見つめた。

「早速だけど病理検査室を借りるわよ。舞」

「はい」

「手伝って」

舞が谷重を見る。谷重が小さく頷く。

「分かりました」

舞は輪の車椅子を後ろから押し始めた。

「たまには押してもらうのもいいわね」

そう言って笑った。

2

車の音がした——ような気がした。

行本玄は目を開けた。潮の香りに包まれているうちに、いつの間にか眠ってしまったようだ。辺りはまだ暗い。誰かが岸壁をこちらに向かって歩いて来る。人であることは懐中電灯の灯りが揺れていることで分かる。玄は建物の陰から息を殺して光の行方を見つめた。次第に姿がはっきりとしてくる。ジャンパーを羽織り、煙草を咥《くわ》えた中年の男だった。男が岸壁から船に乗り移る。長さが20m越えの刺し網漁船が反動でゆらりと揺れた。

やっと来た……。

玄は立ち上がると、男の飛び乗った船に近づいていった。男が後部甲板の方に向かうのを見計らい、揺らがないように注意して乗り移った。ゆっくり、息を殺して男の背後に近づく。玄の手には刃こぼれした果物ナイフが握られている。

体力や運動機能を回復させながら、周到に準備を進めた。病院というところは物を集めるのに適している。地下にある職員用のコインランドリーから服を拝借したり、入院している患者の部屋に忍び込んでは、金や保存食を盗んで回った。併設された薬局では欲しかった喘息の薬の他、消毒液や絆創膏《ばんそうこう》、生理用品などを奪った。患者衣を着ていれば、誰に見咎《みとが》められることもなく自由に動き回ることが出来た。

もう一つ、どうしても手に入れたいものがあった。舞から教えてもらったバレッタという髪留めだ。病院を抜け出す前日、無数の小さな花があしらわれたバレッタを見つけた。白とピンクの飾りが美しく、美咲にきっとよく似合うだろう。

男が玄に気づいた。男が何かを言う前に、「鍵を出せ」と低い声で言った。

「金なんかねぇぞ……」

「金じゃない鍵だ。早く出せ」

男がポケットから鍵の束を取り出した。

「そこに置け」

男は鍵の束を無造作に積み重ねられた発泡スチロールの箱の上に置いた。

「スマホもだ」

男が再びポケットに手を入れ、スマホを取り出すと鍵の束の横に置いた。

「家出か？」と男が尋ねた。背中のパンパンに膨らんだリュックを見てそう思ったのだろう。玄はその質問に答えるつもりなどなかった。

「船室に入れ」

男に船の中へ入るように言った。玄が本気だと悟ったのか、男は黙って操舵室《そうだしつ》に入ると、その奥にある小さな扉から船室に潜り込んだ。玄は操舵室をぐるりと見回すと、釣り竿《ざお》に目をやった。釣り竿の一方を壁に当て、もう一方で船室のドアを押さえた。すぐに開かないことを確認すると、操舵室から出た。箱の上に置かれた鍵の束を掴む。車の鍵や家の鍵などやたらといろんなものがついていたが、船の鍵はすぐに分かった。スマホをポケットに押し込み、再び操舵室へと戻った。ぐずぐずしていると漁師が集まって来てしまう。鍵穴に鍵を差し込むとエンジンをかけた。始動音がして、すぐに「ドドド」と生きのいい音が響いた。岸壁に飛び移ると、船が流されないように留められている係留索を外した。風は少し強いが、海は荒れてはいない。順調にいけば、島まで二時間かそこらで着けるはずだ。玄は舵を回し、舳先《へさき》を外海へと向けた。

走り出して五分ほど経った頃、つっかい棒の代わりをしていた釣り竿を外した。

「出ていいぞ」

船室に声をかけるとすぐに男が這い出して来た。玄は男に救命胴衣を投げ渡すと、「ここからなら帰れるだろ」と岸壁の方に顎をしゃくった。男は岸壁と玄を交互に見たあと「ふざけんな。俺っちの船だろうが！」と怒鳴った。

「お前、船かっぱらってどこに行くってんだ」

「対馬」

玄が答えると、男は驚いたように大きく目を開けた。

「まさかお前……、対馬がどんなことになってるか知らないってんじゃねぇよな」

「知ってるさ。そこから来たんだから」

「来たぁ？」

今度は不思議なものでも見るような目つきになった。

「いいのか。無駄口叩いてると、どんどん岸壁が遠くなるぞ」

「幾つだ？」

「十七」

「島に行ってどうする気だ？」

「妹がいる」

「妹ぉ？」

男が目を丸くする。

「俺のいた砲台跡には他にも二十人くらいいる」

「迎えに行くってか？」

「この船の大きさなら乗れる」

「親は？」

「死んだ。鵜に食われて。あんたらはＩＡＳって言うそうだな」

「言わねぇよ」

男はふぅっと息を吐き出すと、摑んでいた救命胴衣を甲板に落とした。

「ワケがあんなら最初からそう言え」

そんな風に返されるとは予想していなかったから、どうしようかと戸惑った。

「俺っちのお袋も対馬の生まれだ。俺にも半分、島の血が混ざってる。鵜なんかに好きにさせっかよ」

すでに男の目に怒りの色はなくなっていた。男は玄に近づくと、「どけ。操船は俺っちがやる」と言った。迷ったが、玄は舵を持つ手を離した。

「前はよく島にも行ってたもんだ。あそこら辺にはいい漁場が一杯あっからな」

男が舵を握り、計器を見て進路を僅かに北に向けた。玄は背後から男に近づき、身体を抱え上げた。

「何すんだ！」

男は暴れたが、玄はそのまま海に投げ落とした。すかさず甲板の救命胴衣を拾うと、男の落ちた方へと投げ込む。男が何かを喚いていたが、エンジンの音と波を切る音に混ざって聞き取れなかった。最初から連れて行く気はなかった。内地の人間には分からない。生きたまま食い殺されるという現実を。

病院を抜け出し、街に向かった。天神《てんじん》地区。人に紛れていた方が見つかり難《にく》い。そう思った。久し振りに垣間見《かいまみ》た人の暮らしは眩しかった。当たり前のように車が行き交い、テレビは放送され、通りには人が溢《あふ》れている。店には食べ物が並び、音楽が流れ、女優かタレントかと見紛《みまが》うほど女達は美しかった。日が暮れて街に灯りがともると、濃厚さは更に増した。派手なネオンが煌《きら》めき、酔ったサラリーマンが連れ立って歩く。女達の賑やかな笑い声がする。屋台からは立ち昇る湯気と共に肉の焼けるいい匂いがした。歩けば歩くほど、眺めれば眺めるほど、玄の心は痛み、ざわめき、苦しさを増した。薄暗く、陰気で、土にまみれた島の住民達。どの顔も怯え、痩せ細り、笑うことなんて滅多にない。いつ、襲われるかしれない恐怖に耐えきれず、気が変になる者も一人や二人じゃなかった。いつ、病気で死に、飢えで死に、仲間割れで死んだ。いつしか死は日常となり、時間や仕事や夢や希望はなんの意味もなくなった。だが、内地は違った。誰一人、死を身近なものとして受け止めてはいない。忍び寄る恐怖に怯えたりしていない。そうでなければこんなに楽しく、明るく、賑やかに笑えるはずなんかない。

見捨てられた……。

誰も自分達の存在を気にかけてはいない。対馬は忘れ去られたのだ。綺麗《きれい》さっぱりと。内地も鵺に襲われてめちゃくちゃになってしまえばいい。誰も彼もが食われ、引き千切られ、取り込まれてしまえばいい。対馬を忘れた奴なんかみんな、餌として狩られればいいいんだ。激しい衝動に何度も駆られた。そんな時、母親に手を引かれて歩く幼い兄妹を目にすると激しく心が揺れた。

美咲……。

島には妹がいる。

兄ちゃんが迎えに行くからな。

美咲を救い出す。玄にはそれだけしかない。それ以外、正気を保つ方法がない。

小一時間ほど経った頃、東の空が白んできた。どこからか海鳥が飛んできて、舳先に止まった。鳥が羨ましいと思った。どこにでも飛んで行ける。羽があれば、いつでも逃げることが出来たのに。やがて海の向こうに黒い影が見えてきた。すぐに分かった。戻って来た。だが、歓《よろこ》びはなかった。美咲の無事を確認するまでは。

――ん？

目を細めた。島の右側に船が見えた。漁船がいるはずはない。釣り船も封鎖された島には近づかないだろう。船体が白い。錨《いかり》を打っているのか、動いていない。少し速度を緩めた。船の全体像が次第にはっきりしてくる。白い船体に青いラインが見える。海上保安庁の巡視船だった。封鎖されている島に近づくものがいないか、もしくは出て行くものを見張る為に警備をしているのだろう。迂闊《うかつ》だった。てっきり、島の周りには誰もいないと思い込んでいた。巡視船は当然、こちらを認識しているだろう。外から対馬に近づく船があるという現実に警戒しているはずだ。島を目の前にして捕まるわけにはいかない。

考えた。振り切ろうにも速度では巡視船には到底敵《かな》わない。臨検されれば、所有者が違うということで捕まるのは目に見えている。こちらから巡視船までの距離はおよそ1・5㎞。島までは倍の3㎞は離れている。

飛び込むか……。

リュックの中身はビニール袋で何重にも覆ってある。濡れることはない。問題は潮だ。島の周りは潮の流れが複雑で、しかも速い。たった3㎞といえど、辿り着くのは至難の業だ。もう一つ警戒すべきは鵜だった。これまで海にいるという話はなかったが、潜って調べたわけではない。玄が崖から海に転落し、平戸の方まで流された時も、襲われなかったのはたまたまかもしれないのだ。考えている間にも巡視船との距離は縮まっている。決断しなければならない。

玄は舵を摑むと、左に切った。同時にエンジンの回転数を目一杯上げる。左に切ったのは視界に入っていたのが巡視船の後部だったからだ。船はスクリューの回転で前進する。Uターンするにはそれなりの時間が掛かる。その間に島に出来るだけ近づき、海に飛び込む。玄が舵を切って速度を上げたのを見て、巡視船も動き出した。啞然とした。前進するのとなんら変わらない速度で巡視船が後進を始めたのだ。

「本船は日本国海上保安庁の巡視船である。直ちに停船せよ。さもなくば実力行使する」

大音量のスピーカーから発せられる声は、エンジン音を響かせている玄の耳にもはっきりと届いた。しかし、ここで停船などするわけにはいかない。船足を緩めず、左回りしながら島へ向かう。

「繰り返す。本船は日本国海上保安庁」

巡視船はなおも後進して玄の操る漁船との距離を詰めてくる。玄はスロットルレバーをロープで固定し、速度が落ちないようにした。巡視船から見えない左舷側の甲板から身体を半分乗り出す。この速度で海に落ちたらどうなるか分からない。水面に弾かれて怪我をするかもしれない。もしかすると鵜に食われるかもしれない。恐怖はあったが、それ以上になんとしても島に帰るという決意が勝った。いざ飛び出そうとした時、サイレンが鳴った。今度は島の反対側から別の巡視船が猛スピードで近づいて来るのが見えた。漁船は後進する巡視船と前進して来る巡視船に挟まれる格好になった。何より最悪だったのは、前進して近づいて来る巡視船からは玄の姿が丸見えだったことだ。

「停船しなさい！」

近づいて来る巡視船から命令が下る。もはやイチかバチかだった。玄は大きく息を吸い込むと、左舷の甲板から手を離した。自分の身体が水面の上で何度も跳ねた。子供の頃によくやっていた、石を投げて水切りするような感じ。まさに今の自分がそれだった。唐突に身体が海に沈む。だがすぐにリュックが浮きの代わりとなった。朦朧《もうろう》とした意識のまま、水を掻いて海の中を進んだ。島までの距離は５００ｍくらいになっているはずだった。運が良ければ辿り着ける。いや、絶対に辿り着かなければならない。上陸すればこっちのものだ。いくら海上保安庁でも島までは追って来ない。

あの島までは……。

3

谷重は人気のない階段を降りていた。行本玄が逃走して以来、舞はずっと沙村輪の助手のように動いている。「インターンを私物化されて困っている」と上申した。しかし、上層部からは何の返答もない。DARPAの、いや、アメリカの圧力をひしひしと感じる。

「人間の数十倍のパワーを兼ね備えた人間。強く、大きく、シンボリックで、感情もあれば会話も出来る。私達はジャイガンティスと呼んでる」

沙村輪の語った内容はあまりにも衝撃的過ぎて、どう咀嚼《そしゃく》していいか分からない。はっきりしたことは沙村輪及びDARPAはジャイガンティスの誕生を目論《もくろ》んでいるということだ。私怨はあるにせよ、対馬を奪還しようとする草香江や自衛隊とは隔たりどころかなんの接点もない。草香江は佐世保に戻って対馬の再上陸に向けた工作を始めている。上を動かすには第3水陸機動連隊の連隊長、村松駿二《むらまつしゅんじ》1佐を説き伏せることは必須であり、その為には是が非でも行本玄の情報と証言が必要になる。DARPAに奪われることは絶対に避けなければならない。谷重は自ら進んで病院に残り、沙村輪に張り付いて動向を探ると決めた。

地下一階に降りると空気が冷たく感じる。廊下を進み、病理検査室のドアの前に立った。「俺は目的を達成する男だ」呪文のように呟いて、ドアをノックした。中から舞の「どうぞ」という声がした。

「よっ」

「先生、すみません。私の担当患者まで診ていただいて……」

「いいってことよ」

沙村輪はパソコンの前に陣取り、画面と睨《にら》めっこをしている。

「行本玄の情報は？」

「まだだ」

「日本の警察も役に立たないわね」

高慢ちきな物言いを耳にする度、虫唾《むしず》が走る。

「とっくに確保して隠してるんじゃないだろうな」

「アハハ」と輪が笑う。「そうかもね」

「なんだと！」

「だったら私がここにいるわけないじゃない」

それもそうか……。いや、本当にそうだろうか？

この女は行本玄という人間のことなど爪の先ほども気にしていない。ただ、対象者として興味があるだけだ。

「コーヒー飲まれますか」

「いや、いい」

谷重は白衣のポケットから折り畳まれた紙片を差し出した。

「精密検査の結果だ」

輪は谷重の手から奪い取ると、すぐに紙片を広げた。そこには行本玄の血液に関する詳しいデータが記されている。髪を後ろで一つにまとめ、化粧はほとんどしていない。一直線の細い眉が顔から一切の柔らかさを消しているように感じる。

「これ、ほんとなの？」と輪が尋ねた。

「日本血液学会の検査結果だ。疑う余地はない」

「免疫細胞は通常値……」

なぜ、行本玄の傷は治りが早いのか。輪は免疫細胞を調べる為、通常の病院で行うよりも遥かに高い精度での精密検査を依頼していた。

「残念だったな」

輪は答えない。検査結果に視線を落としたままだ。

ざまぁみろ。

「なんの異常もねぇんだよ」

「さて、これで憂いはなくなった。いよいよスクリーニングテストの開始ね」輪が明るく言った。

「俺の話を聞いてんのか?」

「あんたが何を知ってんの? G－561は宝くじの一等を当てるより低い確率なのよ。精密検査を依頼したのは、余計な疑問を徹底的に省きたかったから」

輪はポケットからUSBメモリーを取り出すと、PCに挿した。画面には凍結されたと聞いていたスクリーニングテストの項目が表示された。

「舞、玄の血液をセットして」

「はい」

舞が試験管に入った玄の血液を検査器具にセットした。谷重はその様子を目で追った。

「さて、どうなるか」まるでピアノでも弾くように軽やかにキーボードを叩く。

舞がモニターの方に移動する。谷重も引っ張られるようにしてモニターの見える位置へと動いた。

「やっぱりあんたも気になるのね」輪は自分の背後に廻った谷重を茶化した。

気になる。と認めるのは癪だった。でも、医師として、湧き上がる興味には逆らえなかった。谷重自身、玄の治癒力を目の当たりにした時、真っ先にG－561のことを思い出したのだ。

「俺は主治医だ」そう言うのが精一杯の抵抗だった。

輪はクイッと眉を上げた。ハリウッド映画でよく見る、驚いたり可笑《おか》しかったりした時の感情表現だ。つまり、そういうことだ。

くそっ……。

画面には円グラフが表示されている。適合率の有無はグラフの中に赤色で示されるはずだった。一分が過ぎた。変化は見られない。更に三十秒が過ぎても赤色はまったく現れない。

「変わらねぇな」口を衝《つ》いて出た。バカにしたんじゃない。谷重も変化が出ないことは予想していなかったのだ。輪は反応しない。ただ、じっと腕組みして画面を見つめている。

更に一分が過ぎた。

「私のセットの仕方が悪かったのかもしれません……」

舞がその場を離れようとした時、突然、赤色の線が現れた。やがて赤色の範囲はどんどん広がっていき、瞬く間に10％を超え、ロシアで出たという20％も超えた。

「まだ広がっていく……」見つめる舞の声が震えた。谷重も息をすることさえ忘れてモニターを凝視した。赤色の範囲はついに半分に達した。

「嘘だろ、おい……」

円グラフの中がほとんど赤色で染まった頃、計測が止まった。

「適合率88・6％！」谷重が大声を上げた。自分が目の当たりにしている数字が信じられなかった。

「これで決まりね。行本玄は巨人の末裔だわ」輪の声も心なしか震えているようだった。

机の上のスマホが振動した。メールだ。英語の短文が表示されているのが見える。輪がスマホを摑んだ。

「どうかしたんですか？」と舞が尋ねた。

「何が？」

「いえ、あの……笑ってるみたいだったから」

輪は答えなかった。

「ちょっと出てくる」

素早くノートPCを畳むと、病理検査室を後にした。

「どうしたんでしょうか」

今見た適合率にショックを受けた舞の声は、谷重の耳には入らなかった。

4

「小菅、飛び込め！」

草香江はプールサイドから大声を出した。海パン姿で逞《たくま》しい身体を日に晒している。

中隊長室に一人でいると考え事ばかりしてしまう。その中心がジャイガンティスだった。

人間を巨大化させるなどあまりにも荒唐無稽過ぎて話にならない。草香江は軍人の性《さが》か、別の見地から輪の話を聞いた。戦いにおいて数は重要な要素となる。勝つ為には相手より数で上回ることが重要だ。それと同じようなことがサイズにもいえる。バイクは戦車には敵わないし、戦車と戦艦では勝負にならない。自然現象や知略でその逆が起きることもあるが、基本として戦いは数の多い方が、サイズの大きい方が勝つ。沙村輪はどうして人間を10ｍものサイズにしようと考えているのか。単にシンボリックであるなどという言葉通りには到底受け取れない。とするならば、やがてはＩＡＳが巨大化すると考えているのかもしれない。もしくはもうしているのかもしれない……。

「やっぱり無理です！」

草香江は物思いをやめ、顔を上げた。飛び込み台で立《た》ち竦《すく》む隊員の姿がある。

「下がるな！」

草香江の声に押されたかのように、小菅3曹は飛び込み台の先端に歩を進めた。一歩、二歩。もう一歩踏み出せばあとは自由落下だ。身体はそのままプールに吸い込まれる。しかし、最後の一歩の前で小菅の歩みは止まり、後ろへと退いてしまう。これがもう、幾度となく続いていた。プールの中には補助要員が三名おり、草香江と同じように小菅の姿を見上げている。

水陸機動団は普通の陸上部隊とは性質が違う。「水」という字が冠されている通り、水を避けて通ることは出来ない。相浦駐屯地には海に面する浜辺や訓練用プールが完備されている。訓練用プールには高さ3mと8m、二段階の飛び込み台や、ヘリコプター、水陸両用強襲輸送車《AAV》を模した脱出用の訓練装置がある。飛び込み台はヘリから海へのダイブを想定して、脱出用の訓練装置は万が一の事態に備える為のものだ。

草香江が所属する第3水陸機動連隊は先の第1、第2連隊の後に創設された新しい部隊である。故にまだ、水に対しての練度が足りない隊員も多いのが実情だった。3mの高さから飛び込めなかったり、そもそも泳げないという者すらいる。そういう隊員を原隊復帰にすることは簡単だが、草香江はギリギリまで粘りたかった。折角、何かの縁があって水機団に来たのだ。誰一人、簡単に諦めてほしくはなかった。だから、ついつい指導にも熱が入る。

「小菅、お前今、何が食いたい」

草香江は唐突に質問を投げ掛けた。食べ物の質問にしたのは小菅が提出した自己紹介文の中で、一番好きなことの欄に「食べること」と書いてあったからだ。

「……カレー」

「聞こえんぞ！」

「カレーです！」

「何カレーだ？」

「カツカレーです！」

段々と声に張りが加わってくるのを感じた。

「ハンバーグは嫌か？」

「好きです！」

「から揚げはどうだ？」

「大好きです！」

「なら、お前のカツカレーにハンバーグとから揚げをトッピングしてやる。俺のおごりだ」

見守る隊員達から「おーっ」と歓声が上がった。小菅の怯えて俯いた顔が上がった。一歩、また一歩と歩き出す。

よし、飛べ。

心の中で背中を押した。実際にそうされたかのように、小菅が最後の一歩を踏み出した。空中に飛び出した身体は、重力に引かれてあっという間に落下する。大きな水飛沫が上がり、ウエットスーツ姿の草香江の身体を濡らした。補助要員に抱えられるようにして小菅が水面に顔を出すと、「やった！」「よく飛んだ」「今日から3機だぞ」と隊員達がはやし立てた。草香江は何も言わず小菅を見た。泣いているのか笑っているのか、よく分からないような表情をしていた。草香江が頷くと、ようやく小菅の目に光が宿った。いい輝きだと思った。

訓練を終え、シャワー室に引き上げようとしていると、プールサイド脇の階段を上ってくる永田が見えた。

「小菅が飛んだぞ」

「それは……。見れなくて残念でした」

小菅は副中隊長である永田にとっても頭の痛いお荷物だった。表情を緩める永田の向こう、階段の陰に潜んでいる人影が見えた。隠れているのかと思いきや、人影はスマホで写真を撮っている。「おい」とドスの利いた声をかけると、人影は弾かれるようにして飛び出した。団本部通信班の丹澤巳緒だった。

「何してる？」

「瑞々《みずみず》しい大殿筋や発達した大胸筋の私的なストックです」

草香江が呆れると、丹澤は悪びれた風もなく、「SNSには投稿しませんので」と言った。この人を食った小娘と口喧嘩《くちげんか》しても到底敵う相手ではないことは分かっている。

「先日のこと、まだ礼を言ってなかったな」

「お役に立てて光栄です」

「何かお礼をしないと――」と言いつつ永田にアイコンタクトを送る。

「中隊長の部屋のソファをいつでも自由に使用出来る権限は諦めますので、代わりに時々ここで写真を撮らせていただけたらと――あっ！」

永田がするりと丹澤の手からスマホを抜き取ると、草香江に手渡した。

「上官であっても部下の財物を勝手に取るのは刑法２３５条、『窃盗罪』に当たる可能性があります。同様に民事上は民法７０９条、『不法行為』に当たる可能性があります。

もしも勝手に自分の物としたり、売却または処分したりすると刑法252条、『単純横領罪』として五年以下の懲役に処せられます」

「なら、盗撮はどうなる？」

「それは……」

「これで貸し借りはなしだ」そう言うと、草香江は丹澤にスマホを返した。丹澤が口を尖らせて黙る。

「丹澤3曹が直接お話ししたいことがあるそうです。ほら、早く」

永田に急かされるが、丹澤はなかなか口を開こうとしない。まるで駄々っ子のようだ。

「用がないのなら行くぞ」

歩き出すと、

「本日、七時十七分、第七管区福岡海上保安部に所属する巡視船二隻が対馬に向かう不審な船を発見しました」

「対馬だと……」

「拿捕《だほ》されたのは刺し網漁船一隻。船名は黒田丸《くろだまる》。船主は長谷川将也《はせがわまさや》」

「そうじゃない」

「何がですか？」丹澤が首を傾《かし》げる。

「船に乗っていたのは？」

「拿捕された際、黒田丸は無人でした」

「乗員は海中にいたんです。潜水士三名によって確保。その後、巡視船に引き上げられ、現逮されました。逮捕された者は乗員一名です」

「……無人？」

「行本玄だ……」

「名前は公表されていません」

「間違いない」

「私もそう思います」永田が同意した。

草香江はある男に連絡を入れていた。以前宴席で一緒になり、なんとなく馬が合って、度々やり取りをしている。福岡海上保安部の警備救難課長、繁本《しげもと》将市《しょういち》。

「病院を逃走した少年がどこかの港から船を奪って対馬へ向かう可能性がある」

繁本はすぐに警備を強化することを約束してくれた。

睨んだ通り、行本玄は船を奪って対馬に渡ろうとしたのだ。

「どうされますか」

「すぐに迎えに行く」歩き出しながら永田に答えた。

「相手は司法ですよ」

「知り合いがいる」

「そうであっても手続きは必要です」

「ぐずぐずしていたらＤＡＲＰＡ《ダーパ》に連れて行かれる」

五階建ての庁舎。玄関には張り出したプレートがあり、そこには水陸機動団の文字と、草薙《くさなぎ》の剣、金鵄《きんし》、桜星をあしらった部隊章がある。草香江は敬礼をする隊員に答礼でこたえながら、階段を上がった。ここには団長の他、主な長の執務室がある。意を決するように小さく息を吐くと、第3連隊長室の開け放たれたドアをノックした。

「入れ」とよく通る声がした。

「失礼します」

草香江は連隊長室に入ると、机の手前まで進んだ。村松駿二第3連隊長は書類に目を落としたまま、「ちょっとそこで待っててくれよ」とソファを指さした。草香江は一礼すると、ソファに腰を下ろした。村松はブラインド越しに入り込む日差しを背に浴びながら、ぶ厚い資料をめくっている。時折、眉間に皺が寄る。眼鏡が上下に動く。集中している時の癖だった。村松は老眼をぼやくが、その仕草も一つの魅力になっていることは間違いない。多くの幹部がそうであるように、村松も赤城団長に一本釣りされる形で水機団に来た。大柄で、顔はよく日に焼けており、太い眉毛とギョロリとした目が印象的である。西郷隆盛《さいごうたかもり》に似ていることから、「おいどん」と呼ばれて親しまれている。「おいどん」とは鹿児島の方言で「自分」のことを意味する言葉だが、「〜どん」という響きが村松の雰囲気には合っていた。顔の濃さからいえば間違いなく南国だが、出身は北海道であり、スキーに堪能《たんのう》で、驚くことに酒がことのほか弱いときている。ウーロン茶を「これはウイスキーだ」と言い張って呷る姿は滑稽を通り越して愉快だった。

そんな村松だが、物事は熟考するタイプである。果敢に即断即決はしない。だが、一度決めたら最後までやり通す。部下に対する思いやりも深く、新人にも気さくに声をかけるし、草香江のような中堅ともよく話をする。これまで様々な上官に仕えてきたが、草香江は村松に上官以上の親しみを感じてもいた。

「すまんな」

村松は資料を机に置くと、草香江のいるソファの方へと移動してくる。

「今度の陸上総隊の視察について、いろいろと考えなきゃならんことがあってなぁ。それに朝から会議、会議だ。ちょうど誰かと無駄話がしたかった」

そう言うと村松が微笑む。連隊長付伝令が麦茶を運んで来て、テーブルの上に置いた。

「さて、なんの話かな。アポなしで会いに来たとなると、なかなか一筋縄ではいかんような気がするが」

どことなく愉快そうな気配を漂わせながら村松が草香江を眺めた。

「先日の漂流者のことです。名前は行本玄、高校二年生。出身は対馬です」

村松の麦茶を持つ手がピタリと止まった。

「その情報は確かなのか」

「はい」

「封鎖からもうすぐ半年だ。その少年はどうやって生き延びていたんだ……」

「詳しいことは分かりません」

水や食料はどうしているのか、生活環境はどうなのか。一切口を開こうとはしなかった。玄が向けた刺すような眼差しが忘れられない。あれは自分だけでなく、自衛隊に向けられていたものだ。

「島には妹がいるようです」

「妹……」

「谷重3佐の報告によれば、行本玄は自分のことを『俺』ではなく『俺ら』と複数形で呼んだそうです。妹のことなのかもしれませんが」

「おそらく妹だけではないな。他にもいると考えた方がいい。ＩＡＳのことは？」

「『鵺』と呼んでいたと」

「妖怪のか？」

「鵺は様々な生き物が寄せ集められた姿をしています。おそらくそういったニュアンスなのではと思われます。実は一昨日、行本玄が病院を脱走しました」

「逃げた」村松がすっと目を細めた。

「しかし、今朝、対馬の手前で海保が盗まれた漁船を拿捕しました。乗員一名を確保、おそらく行本本人だと思われます」

「折角、逃げて来たのに、再び島に帰ろうとしたというのか」

「本人は逃げたのではないと強く否定しているそうです。なんらかの理由で海に落ちたのかもしれません」

「うん、その方が腑《ふ》に落ちる。おそらく船で妹や住民を救おうとしていたんだろう」

そうかもしれない……。

草香江の脳裏に玄の顔が浮かんだ。痩せてはいるが、目の光は強く、鋭く、強固な意志を感じさせた。

「連隊長」草香江は村松を真っ直ぐに見つめた。

「行本玄をここに移送することは出来ませんか」

「それでどうする？」

「情報を得た後、島民の救助に向かいます」

「対馬再上陸。それが本題か」

「はい」

「DARPAから来た沙村という女はこのことを知っているのか？」

「こちらからは知らせてはおりません」

「向こう《アメリカ》の意向に逆らうと厄介だぞ」

「DARPAは我々とは明らかに目的が異なります」

草香江は沙村輪が病院で語ったことを話し始めた。G‐561の細胞活性化に絞って。

村松は腕を組んだまま半分目を閉じたようにして考え始めた。草香江は黙ったまま、村松が口を開くのを待った。一分、いやそれ以上の間があったかもしれない。村松は腕組みを解くと、ゆっくりとした仕草で口を開いた。

「お前の気持ちは分かった」

「では――」

「聞け。事はそう簡単じゃない。お前も知っての通り、政府は今もってIASの情報を国民に正確に伝えようとはしていない。対馬で何が起きたのか、作戦に携わった者には箝口令《かんこうれい》が布《し》かれた」

自衛隊上層部は文章、映像、会話に至るまで一切を部外秘とした。これには政府の意向が強く働いている。驚いたのはそれを対馬から避難した住民にも求めたことだ。住民は今も政府が借り上げた公団住宅に住まわされ、挙動を監視されている。国の安全を守る為の措置としてネットの情報も厳しくチェックされている。IASの情報を書き込んだ研究者や一般人が十八人も逮捕されていた。デマに騙《だま》されないようにと常に注意喚起もされている。

「国が一度蓋をしたものはよほどのことがない限り開かん。ましてや自ら進んで開けることはしまい」

草香江は突然の訪問という非礼を詫《わ》びると、連隊長室を後にした。重い足取りで庁舎から隊舎の中隊長室に戻ると、そのままソファに腰を下ろした。自分とてもう青二才などではない。一人の思いだけではどうにもならない。それが組織だということは重々分かっている。それでも、行本玄の存在に一縷《いちる》の望みを懸けていた。

対馬には生存者がいる。確かに存在する。しかし、政府は救助に向かうことをしないだろう。たった数人、数十人の命と、本土に住む一億数千万人の命を天秤にかけて。

だが、命の重さに変わりはないのだ。

「国が一度蓋をしたものはよほどのことがない限り開かん。ましてや自ら進んで開けることはしまい」

村松の言葉が重かった……。

その時、やけに廊下が騒がしいことに気づいた。部隊のある隊舎はいつも騒々しいのだが、今はいつも以上だ。ドアを通して声が響いてくる。何事かと立ち上がりかけた時、永田が血相を変えて部屋に飛び込んできた。

「どうした？」

「これを！」

永田が携帯を取り出し、画面を差し出した。動画だった。悲鳴が上がっている。人々が逃げ惑っている。男の声がした。

「福岡空港、一階の到着ロビー。時刻は十六時十二分。パニックが起きている。さっき、逃げている人を摑まえて話を聞いた。見たことのない生き物が人を襲っていると言った。よく分からない。こっちは大変な状況だ」

動画はそこで切れた。

「誰から送られてきた？」

草香江が尋ねると、「私のところにはシェアされて来ました。送信元は長船1曹と思われます」

「長船？　偵察中隊のか？」

永田が頷く。

「見たことのない生き物が人を襲っていると言ったな……」

「もしかすると……」永田の表情が硬くなる。

「すぐに出動準備にかかれ」

永田は敬礼すると部屋を飛び出していく。

本当に侵入したのか……。

それが現実であれば、確実に止めなければ怖ろしいことが起こる。

Phase 5　二〇二三年八月十九日　治安出動発令

1

長船邦哉《くにや》は逃げ惑う人の波に逆らうようにして進んだ。逃げろと脳が信号を発している。なのに、身体は逆のことをする。

偵察中隊という任務がそうさせるのだろうか？

いや、違う。もともと野次馬根性が強いのだ。なんでも見てやろう、覗いてやろう、体験してやろう、そんな意識が子供の頃からあった。

三兄弟の真ん中で育った。三歳違いの兄と二つ違いの弟とは顔も性格も似ていない。兄は見かけはどっしりと構えているが、その実、ビビりだ。長船は大胆に行動するが、好きなものを追いかける時だけ。興味がないものには見向きもしない。学校の通知表には毎回、判で押したように書かれる言葉があった。

『次の学期はもう少し落ち着いて行動しよう』

長船には意味が理解出来なかった。

落ち着いて行動していたら折角のチャンスを逃してしまう！

座右の銘はいつの頃からか「生き馬の目を抜く」だ。素早く物事を為《な》す、油断のならない様。まさに自分にピッタリだと思っている。

宮崎の実家に休暇で戻り、二日間、友達と遊んだ。男もいれば当然女もいる。繁華街では政府の出している注意喚起の広告や看板が至る所にあったが、そんなものは目の端に置いておいた。若さが上回った。みんなそうだ。制限時間ギリギリまで楽しんで帰るには、バスや電車では時間が掛かり過ぎる。だからいつも飛行機を使う。多少は割高になるが、宮崎空港から福岡空港まで五十分ほどで行ける。この魅力には逆らえない。

南側の到着ロビーを通り抜け、地下鉄の駅へ向かおうとしていたら、北側ターミナルの方が騒がしいことに気づいた。持ち前の野次馬根性がむくむくと頭をもたげた。考えるよりも早く足が向いていた。北側ターミナルに近づくにつれ、騒ぎはますます大きくなっていく。しかし、有名なミュージシャンが来たり、大人気の女優が現れたりといった雰囲気ではない。見えない不安が渦巻いているのをはっきりと感じる。

こいつはただ事じゃない……。

直感が告げていた。スマホを取り出し、動画を撮影しながら、逃げてくる人を片っ端から摑まえた。

「どうしたんです？」

「分からない。みんなが逃げているから」

「何があったんです？」

「よく分からないけど、血だらけの女の人を見ました」

「事件ですか、それとも事故ですか？」

「あっちで変な生き物が人を襲ってるって……」

それって……ＩＡＳ？

瞬間、そう思ったが、まさかとも思う。

長船自身、ＩＡＳのことをほとんど知らなかった。世界で同時多発的に発生し、対馬で自衛隊が戦ったことは知っている。草香江が対馬帰りだということも風の噂で聞いていた。しかし、その程度だ。詳しい内容は何も分からない。情報がほとんど下りて来ないのだ。自分がその程度だから、一般人の知識はもっと拙い。昨夜、宮崎の友人の一人は「ＩＡＳはアメリカが捕まえていた宇宙人が脱走したんだ」と言っていた。それを聞いて皆が笑う。自分も笑った。身近で見たこともない。見た者もいない。画像検索しても合成だと疑うような紛い物ばかり。政府も否定し続けている。何より気分がそうさせた。平和という気分が今一つセンサーを働かせないでいた。

「パン！　パン！」と音がした。

乾いた軽い音。長船にはそれがなんの音なのかすぐに分かった。警察が使用するニューナンブM60、回転式拳銃の発砲音だ。警察が空港内で銃を発砲するなんてどう考えても異常事態だった。

北側ターミナルは人でごった返していた。泣いている人や怪我をしている人、子供を捜している人で溢れている。空港職員が大声でビルから出るようにと繰り返し叫んでいる。人の流れと発砲音とで、異変の発生場所は到着口の中だと判断した。

ＩＡＳって強いんだっけ？

体術などは習得しているが、それが通用するかは分からない。丸腰はなんとも心許《こころもと》ないが、今更それを言っても始まらない。

ふと、目の端に飲食店を捉えた。長船は人混みを抜けながら移動すると、誰もいなくなった調理場から包丁を拝借し、ベルトに挟み込んだ。叫び声と発砲音を聞きながら、慎重に搭乗待合室のある二階へと続く階段を上っていく。一段上がる度、空気の中に濃厚な匂いが混ざった。これほど咽せ返るような生臭い匂いを嗅いだことはない。猛烈な喉の渇きを覚え、唾を飲み込んだ。階段を上り切り、壁に身体を張り付けてゆっくりと奥を覗く。

……あ！

危うく声が出そうになったが反射的に抑え込んだ。人があっちにもこっちにも倒れている。見える範囲だけでも十五人ほどはいる。だが、それは倒れている人の数だ。腕だけ、足だけ、首だけの数も入れれば、一体何人になるのだろう。長船は自分が見ている光景が俄《にわか》には信じられなかった。

呻き声がした。長船は再び壁から奥を覗き、声のする方を確かめた。椅子の陰になって全身は見えないが、ズボンの裾が覗いている。長船は床に腹ばいになると、素早く声のする方へと移動した。お気に入りの服が血で汚れたが、そんなことは露ほども気にならなかった。スーツ姿の中年の男が仰向けに倒れていた。虚《うつ》ろな目が長船に向けられる。何か喋ろうと口を動かしたが言葉にならない。それもそのはずだった。中年の男の脇腹は引き裂かれ、内臓がどろりと床にはみ出していた。長船は手を摑んだ。助からないことは素人でも分かる。摑んだ手から力が抜けていく。命が去るのを感じた。長船は唇を嚙みしめ、自分を見つめたままの両目に掌を添えると瞼《まぶた》を閉じさせた。再び銃声がした。同時に悲鳴が聞こえる。長船は椅子の間から見た。

それは黒光りしていた。体長は1mほど、カブトムシのようなクワガタのようなつるんとした背中で、頭には大きな角が一本と小さな角が三本生えている。顔は人のようにも見える。ダラリと長い舌を垂らし、「ふぅふぅ」と奇妙な吐息を立て、白い泡のようなものがたくさん口の周りに広がっている。腹からは無数の肢《あし》が生えている。その数十本以上、所どころに節があり、先端には人間のもののような指があった。

これが……IAS……。

長船は自分の見ているものが信じられなかった。

「イヤだ……。イヤだ……」

若い警察官が何度もIASに向かって引き金を引いた。弾は出ない。すでに撃ち尽くしたのだろう。このままでは喰われる。若い警察官の怯えがダイレクトに伝わってくる。死への恐怖。唐突に思い出した。家族でキャンプに行った時、足を滑らせて川に落ちた。必死に水の中でもがいた。あっという間に流された。岸はみるみる遠ざかり、うねりに揉《も》まれて家族の姿が見えなくなった。それでも泳ごうと手を動かした。動かなかった。どうすることも出来なかった。圧倒的な自然の力に呑《の》み込まれたら、人の力はないに等しい。

ＩＡＳが「グフ」と唸った。怯える獲物を前に喜んでいるようだ。長船は椅子の陰から中年の男の鞄《かばん》を放り投げた。鞄が床に落ちて荷物が飛び出す。ＩＡＳがそっちに移動した。

今だ！

長椅子の陰から飛び出し、若い警察官の方へ向かおうとした。だが、間に合わなかった。あっという間にＩＡＳが近づいてくる。俊敏さは長船の想像を遥かに超えていた。長船が椅子や倒れた人を掻い潜る間に、ＩＡＳはそれを無視して跳ね飛ばした。長船の右手には包丁が握られている。もはやこんなものが役に立つのかどうかは分からないが、何もないよりはマシだった。背後でＩＡＳが跳躍するのが見えた。長船はしゃがみ込むと見せかけ、そのまま横っ跳びした。派手な音を立てて、さっきまで長船がいた場所にＩＡＳが転がるのが見えた。長船は中腰のまま、ＩＡＳの背中に包丁を投げた。腰の辺りに刃先がズブリと刺さった。

やったか……。

ＩＡＳはゆらりと立ち上がると、何事もないかのように長船の方を見た。

ちょっとくらい利けって……。

床に転がった首のない死体を摑むと、ＩＡＳの後方へと思いっきりぶん投げた。宙を飛ぶ死体にＩＡＳの意識が向いた。長船はその隙を見逃さず、再び走り出した。だが、数メートル進んだところで薙《な》ぎ倒された。ＩＡＳの身体から生えた触手に足を払われたのだ。床に転がったまま必死で這った。目の前に消火器が見えた。長船が消火器を摑んで仰向けになったのと、ＩＡＳが覆い被さってくるのがほとんど同時だった。「ふぅふぅ」と息がかかる。鼻がもげそうなくらい生臭い匂いがした。ＩＡＳが口を開き、喰らいつこうとするのを消火器で抑えた。

「このぉーッ！」

叫びながら懸命に耐えた。黄色い安全ピンを抜いた。レバーを握った。消火器のノズルから勢いよく泡が噴き出す。ＩＡＳが驚いて上体を後ろに引いた。長船はノズルをＩＡＳに向け、更に消火液を吹きかけた。ＩＡＳが仰《の》け反《ぞ》った。その隙にＩＡＳの下から這い出し、そのまま消火器を大きな窓に投げつけた。放射状にヒビが入った。走り出し、勢いをつけて窓に体当たりする。右肩に激痛が走った。飛び散るガラスと共に外に飛び出した。

あの警察官、逃げ切れたかな……。

一瞬、頭を掠めた。

2

防衛省防衛政策局戦略企画課が動画・画像を検討した結果、福岡空港に出現した生物はＩＡＳであると結論付けられた。政府は直ちに臨時閣議を招集、大場留美子《おおばるみこ》内閣総理大臣はこれを速やかに対処する為、陸上自衛隊水陸機動団に対し治安出動を発令した。

治安出動とは日本において、一般の警察力をもってしても治安を維持することが出来ないと認められる場合に、内閣総理大臣の命令（自衛隊法78条）及び都道府県知事の内閣総理大臣に対する要請（同81条）に基づいて行われる。先頃、治安出動に対して新たな法律が加わった。

【侵略的外来種対処法】

またの名をＩＡＳ新法と呼ばれる。この法律の施行により、これまでは正当防衛または緊急避難に該当する場合のみ武器使用が限られていたものが、原則、無制限となった。

「ただし、マスコミ及び国民にはテロとして発表を行う」

大場総理は居並ぶ閣僚達を見回しながら言った。

3

玄が行方をくらませて二日が過ぎた。見つかったという情報はもたらされていない。今頃、どこでどうしているのかと考えると舞は気が急いたが、自分ではどうすることも出来ない。そういえば輪もいなくなった。病理検査室から出ていったきり戻って来ない。谷重に言われ、再びインターンの仕事に戻った。

午後の回診を終えて階段で一階まで駆け降り、待合室を横切ろうとした時、スマホがけたたましい音を立てた。災害や地震などではない。今までに聞いたことのないサイレンのような音だ。それは舞の携帯からだけではなかった。待合室にいる人々のスマホが一斉に鳴った。サイレンが津波のように押し寄せ、待合室を包んだ。立ち上がる人、辺りを見回す人、子供の耳を塞ぐ母親、「怖い」と大声を上げる若い女性、誰も彼もが耳慣れない音に戸惑っていた。

【緊急速報（エリアメール）特別警報発表。福岡空港にてテロ発生。不要不急の外出禁止等、最大級の警戒をしてください。テレビ・ラジオ及び自治体等の情報をご確認ください】

こんな時に……。

椅子から次々と人々が立ち上がる。表情に怯えが浮かんでいる。

「皆さん、落ち着いてください！　ここにいれば大丈夫ですから」

笑顔で呼びかけると、白衣を翻して歩き出した。

医局には数人の医師や事務職員に交じって谷重の姿もあった。「先生！」と呼びかけると谷重が振り向いた。明らかに顔が強張っている。

「福岡空港でテロが……」

谷重は何も言わず、舞を見つめた。

「違うんですか……」

「ＩＡＳが出た。さっき、草香江から連絡があった」と小声で言った。

舞は無意識に両手で口を塞いだ。

福岡空港にＩＡＳが……。

『災害は時と場所を選ばない。その日は何の脈絡もなくやって来る』

どこかの学者がテレビで言っていた言葉が頭を過《よぎ》った。

「対峙《たいじ》するのは水機団だ。もうすぐここも戦場になる……」

福岡空港内での死者、負傷者がいったいどれだけの数に上るのか想像もつかない。福岡市内の救急告示病院の数は三十八。かなりの数に上る。しかし、問題は医師と看護師だ。ＩＡＳ対策の一環として定期的に研修や勉強会などが行われてはいるが、感染の確認や症状など専門的な知識を得ている者は限られている。たとえ病院側が受け入れを表明したとしても、不安に駆られた人々が院内でパニックを起こす可能性もある。自衛隊福岡病院に患者が集中するのは火を見るより明らかだった。

「あの女から連絡は？」

谷重は沙村輪のことを決して名前で呼ぼうとしない。

「いえ……」

「お前、すぐに福岡海上保安部に行ってくれ」

谷重の言葉が理解出来ず、首を傾げる。

「行本玄が見つかったんだよ」

「……え！」思わず大声が出て、職員達が一斉に舞の方に顔を向けた。

「バカ、声がでけぇよ」谷重は口元に指を立て、諭すように言った。

「漁船を奪って島に行こうとしていたところを、海保の巡視船に拿捕されたんだ。草香江の読み通りになりやがった」

やはり玄は島に戻ろうとしたのだ。

「怪我は？」

「詳しいことは分からねぇ。それよりもだ」谷重がぐっと顔を寄せた。「なんとしても行本玄と接触してくれ」

「出来るんですか、そんなこと……」

「こっちから手を廻すから心配ない。それより、医者が病気や怪我を治療出来るのはどうしてだ」

「どうすれば治せるのか、何が効くのかを知っているから……」

　ハッとした。この場にいる誰よりも、玄はIASの生態を知っている。玄から有効な情報を聞き出せば、それは的確な治療、即《すなわ》ち命を救うことに直結する。

「分かったみてぇだな」

「私、必ず玄くんと話をしてきます」

　舞は踵を返すとドアに向かって歩き出した。

4

　福岡港湾合同庁舎のロビーに着くと、沙村輪は若い男と目が合った。紺色をした海上保安庁の制服を着ている。「福岡病院の方ですか？」と声をかけられた。ピンときた。草香江も行本玄の所在を確認したのだ。谷重に連絡し、病院の誰かに――おそらく舞に向かうよう手配したのだろう。輪は微笑み、「そうです」と答えた。

「どうぞこちらへ」

　若い海上保安官は玄関を左に進み、エレベーターに乗り込んだ。時折、目の端でこっちを見つめてくる。車椅子の女が来るとは予想外だったのだろう。

「私が来るのは誰から？」とカマをかけた。若い海上保安官は小首を傾げ、「私は警救課長から迎えに行けと言われただけですので」と答えた。

六階でドアが開いた途端、別の海上保安官がエレベーターに飛び込んできた。辛うじてぶつかるのは避けたが、相手は謝りもせずにドアを閉めた。廊下にも人が行き交っている。誰もが早足だ。

「いつもはこんな感じじゃないんですが……」若い海上保安官が言葉を濁す。

それはそうだろう。福岡海上保安部のある福岡港湾合同庁舎と福岡空港は直線距離にして５㎞ほど。いつもと同じであるはずがない。

福岡空港にＩＡＳが現れた。そのことは日本政府が発表する前にＤＡＲＰＡから連絡を受けていた。侵入経路は不明だが、おそらく乗客の荷物に紛れ込んでいたものだろうと推測されていた。どちらにしても、いずれこうなることは十分に予測出来た。本気でＩＡＳを入れない為には空港も港も外部からの一切を遮断するしかない。当然ながらそんなことが出来るはずはない。実際にやれば経済は落ち込み、国民の生活は瞬く間に立ち行かなくなる。決断力のない日本政府が対馬を封鎖したことは輪にとって大きな驚きだった。

廊下を進み、突き当たりの事務所へ入った。フロアにはスチール机が対面して並び、パソコンが置かれている。整然とした雰囲気とは異なり、職員は慌ただしく電話の対応や出入りを繰り返している。事務所の奥には、大きな窓を背にするようにして机が三つ並んでいる。若い海上保安官は真っ直ぐにそこへ向かった。机の上には警備救難課長という肩書の入ったプレートが置かれている。男は電話の応対をしながらチラリと輪を見た。男が右手をかざすと、若い海上保安官が頷く。

「こちらでお待ちください」

輪は言われた通りにした。事務所の一角をパーテーションで仕切った狭い空間には、対面するソファとそれを挟むようにしてガラスのテーブルが置かれている。輪はソファの横に陣取ると、窓の外を眺めながらそれとなく耳を澄ませた。「海」「警戒」「巡視船」。さっきから端々に聞こえてくる単語はＩＡＳへの対応を想起させるものばかりだ。

「お待たせしました」

電話を終えた男が目の前に立った。中肉中背、歳の頃は三十代半ばというところだろうか。短く刈り込んだ髪、尖った顎、鋭い目、どことなく草香江に似ていると思った。

「警救課長の繁本です」

「このままで失礼。沙村です」名刺は出さず、名前だけを名乗った。

「自衛隊病院の方ならすでにご存じかと思いますが、福岡空港で緊急事態が発生しています」

緊急事態ね……。

「ええ、聞きました」と輪は答えた。

「自衛隊の方から我が社の航空基地を前方指揮所として使用したいとの連絡がありました。すぐに佐世保から向かうとのことです」

なるほど、事に当たるのは水機団というわけか。輪は草香江と永田の顔を思い浮かべた。IASが出現した場合、表舞台を自衛隊が、海上保安庁は後方から海を警備することは予《あらかじ》め決められていたのだろう。

「繁本さん、草香江3佐とは？」

「自衛隊との合同訓練で知り合いましてね。それからの仲です」

「あぁ、なるほど」

谷重ともそうだが、草香江にはどこか不思議な魅力があるのかもしれない。そうでなければ専門外の人間や他局の者とこんな風に親しくなるのは難しいはずだ。もっとも輪には面白味のない堅物としか映ってはいないが。

「玄くんは今どこにいるんですか？」

「それが彼の名前なんですね。激しく抵抗した後は黙り込んで……。何を聞いても一言も発しません」

病院を脱走し、漁船を盗んで島に向かった。もう少しで着くというところで海上保安庁に拿捕されたのだ。玄の心の中が怒りや悔しさで満ち溢れているのは容易に想像がつく。

輪は玄が対馬出身者であり、島に妹がいることを伝えた。

「やはりそうでしたか。今時、船を奪って島に行こうなんて正気の沙汰じゃありませんからね」

「会えますか」

繁本に連れて行かれた場所は福岡港湾合同庁舎の三階にある留置場だった。

「二人だけにしてほしいんですが」

繁本は束の間、計るように輪を見つめたが、「危険ですので十分に気をつけてください」そう言うと留置場のドアを閉めた。

「どうぞ」

留置場の中は静かだった。ひんやりと冷たい空気に混じって微《かす》かにアンモニアの匂いがした。部屋は四つあった。人のいる気配はない。一番奥まで進んだ。

いた……。

最奥の部屋、鉄格子の向こうに壁にもたれるようにして玄が座っている。想像していたよりも随分と幼く感じた。服装は患者衣ではなく、ジーンズと長袖のシャツを着ている。足は裸足だ。

この子が適合率88・6％……。

「やっと会えたわね、行本玄くん」

輪が名前を呼ぶと、玄が驚いたように振り向いた。

「なんで名前を知ってるのかって思った？　それだけじゃないのよ。他にもいろいろ知ってる。あなたが知らないことまでね」

玄はしばらく輪の顔を見つめたが、すぐにまた目を伏せた。

「私に興味がないって感じね。でもダメ。私はあなたに興味津々なの」

玄の拳は血が滲んで青く変色している。壁を見ると凹みと一緒に血の痕があった。何度もここに拳を叩きつけたのだろう。

「悔しくて堪《たま》らないって感じね」

黙れと言わんばかりに玄が拳で壁を打った。想像以上にドスンと大きな音がした。これだけ力まかせに壁を殴っても骨が砕けていない。たとえ砕けても、すぐに細胞が活性化して再生を始めるのだろう。本当に面白い。こんなに興味を惹《ひ》かれる対象は初めてだった。再び玄が拳を壁に叩きつけた。皮が破れて血が壁に飛び散り、大きな音がした。それでも玄は打つのをやめようとしない。このままでは何事かと繁本が入って来るだろう。

「ガキね」輪は嘲笑《あざわら》った。

「デパートのおもちゃ売り場でひっくり返って泣き喚いてるガキそのもの」

玄がちらりとこっちを見た。

「お前に何が分かるって感じ? 分からないわよ。あなたじゃないもの。まぁいいわ、そこでイジけて壁と遊んでなさい。でもこれだけは言っとく。このままじゃ妹さんは助けられない」

玄が手を止めた。鉄格子を摑み、輪を睨んだ。凄みのある目だ。まるで狼《おおかみ》のようだと思った。恐怖に耐え、生き抜いてきた人間だけが獲得しうる野性の目だった。

「美咲の話をするな……」

初めて声を聞いた。心の奥底がゾクゾクした。しかし、いつまでも余韻に浸っていられない。福岡病院から迎えが来る前に事を済ませなければならない。

「ここから出してあげると言ったら」

　玄が探るような目で見つめてくる。

「その代わり条件がある。私に協力する。私の元から逃げない。言うことを聞く。この三つを守りなさい」

「分かった」

　ふんと輪は鼻で笑った。

「外に出れば車椅子の女なんか振り切れる。そう思ってるんでしょう」

　玄は何も答えなかった。沈黙は時に言葉以上に雄弁に語る。

「本心から誓いなさい。私の言うことを聞けば、あなたは対馬に行ける。妹さんとも会える」

　玄が小さく頷くのを見て、輪は「手を出して」と言った。ポケットからボールペンほどの機具を取り出すと、玄に見せた。

「これ、ＩＣチップ。今からあなたの身体にこれを埋め込む」

「そうすればここから出られるのか……」

「約束するわ」

　玄は鉄格子の間から左手を差し出した。輪は玄の左手を摑むと、専用の注射器でＩＣチップを埋め込んだ。麻酔なしではかなりの痛みを伴うはずだが、玄は表情一つ変えなかった。

「契約完了ね」

「早く出せ」

「慌てないで」輪は諭すように微笑むと、「繁本さん」と外に向かって呼びかけた。すぐにドアを開けて繁本が入ってきた。

「話は終わりました」

「そうですか。では――」

「彼をここから出してください」

啞然とする繁本の眼前に書類を差し出す。

「行本玄はたった今、亡命者保護申請をし、米国居住資格を得ました。アメリカ合衆国憲法に則《のっと》り、行本玄を直ちに本国へ移送します。必要な書類は後ほど届けます」

「あなたは……」呆然と繁本が呟く。

輪はにっこりと微笑んだ。

エレベーターで一階まで降りると、駐車場に停めたレンタカーの助手席に玄を乗せ、車の外でバッグからスマホを取り出す。
「Boss, I got him.（ボス、対象者を手に入れたわ）
Yeah, that's right. Fukuoka Airport is closed. Arrange for a flight elsewhere.（ええ、

そう。福岡空港は閉鎖されてる。別の場所から飛行機に乗れるよう手配して）」

突然、目の前に影が出来た。嶋津舞が立っていた。

「掛け直すわ」輪はそう言うと携帯を切った。

「どういうことか説明してください」

「何を？」

「惚けないでください。玄くんをどこに連れて行くつもりですか」

舞が車の中の玄を横目で見る。

「ドライブ」

「輪さん！」鋭い声だった。唇を震わせながらこっちを見つめる。

「オーケイ。そう、あなたの想像している通りよ」

「今、福岡空港でＩＡＳが暴れています……。きっとたくさんの人が犠牲になっています……。ＩＡＳと戦う草香江さん達だって無事でいられないかもしれない……」

「そんなことは日々、世界中で繰り返されてる。だから私はＩＡＳを撃退する方法を探ってるの。そしてようやく見つけた。あなたも見たでしょう、彼の適合率を。最高の対象者よ。いずれ世界がアッと驚くことになるわ」

「いずれじゃ間に合わないんです！」舞は大声で叫ぶと、東を指した。その方向に福岡空港がある。

「ＩＡＳと戦う為、患者を治療する為、玄くんの知識が必要なんです！」

「舞、それはそっちの都合でしょう。私の仕事は彼を速やかにアメリカに連れ帰ること」

「輪さんは日本人でしょう！」

出たわ、このフレーズ……。

輪は「ふう」と軽い溜息をつくと、「私は人間よ」と答えた。

舞はレンタカーの助手席に駆け寄ると、窓を叩いた。

「玄くん、お願い！　病院に戻って！　ＩＡＳについてあなたの知ってることを教えて！」

玄は前を見つめたまま、微動だにしない。

色白の舞が気の毒なくらい蒼ざめている。

「玄くん！」

輪がスマホに向かって「Deformation」と呼びかける。駆動音がして車椅子が変形し、輪を抱えるようにして運転席に乗せた。自らは平たくなって車体の底に張り付く。呆然としている舞に「世話になったわ」と告げた。

エンジンを掛けた時、玄の左手から血が流れているのに気づいた。玄は取り出したＩＣチップを指先で摘んで圧《お》し潰した。

「契約違反よ……」

玄は答えない。代わりに、右手にドライバーを握っていた。

「島には渡れないわよ」

玄がドライバーの先端を輪の目元に近づけた。「早く出せ」

断れば本気で刺すつもりだろう。

「分かったわ。その前に一つ聞いてくれない、私がどうしてあなたに興味があるか。IASに勝てるからよ」

玄はしばらく見つめていたが、やがて日焼けした顔に白い歯が零《こぼ》れた。

「おかしい？」

「鵜に勝てるんならとっくにそうしてる」

「方法があるのよ」

「方法……？」玄は少しの間逡巡《しゅんじゅん》したが、再びドライバーを突き出した。

「嘘だ」

「嘘じゃない。私が証明してあげる」

「どうやって……」

輪は窓を開け、突っ立っている舞に「乗って」と声をかけた。

「福岡空港に向かう」

「……え!?」

「私の気が変わらないうちに早くして！」

「港に行け……」

5

村松連隊長が団本部の決定を通達してきたのは、治安出動が出されてから十五分後のことだった。ＩＡＳと戦ったことのある草香江自ら、先遣小隊を直接指揮して現場に赴くようにとの下命だった。

「こんな形で蓋が開くとはな……」

草香江自身、こんな展開になろうとは夢にも思っていなかった。しかし、開いてしまった。おそらく最悪の形で……。

「どんなことになっても、必ずお前の手で閉じろ」村松はそう言った。

もとより覚悟の上だった。

草香江は迅速に動いた。各小隊長に命じ、武器、弾薬などの準備を進めさせた。貫通、切断、破裂、打撃、燃焼。ＩＡＳに対していかなる攻撃手段が最も有効なのか、防衛省はおろか国連、米軍でさえも答えを出せていない。決定的にデータが不足しているのだ。よって装備品は必然的に増えた。ただ、強力な装備だけに頼るつもりはなかった。

永田が部屋に入ってくるや、「積込み作業、終了しました」と報告した。

「ご苦労」

「リストアップですか」

「あぁ」

1個小隊はおよそ三十名。内訳は先任上級陸曹、訓練幹部、通信陸曹、情報陸曹、そこに第1小隊が加わる。壁に貼った第3連隊の人員表を見つめた。今回の必成目標は偵察だ。とはいえ、前回同様、ＩＡＳと遭遇する可能性は十分に考えられる。俊敏かつ繊細、尚且つ独自で物事を判断することが出来るメンバーを選ばなければならない。

永田の視線が走り書きしたメモをなぞる。表情がさっと変わった。

「丹澤を連れて行くつもりですか！」

「福岡空港に着いたら国内線ターミナルの保安室を目指す。そこにある中央監視装置を使ってＩＡＳの数、正確な位置を把握する。丹澤の能力が必要だ」

「無茶です！　丹澤は技術陸曹ですよ、戦闘の経験はありません」

「俺が守る」

「しかし……」

永田は何度か出かかった言葉を飲み込むと、「中隊長がそうおっしゃるなら」と言った。

「それから、お前には中隊主力を任せたい」

「私に居残れと……」永田が絶句する。

先遣隊と前方指揮所に入る幕僚幹部は西方ヘリコプター隊の支援を受け、ヘリで現地に向かう。先遣隊は目達原《めたばる》駐屯地の第一戦闘ヘリコプター隊、先遣隊残余は高遊原《たかゆうばる》分屯地のブラックホークだ。だが、中隊主力は陸上移動となる。警察車両に先導してもらい、高速道路を飛ばしたとしても、到着が大きく遅れてしまうのはやむを得ない。

「そうじゃない」

「私を水機団に誘う時、あなたは私を右腕だと言いましたよね。あれは嘘だったんですか」

永田は確かに草香江の右腕としてここにいる。男と女ではあるが、指揮幕僚課程で出会った時から草香江は性別を超えたものを永田に感じた。そんなことは生まれて初めてだった。永田になら背中を預けられる。なんの憂いもなくだ。共に働くようになって、その思いは日増しに強くなった。

「もし、俺に何かあったら、後をお前に託したい」

「右腕はその『もし』を消す為に隣にいるんです」

永田はそれだけ言うと、踵を返して部屋を出て行った。

夕暮れの訓練場にいつもとは違う轟音《ごうおん》が響き渡っている。茶と緑、迷彩柄に塗り分けられたヘリコプターが三機、プロペラを回転させて搭乗を待っているのだ。UH－60JA、通称ブラックホークだ。かつての沖田と同じように、草香江は編成した先遣隊の前に立った。誰の顔も緊張で強張っている。内に興奮と恐怖を抱いている証拠だった。彼等の目は真っ直ぐに草香江に向いていた。ただ一人、丹澤巳緒を除いて。慣れない場所に連れて来られたからか、それとも別の理由があるのか、丹澤だけは一向に落ち着きなくキョロキョロしたり爪を噛んだりしている。

「ついにIASが侵入した」草香江はヘリの音に負けないほどの大きな声で言った。「我々は先遣隊として現地に向かう。必成目標は偵察、望成目標は主力到着時の態勢確立だ。今更言うことは何もない。我々が出来ること、使命を全うしよう。以上だ」

丹澤以外の全員がタイミングを合わせたように敬礼した。草香江も答礼した。

「頑張れよ！」

「頼んだぞ！」

「すぐ追いつくからな！」

居残った部隊の喚声を浴びながら、先遣隊は三つに分かれ、ブラックホークに搭乗していく。

「お前はこっちだ」

どの機体に乗ればいいのか分からずウロウロしている丹澤の腕を掴むと、草香江は強引に自分の乗る機体のキャビンに押し込んだ。背中に視線を感じた。後ろを振り向く。永田と目が合った。草香江が頷くと、永田の表情が微かに動いたような気がした。

空気が振動する。空が一気に広がる。離陸した。草香江は遠ざかる基地を見なかった。ただ、空だけを見つめた。すっかり日は沈み、空は残りの光を受けて赤く染まっている。いつもなら美しいと感じたかもしれない秋の夕焼けが、今は血の色のように思えた。もしかすると隊員達の血が流れるかもしれない。それは自分かもしれない。

キャビンにいるのは自分を含めて七人だ。誰も言葉を発さない。うずくまるようにして座っている。傍らには慣れ親しんだ小銃がある。89式5・56㎜。陸上自衛隊に入隊すると最初に受け取るのがこのハチキューだ。兵士にとって銃は魂であり、誇りである。そのことをハチキューから教えられる。

「俺が――」

草香江がいきなり口を開いたので、隊員達が何事かという目を向けた。

「初めてハチキューを手にした時の感覚を、今もはっきりと覚えている。冷ややかで、自分が想像する以上にずっしりと重かった。この鉄の塊が人の命を奪い、自分の命を守る。そのことを頭では理解出来ても、心が納得するまでには随分時間が掛かった」

草香江は元々プロ野球選手に憧れていた。地元の少年野球チームに所属し、朝から晩まで、休みの日も関係なくグラウンドに出て泥まみれになった。ボールを投げる。ボールを打つ。ボールを取る。野球というスポーツはどこまでもシンプルに出来ている。実に分かりやすい。だから、やっていて楽しかった。ポジションはピッチャーだった。身体が大きくなるにつれ、球速はどんどん増した。小学校六年生の頃にはもう130㎞台後半の球速があった。中学でも野球部に入った。一年生からレギュラーとして固定され、地区大会、県大会を優勝に導いた。球速は更に増し、時折、グラウンドには見知らぬ大人の姿があった。有力校のスカウトやプロのスカウトも交じっているという噂を耳にした。特にいい気になっていたとは思わない。ただ、そう言われても仕方がないのかもしれない。

中学三年の夏、仲間と一緒に自転車に乗ってふざけていた時、バランスを崩して転んだ。反射的に利き手である右腕を地面につけた。その時、グキッという嫌な音がした。右の中指を捻挫した。痛みを堪えて練習に出たが、ついにボールを摑めなくなった。ヒビが入っていたのだ。しばらく練習を休むことになった。先日まで自分のいたマウンドには別の選手がおり、当然のようにキャッチャーに向かってボールを投げ込んでいた。このままでは居場所を奪われる。焦りから完治する前にボールを握り、再び悪化させた。三ヵ月後、ようやく医師から許可が下り、練習に参加した。それまで投げていたピッチャーは脇にどけた。皆が草香江の投げ込むボールを見た。

「アッと思ったよ。ボールに指が掛からないんだ。一球目はワンバンだった。二球目はキャッチャーが立ち上がるくらいの暴投、三球目は……。全部で八球投げたが、ストライクは一つもなかった。もう、プロには行けないんだって、自分で分かってしまった」

「それからすぐ、自衛官を志されたんですか？」

尋ねたのは小菅3曹だ。飛び込みが出来るようになって以来、本来の明るい性格を取り戻していた。

「いや、それからもいろいろあった」

草香江が苦笑いすると、小菅と他の隊員達にも少しだけ白い歯が覗いた。

だが、丹澤だけは違っていた。丹澤は離陸してからずっと、休みなく自前のノートP

Cを操作し続けている。何をしているのかは分かっていた。福岡空港で撮られた動画、呟かれている言葉、噂されている状況を徹底的に拾い集めているのだ。離陸前は不安な表情を浮かべていたが、作業を始めるとまるで別人になったように堂々と落ち着いて見える。丹澤にとってはハチキューではなく、使い慣れたノートPCが魂であり誇りなのだろう。「何か分かったか?」と尋ねると、丹澤は「保安室の位置が判明しました」と画面を見つめたまま答えた。

「国内線ターミナル南の地下一階です」

「システムは?」

「中央監視装置があります。各フロアのモニターも一括で見れます」

「よし」

「IASはまだ国内線ターミナルの中にいるようですね」

「確かか?」

「SNSをサーチしていますが、外での情報は一つもありません」

IASがターミナルの中にいる間になんとしても封じ込めなければならないと思っていた。その為には多少無理をすることになっても仕方がない。先遣隊の任務は偵察だが、IASを外に出さない為の囮の要素も含まれていると草香江は考えていた。保安室の場所が地下ということは気になるが、ターミナルビルの屋上に降下して屋内に侵入するのが手っ取り早い。

「ターミナル内に人はどれくらい残ってる？」

その上で最も気がかりなことを聞いた。

「正確な人数なんて分かりっこありません」丹澤がつっけんどんに答えた。

「福岡空港国内線の年間利用者は約千六百万人です。これは羽田、新千歳に続いて国内第三位です。一日平均四万三千八百人。今日は平日であることから若干数は減っていると思いますが、それでも三万五千人かそれ以上でしょう。そこに空港職員や飲食店の従業員などを合わせれば、およそ四万人。ＳＮＳに投稿された時刻から推測すると、まだかなりの人が建物内に取り残されているのは間違いありません。数百人、もしくは数千人かも」

一刻も早く、ＩＡＳの数と位置を特定したい。しかし、残された人が我々の姿を見ると、パニックに陥る可能性があった。すがりつき、助けを求める人達を振り切るのは体力的に、それ以上に心情的な負担が大きい。ましてや人々を守りながらＩＡＳと相対することにでもなれば、犠牲は大きくなるだろう。

「それともう一つ。どうやらＩＡＳは一匹しかいないみたいです」

丹澤の言葉が草香江の思考を断ち切った。

「体長１ｍ弱。黒光りした昆虫のような姿。ＳＮＳに書き込まれた目撃情報はどれも類似しています」

ＩＡＳが複数ではないのなら格段に行動は取りやすくなる。気になるのは交雑だ。Ｉ

ＡＳと直接接触をすれば、ものの数分で混合現象が起こる。対馬で目の当たりにした無残な姿は今も脳裏に焼き付いて離れない。

「時間との勝負だな……。時が経つごとに数は増えると思っていた方がいい」

「どれくらいになるんでしょうか」

「それは分からん」

空港には逃げ遅れた人が数多くいる。ということは対象は豊富ということになる。

「長船１曹とはまだ連絡が取れないか」

「まだです」

「長船がまだターミナル内にいるとしたら重要な戦力になる。呼びかけ続けてくれ」

丹澤は答えなかった。答える代わりに目と手が異様な速さで動く。

「福岡空港まであと十分」

機長の言葉が無線を通じて聞こえた。いよいよだ。草香江は再び外に目をやった。眼下には街の灯りが見える。人の暮らしがそこにある。もし、ターミナルビルからＩＡＳを外に出してしまえば、この灯りは一つ、また一つと失われていくだろう。

必ずやＩＡＳを仕留めてみせる。

その気持ちに一切の揺るぎはない。

Phase 6　二〇二一年八月十九日　屋内戦闘

1

「ズリッ、ズリッ」

わたし、どうしたんだろう……。

なんだか全身に力が入らない。それに、すごく頭が重い。こんな変な感じ、ちょっと記憶にない。生理は重い方だけど、それでもここまで酷くはない。なんていうんだろう、頭の中に水が入ってきたみたいな……。全然スッキリしない。それに、ここがどこなのかさっきから思い出そうとしてるんだけど、ダメ。建物の中だってことは分かるけど、それくらいだ。視界の端に電光掲示板が見えた。出発保安検査場と書かれた文字の横に飛行機のマークがある。

なんだ、空港じゃない。

……そうか、思い出した。今日は午後からのシフトでバイトに入ったんだっけ。店の名前は「穂の弥《ほや》」。二階の出発ロビーに構えていて、うどんやそば、おにぎりなんかを出している。ここでバイトをやり出して四ヵ月近くになる。シフトは早朝からお昼まで、お昼から夕方まで、夕方から夜までの三種類。時給は八七〇円と割の良いものではないけど、アパートから自転車で十五分くらいなのと、なんとなく空港が好きというのもあって面接を受けた。

従業員は常時五人態勢だ。店長の山下《やました》さんと料理主任の橋田《はしだ》さん、パートの小早川《こばやかわ》さんはほぼ同じ。あとは私と最近入った友田由紀《ともだゆき》という女の子。友田由紀は十六歳だが、高校を退学したらしい。ちょっと暗い感じのする口数の少ない子なので、あまり個人的な話はしていない。誰だって立ち入られたくないことはあるから。

店長にお願いされて、私が友田由紀の教育係ということになった。レジの打ち方や注文の取り方、一万円が入った時には必ず「一万円入りました」と言うとか。店に来るお客はだいたい出発時間を気にしているので待たせるのは厳禁だ。素早く、的確に。これが出来ないと表仕事は務まらない。友田由紀は見かけによらず物覚えは良かった。ただ、声が小さいのが難点だ。

「友田さん、部活とかやってた？」

なんとなく個人的なことを聞いてしまった。人前で声を張ることなんてこれまでしたことがないように思えたから。

「美術部です」友田由紀は小さい声で答えた。

そっか、美術部は声を張る必要なんてないか。

確か、私、その時に笑ったような気がする。うん、確かに笑った。でも、友田由紀がどういう顔をしたのかは思い出せない。

それにしてもなんだか変だ。私、自分で歩いてる感覚がないのに……動いてる。どういうことなんだろう。しかも、さっきからやけに壁ばかりが見える。いや、これ、壁じゃない。天井だ。規則正しく電灯が並んでるし、真四角の空気清浄機が見える。

でも、なんで……？

どうしてさっきから天井を見ながら歩いてるんだろう。変なの。そんなに器用な方じゃないのに。お母さんからもずっとそう言われてたし。みかんを剝いてたら「貸して」って言ってよく剝いてくれた。だって、爪と指のお肉の中に白いのが詰まるのが嫌だったし。そういうことなんだよ、お母さん。

お母さん……、あれ？　お母さんの顔、どんなだっけ。

えーと、あれ、なんとなく分かるんだけど、はっきり思い出せない。名前は……美代《みよ》子《こ》、美津子《みつこ》……？

あれ、なんだっけ？

家族は……お父さんと弟、ん？　妹？

「ズリッ、ズリッ」

あーもう、身体が痒い。痒くてたまらない。でも、どこが痒いのか分からない。手を伸ばそうにも手が分からない。

さっきまで何考えてたっけ？

「ズリッ、ズリッ」

バイト先。誰のこと？　髪の薄いおじさんがいた。その人が一万円を差し出した気がする。言わなきゃ。いつものフレーズ、言わなきゃ。

「一万円……入り……ます……」

え……？

自分でも引くくらい、潰れたような声が出た。

ダメだ、こんなの。言わなきゃ、ちゃんと言わなきゃ。

「イイイ一万円……ハハハハハ入りリリリ……まママままス……」

私、大丈夫かな……。風邪ひいたのかな。

「ズリッ、ズリッ」

分かった。多分これ、私が鼻を啜《すす》る音なんだ。薬飲まなきゃ……。薬……薬……薬ってなんだっけ。あーもう嫌だ。どんどん頭がぼんやりしてくる。

ふいに天井が隠れた。代わりに何かが見えた。なんだろう、緑、茶色……黄色も混じってる感じ。これ服だ。人かもしれない。そうだ、目だ。目がある。

「○□×▽」

何か言ってる？　今、なんて言ったの？　全然分からない。でも、すごく必死そうだ。

食べたい……。

猛烈にお腹《なか》が空《す》いてる。

食べたい。食べたい。食べたい！

「イイ一万ンンンンンエエエエエ円んんんん」

2

草香江は当初、直接、国内線ターミナルビルの屋上に降下しようと考えていた。国内線ターミナルビルは地下一階、地上四階の五層構造だ。そこから一気に保安室のある地下まで駆け下りる。時間短縮と必成目標の偵察を兼ねるなら、その方が都合が良い。しかし、考えを改めた。率いているのは訓練された部隊とはいえ、特殊作戦群ではない。しかも戦闘経験のない丹澤を連れている。焦りはあったが、ここは慎重を期すべきだと決めた。

ブラックホーク三機は福岡空港南側にある海上保安庁福岡航空基地のヘリポートに着陸した。ヘリから地上に降り立つと、厳しい視線を周囲に向けた。すっかり日の落ちた空港はいつもなら幻想的な光景を醸し出している。離着陸を繰り返す旅客機の轟音、滑走路を照らす色とりどりの飛行場灯火、眩しいほどの光に包まれたガラス張りのターミナルビル。だが、今は違う。轟音もなく、飛行場灯火の一部は消え、ターミナルビルのガラスに映っているのは無数のパトカーや消防車、救急車の赤色灯だ。エプロンには一体どれほどの緊急車両がいるのか見当もつかない。吹き抜ける秋の風はほとんどない。やけに蒸し暑く感じるのはそのせいか、それとも緊張の為なのかはっきりしない。

「行くぞ」小隊に向かって声をかけると、草香江は航空基地のハンガーに向かって走り出す。

「さっきの話なんですが、あれ、ほんとですか」

いつの間にか隣には丹澤がいて、横目でこっちを見上げている。

「どの話だ？」

「野球やってたって」

仕事をしながらも話はしっかり聞いていたようだ。

「嘘言う必要があるのか？」

「だって、いかにもって感じの話だったし。ほら、映画なんかでやるじゃないですか。みんなを落ち着かせる為の作り話」

「俺はそんなに器用な人間じゃない」

「そうですよね」と言ってしまったという具合に丹澤は口を噤《つぐ》んだ。

「守護天使がマタ・ハリだけじゃ心許《こころもと》ないぞ。俺の後ろから離れるなよ」

航空基地の様子も普段とは掛け離れているように見えた。回転翼機《ヘリ》や固定翼機《ビーチ》が格納されているはずのハンガーにはあちこちにテントが張られ、臨時の救護所になっていた。顔色を失った老婆《ろうば》の側に寄り添う老人、多分、二人は夫婦なのだろう。奥には酷く泣いている子供の姿がある。地面に座り込んでスマホを打つ大学生くらいの若者の額には包帯が巻かれている。処置をしている医師や看護師に交じって、オレンジ服も見える。海保のレスキュー隊だ。救護士を前提として発足した部隊。確か、機動救難士といったはずだ。

ハンガーにいる何人かが草香江達に目を向けた。迷彩柄の戦闘服を着て、それぞれの手に小銃を持った部隊がここに何をしに来たのかは、言葉にしないでも分かるだろう。

扉を開けて基地の中へ入ると、男二人に挟まれるようにして立っている女が進み出た。

「福岡航空基地基地長、依田《よだ》です」

依田すみれ。噂には聞いていた。海保初の女性ヘリパイロットだ。今は後進に道を譲り、基地長をしている。頼れる先輩だと繁本が自慢げに話をしていたのを覚えている。

「陸上自衛隊第3水陸機動連隊中隊長、草香江です。この度はお世話になります」

こういう状況でなければ、もっと別の言い方、接し方があったはずだが仕方がない。

「こちらへどうぞ」

そのまま奥の会議室に通された。

「ここをお使いください」

草香江はぐるりと周りを見渡した。モニターやパソコン、通信機器等が並び、連隊長以下幕僚幹部三十名程度が詰めることになる。

「広さは――」

「十分です」

草香江が訓練陸曹の真島《まじま》1曹に目で合図を送ると、真島は直ちに小隊に準備に掛かるよう指示した。

「ご依頼のあった空港の平面図です」

依田の後ろから年配の男が進み出て、草香江にファイルを差し出した。「ターミナルビルの管理会社側から提出された図面一式です」

草香江はすぐにファイルを開き、丹澤に見せた。丹澤はページをめくりながら中身を確かめていく。

「施設の構造だけでなく配管や配線についても記載されています。十分に役に立ちます」

「ありがとうございます」

草香江が礼を言うと、「我々はこれくらいしかサポート出来ません」と依田が悔しそうに唇を噛みしめた。

「戦闘は我々の持ち場です。IASを倒した後は皆さんに託します」

「ターミナルビルまではこちらの車両で皆さんを送り届けます」

依田は草香江の目を見て答えると、会議室を立ち去った。

草香江は丹澤の意見を元に、ターミナルビルには地下鉄乗り場から侵入することにした。

「第2ターミナル南側のエスカレーターを降りると長い通路に出ます。通路沿いには福岡銀行と西日本シティ銀行、その隣に保安室があります」

「随分近いな」誰かの声がした。緊張の中に少し楽観的な空気が生まれ出したのを草香江は感じた。ハチキューにマガジンを装着しながら、「そのままで聞け」と言った。

「手順は示し合わせた通りだ。必成目標は偵察。IASがターミナルビルのどこにいるのか、それを把握する為に保安室に入ることが第一となる。救助はすべて後回しだ。いいな」

地下鉄構内へと続くエスカレーターの周辺に人の姿はなかった。草香江は周囲に目を配りながらエスカレーターで地下一階へと降りた。途端、顔をそむけるほど生臭い匂いがした。

この匂いは血だ。しかも、大量の血……。

壁際から顔を僅かに覗かせる。丹澤の言った通り、長い通路が見えた。幸い、ターミナルビルの中は灯りが生きており、通路も遠くまで見通すことが出来た。ただ、見えることで見たくないものも目に飛び込んでくる。人が倒れている。数人……、数十人はいるかもしれない。旅行用のバッグや帽子、携帯電話が点々と散らばっている。いや、散らばっているのは物ばかりじゃなかった。人が手当たり次第に食い散らされ、千切られ、バラバラにされている。頭が転がり、はらわたがぶちまけられ、壁に元が何か分からない肉片が張り付いている。狼の群れに襲われたとしても、おそらくはここまで惨くはないだろう。

対馬で見た光景と同じだ……。

草香江は無意識に奥歯を噛んだ。ギリッと音がした。

「ウゲッ」小菅3曹が人目も憚《はばか》らずに床に嘔吐《おうと》した。

「吐くな！　堪えろ！」草香江は鋭く言った。

吐けばそれだけ体力が削られてしまう。しかし、無駄だった。嘔吐は連鎖した。次々に隊員達が戻し始めた。無理もなかった。自衛隊員といっても、死体を見ることはほとんどない。あるとすれば災害派遣の時くらいだ。これほどまでに惨たらしい、大量の死体を見ることはまずない。血と内臓の匂いとアンモニア臭に嘔吐の匂いが混ざり、耐えられないほどの悪臭になった。

「進むぞ」

周囲にはもう生きているものはいない。あるのはかつて人間だったものばかりだ。草香江は先頭に立って歩き出した。50ｍほど歩いた時、通路の先に丸いものが動くのが見えた。草香江は足を止め、右手を掲げた。止まれのハンドサインだ。小隊が一斉に歩みを止める。草香江は丸いものを確かめる為に一歩、二歩と歩みを進めた。保安室はこの通路の一番奥にある。なんとしてもここを通り抜ける必要があった。丸いものは草香江が近づくのも気にせず、小刻みに動き続けている。それは猫だった。灰色と黒。いかにも高級そうな猫だ。客の誰かが一緒に旅行に連れて行く為に持ち込んだのだろうか。草香江はしばらく様子を見つめ、おもむろに9㎜拳銃を構えた。足が止まった。猫が食べているのは人間の内臓だった。よほど飢えでもしていない限り、猫が人間を食らうなどあり得ない。高級そうな猫ならなおさらだ。

「IASだ……」

狙いを定め、引き金を引いた。発射された弾丸が猫のようなモノの横っ腹に当たった。猫のようなモノが僅かに体勢を崩した。草香江の方を見つめた。やがて、何事もなかったかのように内臓を食べ始めた。草香江は弾丸を撃ち尽くした。すべて命中した。「グガーァー」と猫のようなモノが吼えた。猫の鳴き声とは似ても似つかない。それが合図だったかのように猫のようなモノが草香江に向かって走り出した。草香江はとっさに膝を突くと、引き金を引いた。また当たった。これで合計五発が命中した。それでも動いた。間一髪で躱《かわ》す。猫のようなモノは立ち止まらなかった。「逃げろ！」と叫んだが遅かった。猫のようなモノは飛び込み様、小菅の顔に嚙みついた。

「ウワーッ！」小菅の叫び声が通路に反響した。隊員達が慌てふためき、左右に散らばった。

「小菅！」

「今助ける！」

床に倒れ込んで猫のようなモノを引き剝がそうと小菅が暴れる。「早く取ってくれ！」と喚く。小菅に隊員達が駆け寄り、手を伸ばす。

「触るな！」草香江は鋭く言うと、ベルトに装着したナイフを抜いた。

「手を出すなよ！」

一人、小菅の元に駆け寄り、猫のようなモノの胴体にナイフを突き刺した。ギョッとした。まるで豆腐に箸を刺したかのようになんの抵抗も感じなかった。「小菅」と声をかけようとして、言葉を失った。猫のようなモノは噛みついたのではなかった。顔の半分ほどが小菅の顔面にめり込んでいた。小菅の顔はどす黒く変色し、皮膚が大きく波打っている。交雑が始まっていた……。

「痛い！　痛いぃぃぃぃ！」小菅が叫ぶ。

猫のようなモノは下半身だけを外に残し、バタバタと慌ただしく足を跳ね上げている。

「中……中隊長……」小菅の声が、言葉が、黒くなった口から漏れた。

どうすればいい……？　もう、どうにもならない。

心の中で感情がせめぎ合った。

「チュユユユ……チュユユユう隊……ィィィィィィイイイイ」

小菅の声が、言葉が、次第に人ではないものに変化していく。

「交雑ってのは遺伝子汚染や免疫不全だ。あんなものは不思議でもなんでもねぇ。無理矢理力ワザで異種同士の細胞が混ざり合ってるだけだ。デタラメだ」

谷重の言葉が甦った。

――だとすれば！

素早く9㎜拳銃を持ち換えると、銃床《ストック》を交雑している根本に叩きつけた。床に猫のようなモノと小菅の血と肉片が飛び散った。のたうつように激しく動いていた小菅の身体が動きを止めた。

「小菅！」

「チュュュ……チュュュュュュュ……」

小菅が奇声を上げながら震える。

隊員達は動けなかった。動くことを忘れた。目の前のモノのあまりの不自然さに、逃げることも声を出すことも出来ない。

「これはもう小菅じゃない！」草香江が叫ぶ。

「ガアーッ」と小菅だったモノが吼えた。草香江は小菅だったモノに銃弾を浴びせる。それを皮切りに隊員達が一斉に引き金を引いた。小菅だったモノは四方から弾丸を浴びた。五発、十発、十五発。小菅だったモノはよろけた。だが、倒れない。身体を貫通した弾丸が壁面に当たり、次々と穴を穿《うが》っていく。

殺せない……。

少なくとも手持ちの武器では無理だ。草香江はそう判断した。

「保安室まで走れ！」叫んだ。隊員達が一斉に走り出す。

離れたところからスマホを向けて動画を撮っている丹澤に「早く来い！」と呼びかけた。小菅だったモノがぐらぐらと揺れながら丹澤の方を向いた。

「丹澤！」呼んだ。

しかし、丹澤は固まったように動けない。草香江は後ろに回り込むようにして丹澤を抱き抱えると、そのまま走り出した。視線の先に真島1曹が保安室のドアをハチキューで撃ち抜くのが見えた。隊員達が事務所の中になだれ込む。丹澤を抱えたまま草香江も中に飛び込んだ。

「すぐに来るぞ！　ドアを固めろ！」

真島1曹を始め数人が、事務所の中にある椅子や机をドアの前に重ねていく。さっきまで呆然としていた丹澤がモニターをチェックしようと卓に向かった。草香江は無線機を取り出すと、「マルマル、こちらマルヒト」と呼びかけた。応答がない。

「ギャッ！」という丹澤の叫びで振り向き様に拳銃を向けた。丹澤の見ている方へ視線を下げる。壁際に人の足が見えた。拳銃を構えたままゆっくりと近づく。黒いTシャツの上にジャケットを羽織り、ジーパンを穿《は》いた若い男が壁に背をもたれて倒れていた。顔は伏せていて表情は見えない。草香江は引き金に指を掛けたまま、軽く足を蹴った。

「ふぅ」と息を吐く音がした。

「やっとお出ましですか……」若い男が呟いた。

「長船さん……？」と丹澤が名前を呼んだ。

若い男が顔を上げた。顔には擦り傷と血が流れた痕がある。酷く汚れていたが、偵察中隊の長船1曹に間違いなかった。

「よぉ巳緒ちゃん。久し振り」

「やっとお出ましとはどういうことだ？」草香江は一瞬たりとも目を離さず尋ねた。

「ここで待ってりゃ、先遣隊が来ると思ってましたからね」

「ドアはロックされていた」

「辿り着いた時は無人でした。俺が中から鍵を閉めたんです」

「なぜ、連絡しなかった？」

「スマホはIASと戦って二階から落ちた時に壊れました。ていうか、したくても手がこれじゃあ使えません」

長船の左手は血でどす黒く染まっている。薬指が曲がらない側に折れ曲がっている。右手はピクリとも動かない。おそらく肩が脱臼《だっきゅう》しているのだろう。

「さっき鍵を閉めたと言ったぞ」

「口があります。なんならドアノブを調べてもらえれば分かります。俺の唾液がびっちより付いてるはずですから」

「本当に長船なんだな……」草香江は「長船」と名乗る若い男を見つめた。

「草香江3佐、あん時と同じでまた手首をやってしまいました」

懇親会の席、長船は酔って永田に絡み、派手に投げられ、地面に組み敷かれたことがある。その際、手首を捻って捻挫したのだ。草香江はしゃがみ込むと、「無事で良かった」と言った。

「永田1尉に謝れないままだと、体裁悪いですしね……」長船が血に汚れた顔に精一杯の笑みを浮かべた。

「中隊長、無線、繋がりました」と真島が呼んだ。

「マルマル、こちらマルマルヒト」無線に呼びかける。

「こちらマルマル」

応答がきた。

「1857、保安室に入った」

長い夜が始まろうとしていた。

3

保安室にある十二台のディスプレイには、各フロアに設置された監視カメラのLIVE映像が映っている。コンビニや街頭などに設置された監視カメラの大半はモノクロだが、空港の監視カメラはすべてカラーで鮮明だ。おそらくセキュリティを高める為の措置なのだろう。ディスプレイの幾つかには奇妙なモノが映っている。例えば左端、二階の出発保安検査場／南付近を映したディスプレイには、背中やお尻に幾つもの人の頭があるモノが画面上から下にゆっくりと移動している。中央のディスプレイは一階の到着口／北だ。床にはヒトデのように身体全体が平たく広がったモノがいた。右下のディスプレイには、ヘビのように細長くなり、細かい手足が無数に生えたモノが何かを食べている。これが三階にあるレストラン街の今の様子だった。もはや人間と表現するにはあまりにも姿、形が変わり過ぎている。重なり、合わさり、混ざり合ったそれらのモノ。草香江の目には幼い子供が粘土遊びで自由に作った何かのように思えた。

「あ〜くそ、なんか吐き気がしてきた……」

壁際で救急救命士の資格を持つ隊員に手当てを受けながら、長船が感想を漏らした。

「キメラみたい……」

操作卓に向かっている丹澤は両目を見開き、不思議なものでも眺めるようにモニターを見つめている。

「なんだよ、キメラって」

「同一個体内に異なった遺伝子情報を持つ細胞が混じっている状態、またはそのような状態の個体のことを、生物学的には『キメラ』と呼ぶんです」

「要するに？」

「異質同体」

「これまでなんとなくＩＡＳのことを知ったつもりでいたけど、現実はまるで違ってました……。私、交雑はもっと緩やかに進行するものだと思ってたんです。小菅３曹が猫のようなＩＡＳに噛みつかれてから交雑が始まるまでには、ものの数秒しか経っていなかった。噛まれた箇所がどす黒く変色して、皮膚が波立っているように見えました。細胞レベルで互いの融合が始まり、血管を通して脳に侵入したＩＡＳは、小菅3曹から次第に行動と自我を奪って、やがては私達を獲物として認識させた。ほんのさっきまで仲間だった人が変貌し、襲い掛かってくる……。私、ホラー映画は大好きだし、ゾンビものではそれがテッパンのシチュエーションです。観《み》る側の絶望を表現するのに手っ取り早いから。でも……、作り物ならそれでいいけど、現実となった時の失望や衝撃は……」

丹澤は自分の頬に涙が流れているのに気づいていないのだと思った。

「マルマル、こちらマルヒト。送れ」

無線から聞こえる声。少しくぐもって聞き取り難いが、紛れもなく村松連隊長のものだ。

「マルヒト、こちらマルマル。送れ」草香江は呼びかけに応えた。

「状況を報告せよ」

「地下一階の保安室に到達、内部機能を掌握しました。ここで館内の様子はすべて把握出来ます」

「そうか。よくやった」

「そうでもありません」

「どうした？」

「小菅3曹がやられました」

「やられた？　ＩＡＳにか？」

「ありません」


「そうです」

村松が無線の向こうで黙った。

「申し訳ありません……」

「今はそのことを議論したり反省したりする時間はない。他に報告はあるか」

「保安室にて偵察中隊の長船1曹を発見しました。負傷していますが、命に別状はありません」

両腕を動かせない長船がニッコリと笑顔を見せた。

「館内の様子はどうか」

草香江はディスプレイに目を向けた。そこに映っている状況を言葉で表現しようとしても、自分の語彙力では不可能だ。古今東西の作家でも上手くは言い表せないと思えた。

「そちらの受像状態はいかがですか」

「問題ない」

「では、こちらの監視カメラの映像を送ります」

「これはどうします」丹澤が自分のスマホを掲げた。小菅が襲われた時、丹澤は必死で動画を撮っていた。慌てふためく隊員達の中で冷静に動いていたのは丹澤だけだった。

「さっき、中身を確認しましたが、交雑される状況がはっきり分かります。手ブレは相当酷いですけど」

「それも一緒にだ」と草香江は言った。

丹澤が制御卓を素早く操作した。やがて、無線を通して前方指揮所からのどよめきが伝わってくる。

「信じられん……。これが現在の福岡空港なのか……」

村松が草香江になのか独り言なのか分からないような呟きを漏らした。

「紛れもなく、ターミナルビルの状況です」

「数は分かるか」

「最初に報告されたＩＡＳは一体でしたが、我々が襲われたのは猫のような姿をしていました。ＩＡＳは次々と交雑し、数を増やしていると思われます。現在、カメラで確認出来るのは七体です」

「ターミナルの外にＩＡＳが出た形跡はあるか？」

草香江は丹澤を見た。

「今のところありません。おそらく食料があるからだと思います」

スイッチングを繰り返し、ビル周辺の状況を確認しながら丹澤が答えた。

食料か……。

嫌な言葉だった。だが、丹澤の言う通りだろう。ＩＡＳが外に出ないのは、ここにまだ食料《人》がいるからだ。

「ＩＡＳは逃げ遅れた人の捕食を続けています。時間が経てば被害者は増し、それと並行するように数が増すと思われます」

食料がなくなれば、奴等は食料を求めて外に出る。そうなればどうなるか、答えは火を見るより明らかだ。

「連隊長、武器に関してですが、ハチキューの効果は認められませんでした。当たってもほとんどが貫通します。ナイフも使いましたが同様です」

「中隊長」と長船が呼びかけた。

「自分がIASと戦った時なんですがね、とっさに消火器を使ったんです」

「消火器？」

「薬剤をぶっかけたら一瞬仰け反りました。まぁ、効果のほどは分かりませんけど」

「種類は？」

「えーっと、出たのは泡でした」

消火器は三種類に分かれる。長船の使ったものはおそらく水・泡系のタイプで「強化液消火器」か「中性強化液消火器」のどちらかだろう。草香江は消火器のことも前方指揮所に伝えた。今は何がヒントになるか分からない。IASに勝つ為には些末《さまつ》な情報もすべて拾い集める必要があった。

突然、「ドン！」と何かが扉にぶつかった。ドア付近にいた隊員達が一斉にその場を離れる。真島1曹がハチキューの銃口をドアの方に向けながら「ドアを押さえろ！」と叫んだ。隊員達がドア周辺に積み上げた机や椅子が押し戻されないように手で支えた。

「外の様子が見れるか！」

丹澤は素早く制御卓を操作して、地下一階にある監視カメラの方向を変えた。

「マルヒト、どうした！」

こちらのただならぬ気配を感じて村松が呼びかけたが、草香江は返事をしなかった。

「映像、センターに出します」

画面が切り替わった。それを見た誰もがハッとした。かつて小菅だったモノがドアの前に立ち、全身を捻るようにしながらドアに体当たりしている様子が映し出された。

「これが小菅……」

震える声で言ったのは小菅と同期の田才《たさい》だ。顔面に食らいついた猫の頭が小菅の顔を突き抜け、後頭部に突き出ている。両腕はだらりと垂れ、地面に着くほど伸びていた。しかも、全身に短毛がびっしりと生えている。こんな姿になっても戦闘服を着ているのがいっそう憐《あわ》れを感じさせ、田才は悔しさを滲ませた。ドアがミシミシと音を立てて開かれていく。僅かな隙間から毛むくじゃらの長い手が差し込まれ、何かを摑もうと左右に動いた。危うく摑まれそうになった隊員が「うわぁ」と仰け反る。数人が積み上げた机や椅子から離れた。ドアが更に開いた。小菅だったモノがヌッと顔を覗かせた。吐き気を催すような臭気が保安室に流れ込んできた。草香江は机に体当たりした。しかし、ドアは閉まらない。物凄い力だった。気を抜くとドアごと弾かれそうだ。真島1曹以下六名が一斉にハチキューを撃った。二セット四発、「タン！　タン！」という発砲音と床に転がる薬莢《やっきょう》の音が保安室の中に木霊した。ドアに無数の穴が空いていく。草香江は更に机を押した。慄《おのの》いて尻込みをした隊員達が弾かれたように机や椅子を押した。小菅だったモノはズルリと手を引っ込めると、再びドアが閉じた。「ハァハァ」と誰もが肩で息をした。

「草香江！」

村松が名前で呼びかけてきた。草香江は再び無線機を掴むと、「ＩＡＳの攻撃を受けています。主力の到着はいつですか」と聞いた。

「三十分後だ」

腕時計を見つめる。ＩＡＳはこの部屋に食料があることを知っている。何度でもここを襲ってくるだろう。それまでハチキューの弾薬が保《も》つのか、バリケードが機能するのか、ドアが保つのか分からない。だが、悲壮な顔は出来ない。隊員達が自分の表情を見ているからだ。

「死守します」それだけ言うと無線を切った。

「中隊長！」真島が大声で呼んだ。「あれを！」

ドアを貫通した穴の中から紐《ひも》状の触手が何本も侵入してきた。よく見ると先端には指がある。しかもご丁寧に五本きっちりだ。先端に指のある触手はペタペタとバリケードにした椅子や机に触れている。まるで位置や数を確かめているようだった。

「丹澤、ロッカーに隠れろ。何があっても絶対に――」

「私も自衛官ですよ！」丹澤が草香江の言葉を遮った。真っ直ぐに草香江を見つめる目は、相浦駐屯地を離れる時とは大違いだった。

草香江は頷くと、丹澤からドアへと視線を移した。今出来ることだけを考え、精一杯やる。最後の最後まで諦めずにもがく。

「絶対に侵入を許すな」

隊員達に、自分に言った。扱い慣れたハチキューの重みが、生きていることを伝えてくれていた。

4

沙村輪は苛立ち紛れにハンドルを指で弾いた。

「雨降るなんて言ってなかったじゃないの！」

天気はいつだって気まぐれだ。ネットでは晴れ予報だったが、今やフロントガラスを雨粒が叩き、前を行く車のテールランプが滲んでいる。それだけじゃない。福岡海上保安部と福岡空港は、直線にしてたかだか5・5㎞の距離。ナビの案内では十五分もあれば着く。だが、車を走らせてすでに一時間近くが経過している。福岡空港は国内線、国際線ターミナルともに閉鎖され、地下鉄も乗り入れが禁止、博多駅停まりとなっており、空港に繋がるすべての幹線道路、側道までも福岡県警が封鎖している。福岡空港はあっという間に陸の孤島と化してしまった。

「ちょっと！」輪が大声を上げた。左車線からウインカーも出さずに白いワンボックスカーが横入りしてきたのだ。ビーッと激しくクラクションを鳴らすと、助手席に座った舞が「止めてください！」と声を上げた。

「悪いことを注意するののどこがいけないの？」

「みんな渋滞に捕まってイライラしてるんです」

「私もよ」輪はあからさまに溜息をついた。

最初は行本玄を助手席に乗せて出発したが、眠いと言ったので、後部座席の舞と交代させた。玄は後部座席で腕を組んで横になり、ずっと目を閉じたままだ。眠っているのか、一言も口を利かない。

隣にいる舞の視線を感じる。

「何？」

「別に……」

「言いたいことあるんならはっきり言ったら。身体のためよ」

「輪さんって……ずっとそんな人なんですか？」

「質問の意味がよく分からない」

「子供の時からそんな性格なんですか？　それともアメリカに行って変わったんですか？」

「子供の頃は引っ込み思案で人見知りだった」

舞が「えっ？」という顔をした。

「舞って分かりやすい」

「よく言われます……」

「でしょうね。別に嫌味じゃない。素直だなって」舞を横目でちらりと見ると「どうして性格が歪《ゆが》んだかって話だったわね」と続けた。

「変わったか、です」

「やっぱりあの事件かな」

「襲われたのってＩＡＳだったんですよね……」

「今ならそう言えるし、ＩＡＳって言葉もある。でも、当時はそんな言葉はなかった。何度訴えても信じてくれなかったし、頭がおかしいって病院に連れて行かれもした。散々だったわ。つまりやむにやまれずなのよ。メソメソしてたってしょうがない、誰も助けてなんてくれない。それがはっきり分かったから」

輪は側に置いたポーチに片手を突っ込むと、電子タバコを取り出した。

「煙は出るけど匂いはしないから」

「平気です。慣れてますから」

輪は吸い口を吸って煙を吐き出すと、「彼氏？」と聞いた。

「父です」

輪は再び吸い口を吸った。メンソールの匂いがすっと鼻に抜けていく。

「ほんとです！」

「へぇ」

「また話を戻すけどさ、今はこれ以上ないくらいすっきりしてるの。親や妹を奪ったIASを殺す。この世界からIASを一匹残らず殺し尽くす。その為にはどうすればいいか。毎日、二十四時間、そのことしか考えてない。ひたすらシンプル。それだけ」

「だからジャイガンティス……」

舞はちらりと後部座席の玄に視線を向けた。

「信じられない？」

「正直言って……まったく……」

「舞も不思議がってたじゃない。彼の傷の治り方。普通じゃなかったたって」

「傷が治るのと人が大きくなるなんて話はちょっと別次元過ぎて……」

「細胞が活性化するプロセスはまったく同じよ」

「そうかもしれないけど……」

「人は見たもの、体感したものしか信じない。かつては治せなかった病気を幾つも克服してきた医者でもね」輪は舞の目の前に電子タバコを差し出した。「昔はこんなものなかった。葉を燃やさず、高温で加熱もしない。でも煙草なのよね」

「ジャイガンティスは空想でもお伽話《とぎばなし》でもSFでもない。リアルな現実よ。私は九年前にIASに襲われた。背中を切られ、腹を刺された。つまり、直接接触したわけ。ちなみに私の適合率は48・3%。それで試してみた」

舞が眉をひそめた。「試したって……何をですか?」

「見る?」

「え……」

膝掛けをめくり、足元をカバーしている黒いガードを外し始めた。足が剝き出しになった。輪が息を飲んだ。輪の右足はふくらはぎから下が大きく腫れ上がり、左足に至っては大きさが70㎝ほどもある。到底、人間の足のサイズといえるようなものではなかった。

舞は何度か口を開きかけた。言葉を探しているようだった。

「驚いた?」ガードを元に戻しながら言った。

その時、30mほど先を車が左に曲がっていくのが見えた。輪は手を伸ばし、ナビの画面を操作した。

「あそこに抜け道がありそうね」

レンタカーを側道に出し、強引にすり抜けていく。「すべての道はローマに通ず」と言いながら輪は迷わずハンドルを左に切った。

まるで生活道路のような細い路地を進むと、視界が急に開けた。目の前に福岡空港の滑走路が広がっている。舞は目を見開いた。輪もその光景に目を奪われた。飛行機が離着陸する滑走路は、今やおびただしい数の人と無数の赤色灯で溢れ返っている。無理もない。九州第一の空の玄関口が襲われたのだ。数千人が出入り口に殺到する様子が輪の脳裏にありありと浮かんだ。

「ダメだ……」

それまで一言も口を利いていなかった玄が呟いた……ような気がした。

「何か言った？」

相変わらず何も答えない。ただ、食い入るように空港を見つめている。明らかにこれまでとは様子が違っている気がした。

「近づいてみる」

輪は空港の外周道路へと進んだ。

「どこに行く気ですか？」

「海保の航空基地。そこに水機団が前方指揮所を作ってる」

「それも調べたんですか……？」

「違うわよ。私を舞と勘違いした海保のおじさんが話してくれたの。草香江3佐とも仲がいいそうよ」

福岡航空基地の正門周辺には人が溢れ、海保の職員が対応に追われている。タクシーも呼べず、バスもない。もちろん自家用車もダメだ。行き場を失った人が炊き出しに列を作り、さながら野戦病院を思わせた。

「ちょっとちょっと」輪は若い海保職員に手招きした。

「ここに水機団の指揮所があるわよね。案内して」

若い海保職員は輪と舞、玄を交互に見つめ、怪訝な顔をした。

「身分証明書を提示してください」

「かったるいわねぇ」ポーチから身分証の入ったケースを取り出そうとした時、突然、玄が走り出した。強引に人混みの中に分け入っていく。「おいっ！」と職員が呼びかけたが、あっと言う間に姿が見えなくなった。

「舞！」と呼びかけた。輪の意図を察した舞が玄を追って人混みの中に走り出す。真っ赤になって「君！」と怒鳴る若い職員に、「ほら」輪は身分証明書を見せた。

「アメリカ国防……」

「DARPA《ダーパ》の沙村輪が来たって言えば分かるわ」

格納庫と思われる大きな倉庫が見える。中に入るとそこもたくさんの人で埋め尽くされていた。人混みを掻き分けながら進むと玄の背中が見えた。膝を突き、幼稚園くらいだろうか、女の子の側にいる。女の子は泣きながら「お兄ちゃん！」と何度もしゃくりあげている。

「もう泣くな」

玄は泣いている女の子の頭を優しく撫《な》でた。女の子は辺りを見回し、「エッ……ウッ……」と身体を震わせて泣いてはいたが、玄に撫でられると次第に落ち着きを取り戻した。

「真奈美《まなみ》！」人混みの間から男の子が駆け寄ってきた。男の子を見た途端、女の子が男の子にしがみついた。

「離れんなって言うたやろうが！」男の子が叱った。女の子は安堵と叱られたことで再び声を上げて泣き出し始めた。

「この子の兄ちゃんか」

玄が尋ねたが男の子は返事をしなかった。帽子に海東隆志《かいとうたかし》と名前が入っている。

「絶対妹の手を離すな。隆志」

隆志という名の男の子はしばらく玄を睨むように見つめていたが、妹を伴って歩き出した。しっかりと手を握り締めて。玄は二人の小さな背中が見えなくなるまで目で追い、立ち上がった。

「いいこと言うじゃない」

玄は輪の軽口を無視して格納庫の中を見回す。

「ここはダメだ」

「車の中でも言ってたわよね？」

玄は建物を指さした。

「あんたらはどう思ってんのか知らないけど、鴉がデカいとは限らない。猫くらいのもいれば、ネズミくらいのもいる」

「それ、ほんとなの……」いつの間にか側に来ていた舞が呆然と呟いた。

「こんなところに固まっていたんじゃ襲ってくれって言ってるようなもんだ」

「彼の言う通りだわ。ＩＡＳにサイズは関係ない」

輪は自分や家族を襲った中型犬ほどのＩＡＳを思い出しながら言った。同時に、玄が他人を心配していることに軽い驚きを覚えた。玄は常に拒絶した振る舞いをする。でもそれは本心じゃない。今のでよく分かった。玄は人を見捨てたりしない。冷めていない。むしろ熱いのだ。ＩＡＳに対し、理不尽に対して怖ろしいくらい怒りに煮え滾《たぎ》っている。

私と同じように……。

「指揮所に入ったらすぐに伝える」

「その後はどうするんだ？」玄が真っ直ぐに輪を見つめた。

「俺をナントカってのにするのか」

「聞いてたの？」と舞が言った。

輪は最初から気づいていた。だからあえて舞と会話をし、証拠となる足を見せた。

「ジャイガンティスよ。ほんとは研究室でやるのがベストなんだけど」ごった返した状況を見つめ、「そうも言ってられないわね」と言った。

「それは強いのか？」

「強いわ」

「鵺より？」

「そうよ、人類の切り札だもの。だから私がなりたかった……」

輪は玄を見つめた。

「ジャイガンティス……」確かめるように玄が呟いた。

海保の職員に伴われ、福岡航空基地の事務所に設けられた水陸機動団の前方指揮所に向かった。玄と二人だ。入る直前、舞には病院に帰るよう告げた。自衛隊福岡病院はIASの特定病院に指定されている。交雑の疑いがある者はすべて福岡病院に回されてくるはずだった。谷重達は今、猫の手も借りたいだろう。

「いい、舞。確かに私と自衛隊とでは目的が違う。でもね、人を助けたいという気持ちは同じよ」

玄から得た情報はすべて回すと約束した。嘘ではない。

海保の車両で舞は病院へと帰って行った。

事務所に入ると迷彩服を着た一団が一斉に顔を向けた。眉の太い大柄の男が椅子から立ち上がってこっちを見た。

「水陸機動団第3連隊の連隊長、村松です」

「どうも」輪は挨拶をしたが、玄は口を開こうとしなかった。ただ、こっちを見つめる幕僚や幹部の視線を跳ね返すように睨み付けている。

「行本くん」と村松が呼びかける。

「私には君の胸中をおもんぱかることは出来ない。どんな理由があるにしろ、我々は対馬に住むすべての住民を救助することが出来なかった。それは事実だ。変えることは出来ない。しかし、これだけは知っていてほしい。我々の中には誰一人として島のことを忘れた者はいない。日本人を救えなかったことを恥じていない者など一人もいない」

村松の声は低く、重く、それでいてどこかに温かみを感じさせた。

輪は隣に立っている玄を横目で見た。玄は表情を変えず、真っ直ぐに村松を見つめている。

「過去は変えられないが未来は変えられると信じている。ＩＡＳ撃退の為、君の知識と経験を我々に貸してほしい」

誰も何も言わなかった。事務所の中が静まり返り、玄が口を開くのを待った。

「イヤだ」一言だけ。

ささくれ立った空気が膨張するように広がっていく。その空気に押されるように若い陸上自衛官が立ち上がると、玄の方へと歩き出した。

「よせ、水沼《みずぬま》」

村松が止めたが、水沼と呼ばれた士官は顔を赤く染め、ますます近づいて来る。

輪は車椅子を動かすと、玄と水沼の間に割って入った。

「こういうの、もう止めません？」

水沼が黙ったまま、車椅子の手摺《てすり》に左手をかけた。そのまま脇へ退《ど》かそうとした瞬間、玄が水沼の指を拳で叩いた。

「ウワッ!」痛みで水沼が仰け反る。玄は水沼の腹を横から薙ぐように蹴りつけた。堪らず水沼が床に膝を突き、左指を押さえて呻いた。玄は素早く目だけで左右を確認した。いつの間にか自衛官達が取り囲むように溢れている。輪は何も言わず、水沼からそっぽを向くようにモニターに視線を向けた。

「連隊長、別室を使わせていただけますか。空港の状況が分かるところがありがたいんですが」

村松が連隊長付きの係陸曹に目配せする。若い係陸曹は「こちらへ」と言うと、先に立って歩き出した。

「それともう一つ、避難場所ですが、空港の敷地内ではダメです。もっと離れた場所に移してください」

「ここではまだ危険だと……?」

「彼がそう言ってます」そう言うと車椅子を動かした。後ろから玄がついてくる。さっきまでの獣のような闘気はどこかに消えていた。

係陸曹から案内されたのは、前方指揮所が使用している部屋とは別の八畳ほどの小部屋だった。テーブルの上にはノートPCが用意され、ターミナルビル内の様子が四分割された画面に映し出されている。「操作は——」と言いかけた係陸曹を無視して、輪はすぐさまマウスを使って見たい画面に切り替えた。

「何か気になることがあればこの無線をお使いください」

テーブルには無線機が置かれている。周波数が合わせられているから、前方指揮所にも先遣隊にも通話内容が届くようになっている。玄は身を乗り出すようにして画面を見つめている。

「では」係陸曹は一度冷たい目を玄に向け、小部屋を出て行った。

「あんなことするから嫌われたわ」

「今の、戻して」

輪はマウスを操作すると、画面を六分割に切り替えた。

「ここ」

玄の指示通りに画面を切り替える。【二階・到着口／南】と表示されたカメラには蠢《うごめ》くものが映っていた。側にあるカウンターから比較すると、大型犬くらいだろうか。全身は乳白色で無数のヒダが垂れ下がっている。よく見ると足のようなものがあり、ゆっくりと歩いている。まるでクラゲが立って歩いているような感じだ。笠《かさ》の部分にははっきりとは分からないが目や鼻や口のようなものが見える。

「この形態はなんだろう？　動物界とも植物界ともいえるわね」

輪は携帯を取り出して画面を撮った。これまでにも様々なＩＡＳの形態を写真や動画で見てきた。おぞましいというのはもちろんだが、心のどこかではむしろ不思議な感覚もあった。動物、植物、昆虫の身体がどうやってあそこまで混ざり合い、変化してしまうのか。科学者として純粋に興味がある。

「あんたの家族も」こんな風になったのかと玄が聞いた。

「すぐにIASの腹の中。そっちは？」

「親父《おやじ》は食われた。お袋もそうだったらしい」

「らしい？」

「妹が見た」

「そう……」

辛《つら》かっただろう……。

輪にはその気持ちが痛いほど分かる。その部分だけ記憶を消してほしいと何度も神に泣いて祈ったから。

「なんで喰う時とそうじゃない時があるんだ？」玄は妹の話にはそれ以上触れず、別のことを尋ねた。

「ちゃんとした理由はまだ分からない。これは仮説だけど、IASには幾つか種類があるんじゃないかと思ってる。例えばアメーバは常に形態を変化させている。細胞分裂によって自己増殖するのもいれば、仮足で相手を取り込んでどんどん大きくなったり、他の個体と遺伝子交換をするものもいる」

「こいつら共喰いするもんな」

「共喰い？　見たの？」

「見たっていうかその直後。喰い散らかされてバラバラになってた」

「IASがやったという証拠は？」

「鵺をあんな風に出来るのは他にはいない」

「食われた方はどうなったの」

「どうって」

「死んだの？」

「道端に転がってた。日にちを空けて他の人も見てるからしばらくそこにあったと思う。その後は知らない」

　共喰い。バラバラ。しばらく動かない。

　IAS同士が喰い合うという報告はこれまで上がってきていない。対馬という海に囲まれた地形的な閉鎖環境が、同種での生存競争を強く促したのかもしれない。相手を取り込むアメーバは大型化する。強くなる。そしてまた取り込み、どんどん力を増していく。

　輪が思考に没頭し始めた時、「こちらの映像も見ていただけますか」と再び係陸曹が小部屋に現れた。

「空港にいる水機団の先遣隊が撮影したものです。IASが交雑を行う過程が収められています。かなりショッキングですが……」

「構いません」促すと、係陸曹はUSBメモリーをノートPCにセットし、キーを押した。すぐに動画が始まった。水機団の隊員が猫のようなＩＡＳに顔を嚙まれて叫んでいる。誰かが「小萱」と呼んでいる。草香江の声も混じっているような気がした。

「これ、喰われたんじゃなくて嚙まれてる。だから変わったんだ」

輪は映像を一時停止した。確かに玄の言う通りだった。嚙まれた部分から皮膚が混ざり、毛細血管が浮き出しているように見える。輪は再生と停止を繰り返し、ＩＡＳと隊員が交雑していく様子をつぶさに観察した。

「あなた、ＩＡＳに嚙まれたり刺されたりしたことってあるわよね」

「一度だけ。親父を喰ってる奴を殺そうとした時」玄は左腕を見せた。長さ30㎝ほどの傷が薄《うっす》らと見える。

「その時、何か変な感じがしなかった？」

「変って？」

「例えば……熱いとか焼けるとかそんな感じ」

玄は目を細め、机の一点を見つめていたが、やがて首を振った。

そうか……。

「でも、匂いがしたのは覚えてる」

「どんな？」

「髪の毛とかが焼けた時みたいな……」

「したのね！　そんな匂いが！」

輪の勢いに驚き、玄は眉を吊り上げて「嘘じゃねぇって！」と言った。否定されたと思ったのだろう。

「もう！　なんでこんなことに気づかなかったんだろう！」

輪は乱暴に頭を掻き、大声を上げた。

「髪が焦げると臭くなるのはタンパク質の構成要素である硫黄を含むアミノ酸が原因なの。ＩＡＳが交雑を始めると細胞が激しく活性化する。細胞が活性化すると、その時強い熱が発生する。ほら、ここ」輪は停止した画面を指さした。「接触面の皮膚がだんだん黒ずんでいってる。これは熱の影響よ」

「じゃあ、俺が引っ掻かれた時にした匂いは皮膚が焦げたからか」

「私が切られた時、痛いより熱いと感じたのも勘違いじゃなかった。おそらくＩＡＳはとても体熱が高い」

輪は呆然としている係陸曹に「サーモグラフィー画像ってありますか？」と尋ねた。

「いえ、ありません」

他にどうにかすることは出来ないか？

「でも、水機団が使用しているゴーグルには暗視装置が備わってますが……」

「それだ！」輪はパンと手を叩いた。「すぐ、ゴーグルでＩＡＳを見るように伝えて」

係陸曹が部屋から駆け出していく。

玄が見つめているのに気がついた。

「……何?」

「別に……」

「気持ち悪いから最後まで言いなさいよ」

「いや、その……凄いなって……」

「体熱に気づいたこと? むしろ遅過ぎたくらい——」

「そうじゃない」

強い口調だった。玄の視線が輪の顔から足へ移る。

「そんな身体になってまで鵺と戦おうとしてる……」

「あなたもでしょう」

「俺は美咲と一緒に砲台跡に隠れていただけだ……。親が食われて、大人達がいなくなって、爺《じい》さんや婆さんや子供が弱って死んで、それでもなんにも出来なかった……。このままじゃいつか死ぬと分かってたけど、怖くて、そのことを考えないようにしてた……。美咲の喘息の薬がたくさんあったら、今も砲台跡から出てなかった……」

押し殺していた感情が開く。玄は涙を堪えようと必死に唇を噛み、拳を握り締めている。その姿が切なくて、輪は玄の腕を掴んで引き寄せた。一瞬、身体を引き離そうとした玄だったが、輪に抱きしめられ、肩を震わせた。

「自分を責めなくていい」

「美咲を……島の人達を……助けたい……」

「その為なら何だってする……」

玄の気持ちが肌を通して直接流れ込んでくる。思いが交錯する。理不尽に抗いたい。その力が欲しい。夜、泣きながら願った。でも、朝がくれば何も変わらないことに気づく。絶望する。その繰り返し。

「ジャイガンティスになるには脳に強い刺激が必要なの」

玄が身体を離した。じっと見つめる。

「ノルアドレナリンはシナプス伝達の間にノルアドレナリン作動性ニューロンから放出され、神経伝達物質や副腎から血液に放出されるホルモンとして機能する。これはストレスホルモンの一つであり、注意と衝動性が制御されている脳の部分に影響する。アドレナリンと共にこの化合物は、闘争あるいは逃避反応を生じさせ、心拍数を直接増加させるように交感神経を動かし、脂肪からエネルギーを放出し、筋肉の素早い動きを促進させる。そして細胞の無限増殖化が始まる。無限増殖細胞は正常な染色体ではなく、ガン化することで知られているけど、この細胞を刺激することで細胞壁を取り払い、成長と共に予め固定されているサイズを変化させることができる」

「あんたの足みたいに……」

「そうよ」

「だったら他の人にも試せば――」

「それが無理なの。サイズを変えることが出来るのは、体内にG－561という巨人の遺伝子を有してる人間だけ」

「巨人……」

「あなたの血液を調べさせてもらった。私が知り得る限り、最高の適性値が出た」

「もし、俺がジャイガンティスになったら……？」

「データ通りだと身長は約10m、体重500kg。筋肉量は通常の四倍から五倍。大木を振り回したり、3tくらいある岩を持ち上げたり出来る。特殊装備をしていない時は生身になるから、その分、打たれ弱い。打たれた部分は皮膚が大きく凹んだり崩れたりする。でも、加速度的な細胞増殖でしばらくすればすぐに元通りになる。さっき言ったわよね、鵺がバラバラになってるところを見たって。ジャイガンティスなら難なく引き千切れる。踏み潰せる」

「鵺を……」玄の瞳が熱を帯びたように輝き出した。

「でも、ちょっと待って」輪はノートPCのディスプレイに視線を向けた。

「ジャイガンティスになるのはIASの体熱を検証してからでも遅くない」

5

IASは体熱が高い。

前方指揮所からもたらされた情報を直ちに暗視装置で確認した。温度が高くなるにつれて物体は明るくなり、色は赤から白に、最後には青白く変わる。なるほど、ＩＡＳは高温発光していた。これで、長船が消火液をかけたらＩＡＳが嫌がったようだということの理屈も通る。消火器はおそらく炭酸カリウムの薬剤入りだったのだ。炭酸カリウムは空気中に放出されると二酸化炭素と結び付き、炭酸水素カリウムに変化する。その過程で熱分解する。

「このヒントはＤＡＲＰＡの沙村さんと行本くんがもたらしてくれたものだ」

村松の言葉にさすがの草香江も言葉を失った。

草香江は海保に拿捕された行本玄に接触するべく、谷重に連絡を入れていた。連れ出すのは無理にしても話が聞けるようにはしておきたい。谷重にはそのことも含めて伝えておいた。

それがどういう経緯でこうなったのか……。

「行本くんの話では、ＩＡＳは共喰いをするらしい。おそらく食料を食らい尽くしたあと、強いものが弱いものを食べて生き残ろうとする生存本能だろう」

「共喰いしたらどうなるんです？　片方がもう片方を完全に取り込んでしまうのか、それとも死ぬのか？」

「それは分からんが、バラバラの肉片は見たことがあるそうだ」

肉片……。

ふと草香江の脳裏に一つのアイディアが閃《ひらめ》いた。

「連隊長、すぐに目達原から不発弾処理隊を呼んでもらえますか」

「どういうことだ？」

「ある方法を試してみます。処理隊は上手くいった時の備えです」

「了解した。すぐに手配しよう」

「お願いします。それから二人に礼を言ってください」草香江は無線を切った。

「中隊長、不発弾処理隊なんか呼んでどうするんです？」長船が尋ねると、「もしかしてＩＡＳを液体窒素で冷凍するとか」と丹澤が口を挟んだ。

「そんなこと出来るもんか。ＩＡＳは動き回ってるんだぞ」

「爆弾も動いてますけどね」丹澤が指先で針の動きを真似《まね》た。

「丹澤、館内の空調をコントロール出来るか」

「えっと……出来ます」

「冷房を最低温度に設定しろ」

「それでＩＡＳの動きを鈍らせるんですね」

　草香江は答える代わりに薄く微笑んだ。

「ＭＡＸでキンキンに冷やしてやります！」

「ここから反撃に転じる」

　闇の中に浮かんだ一筋の光明。草香江の目の奥に強い光が灯った。

6

「整列、完了しました」

百二十名の水陸機動団隊員達が三十名ずつ、四つの班に分かれて整列している。すぐ側には運用訓練幹部の篠崎《しのざき》2尉、小隊長の早嶋《はやしま》2尉、同じく小隊長の井波《いなみ》3尉がいる。

しかし、永田真唯子の視線は隊員ではなく別の方に向けられていた。

あの中にＩＡＳがいる。

本隊は福岡空港施設内、国内線ターミナルビルの並びに建っている福岡給油施設と書かれた航空燃料タンクの施設前に陣取った。永田がこの場所を選んだのは、飛行場全体を眺めることが出来て、二十台の車両を停められ、国内線ターミナルビルに近く、かつ、避難民や救助者が巻き添えになり難い場所だったからだ。誘導路に照らされるようにして銀色のタンクが五つ並び立ち、雨に濡れて鈍く光っている。夜の空気に混じって微かに航空燃料の匂いがする。

「これより四班に分かれてターミナルビルに侵入する。ａ班は南から、私が率いる。ｂ班は東から篠崎2尉、ｃ班は西から早嶋2尉、ｄ班は北から井波3尉。地下一階より索敵しながら移動する。ＩＡＳを確認した場合は――」

永田は喋るのを止めた。右ポケットが震えている。ＮＴＴから借り上げた官品のスマホだ。かつてはすべての通話が無線通信で行われていたが、同じ周波数に合わせていると誰でもが通話の内容を聞けるという利点と難点があった。現在では災害派遣の際などスマホで通話を行う。優先度が高く設定されている為に電波が途切れることはまずないし、音声のみならず動画を送れるという利便性がある。永田は「待て」という合図を送り、ポケットからスマホを取り出した。

「もしもし」

「俺だ」と草香江が間髪を容《い》れずに言った。

「今どこにいる？」

「これからターミナルに侵入します」

「ＩＡＳにハチキューは利かん。ナイフもだ」

「そういう連絡は受けていません。それから消火器の件も」

「無反動砲は持ってきたか」

「もちろんありますが……」永田は言葉を濁した。

　水機団の基本装備には84㎜無反動砲と１１０㎜個人携帯対戦車弾がある。草香江はすべての基本装備を積み込むように指示した。だから、無反動砲もトラックにある。

「すぐに装備しろ」

「どちらもですか？」

「そうだ。84㎜《ハチヨン》無反動砲も１１０㎜個人携帯対戦車弾《ラム》もだ」

「火力が強過ぎます」

無反動砲はその名の通り、放出する砲弾とは逆方向に対して、砲弾と同量の運動量を持ったガス、もしくは物質を放出し、砲撃の際に発生する反動を相殺する装置を備えている。対戦車用の強力な砲弾を館内で使用すれば、ＩＡＳはおろか建物ごと破壊しかねない。そうなれば救助を待っている人にも被害が及んでしまう。そんなことはベテランの草香江なら当然分かっていることだ。

「どう使うかは俺が教える。すぐに保安室に来い」

草香江はそう言うや一方的に通話を切った。

「どうかされましたか」永田の様子を見て篠崎２尉が声をかけてきた。

「ハチヨンとラム、あるだけ装備させて」

「あるだけ、ですか……？」

「そう。使い方は中隊長が示してくれるそうよ」

「了解しました」篠崎２尉はそれ以上聞かず踵を返した。

草香江は一体何を考えているのだろう……。

永田は小さく首を振り、それ以上考えるのを止めた。戦闘中に迷いは禁物だ。迷えば判断が遅れる。士官の判断が遅れれば、部下は間違いなく死と近くなる。草香江を信じる。それだけだ。

永田を筆頭にａ班は駐機場側から館内へと侵入した。作業員が使用する通路を抜けるとやがて広い空間に出た。手荷物受取所だ。四台あるベルトコンベアーのうち三台が今も稼働しており、その上を持ち主の現れないトランクやバッグがゆっくりと回転している。カートやトランクが床に転がっているが、他に動くものの気配は感じられない。永田はハンドサインを送ると、手荷物受取所を通り抜け、一階の到着口／北へ出た。途端、咽せるような血の匂いがした。白い床は四方八方がどす黒く染まっている。辺りには一目で死んでいると分かる遺体が数えるだけでも八体。その他は千切れてバラバラにされており、数えようがない。男も女も老人も子供も犠牲になっている。凄まじいまでの惨さだった。

「滑るぞ」

血の海で足を取られないように指示すると、南へと進んだ。向かって右手には航空会社のカウンターが続いており、スカイマーク、ピーチ、ジェットスター、FDA、その奥にはJALのカウンターが見える。進めば進むほど、どこもかしこも見渡す限り死体の山だった。嚙み千切られ、捩《ね》じ切られ、弾き飛ばされたと思われる死体がそこら中に散乱している。しかし、IASの姿は見えない。永田はいつでも撃てるようにハチキューを低く構えたまま、地下へと続く階段に向かった。頭の中には福岡空港の地図が完璧に収まっている。ここから地下一階へ降りて50mほど通路を進めば、右側に保安室があるはずだ。

階段に辿り着いたところで部隊の足を止め、スマホを取り出した。草香江はワンコールもしないうちに出た。

「今、地下に続く階段の上にいます」

「保安室のすぐ近くにＩＡＳがいる」

「どうすれば？」

「そっちに引き付けてくれ。ＩＡＳがドアから離れたら俺が外に出る。無反動砲は持ってきたな」

「ハチヨンが三つ、ラムが一つです」

「タイミングはお前に任せる」

永田は携帯を切ると、ゆっくり階段を降りた。壁際から鏡を出し、奥を窺った。いた……。

保安室のすぐ側に立っている異様な姿をした生物。あれが交雑された小菅3曹なのだろうが、姿にも形にもどこにも面影がない。少しだけホッとした。小菅3曹の面影が残っていれば、隊員達が僅かながら躊躇するかもしれない。

永田は素早く作戦を考えた。すぐ側にはエスカレーターと直結したムービングウォークがある。永田を含めた五人がムービングウォークに隠れ、他の隊員がＩＡＳに発砲して注意を向ける。ＩＡＳが向かって来たら通路を後退、階段を上がる。その隙にムービングウォークから飛び出した永田等が保安室にいる草香江と合流する。

「もし、ＩＡＳが先にムービングウォークに向かって来たら、その時は先に行って」

永田の言葉に早嶋小隊長が頷いた。

「カウント、5、4、3、2、1、GO！」

永田の合図で通路脇から飛び出した早嶋達が、IASに向けて一斉にハチキューを撃った。IASは突然の襲撃に二、三歩後退したが、複数発の弾丸を受けながらも怯《ひる》むことなく早嶋達に向かって歩き始めた。壁や天井や床にIASを貫通した弾丸がぶつかり、鋭い音を立てた。早嶋達は永田の指示通り後退しながら発砲を続ける。IASはムービングウォークに潜んでいる永田達に気づかずに、そのまま通路を歩いた。IASが通り過ぎた頃合いを見計らって、隠れていた永田達が飛び出した。同時に保安室から草香江も現れた。

「永田！」銃声の中、草香江が呼んだ。永田はたすき掛けしていたハチヨンを身体から抜き取ると、草香江に投げ渡した。草香江は受け取ると、すぐにIASを追いかけた。IASはちょうど、階段の中ほどにいた。草香江は片膝を床に突くと、ハチヨンを肩に構えた。

「この距離で撃つんですか！」

有効射程600mの無反動砲には安全限界がある。訓練時、対象から100mは距離を取らなければならないという決まりがあった。しかし今、IASとの距離は20mほどしかない。

「早くノズルを開けろ！」

「しかし――」

「急げ！」

永田が砲身後部のノズルを開放し、弾薬を入れる。

「装塡《そうてん》完了！」

ＩＡＳがこっちに気づいた。「べべべべ」と奇妙な唸り声を上げるや、階段を降り始める。更に距離が縮まっていく。「伏せろ！」と草香江が叫んだ。隊員達が床に伏せた。永田も這いつくばった。ここでＩＡＳに襲い掛かられたらひとたまりもない。「バシュッ」と弾丸が発射された音が聞こえた。途端、身体が重くなった。草香江が永田の身体を庇《かば》うように覆い被さってきた。爆裂音が轟《とどろ》く。噴煙が通路を一気に吹き抜ける。草香江と永田は同時に顔を上げた。まだ、辺りは霞んでいる。ボタッと大きな音がして、天井から何かが床に落ちた。赤い。ＩＡＳの肉片だった。バラバラに弾け飛んだＩＡＳの身体が、天井、壁、床全面に飛び散っている。「……やった」と誰かが言った。「ＩＡＳを倒した！」と誰かの叫びが聞こえた。永田は呆然としていた。

「大丈夫か」

「本当に……ＩＡＳを倒したんですか……？」

草香江は首を振った。「おそらく死んでない。一時的に動けなくしただけだ」

「動けなく……？」

「戦ってみて気づいた。交雑は異種同士の細胞が無理やり混ざり合う現象だ。つまり、脆《もろ》い」

無反動砲の有効射程は600m。射速が最も高まるのは500mから600mの間だ。反対に至近距離なら射速が出ない。IASの身体を貫通させず、弾の衝撃を使って壁に吹き飛ばし、破裂させる。草香江はその原理を応用したのだ。

「豆腐を床に落としたイメージが頭に閃いた」

「ハチヨンのこんな使い方、聞いたことありません……」

「俺もだ」草香江がニヤリと笑った。浅黒い顔に不似合いなほど白い歯が覗いている。

永田も釣られるように笑みを浮かべた。

「右腕が来てくれて助かった」

「今、それを言いますか」永田が睨むと、草香江は照れたように右手で鼻を掻いた。

この人は本当に食えない人だと思った。飄々《ひょうひょう》として、どこか風任せのようで。でも、一つだけはっきりしている。間違いなく頼りになる。永田は先に立ち上がると草香江に手を差し伸べた。

「対処法が分かったらあとはやるだけです。終わらせましょう」

「もちろんだ」

がっしりと大きな手が永田の細い指を包むように掴んだ。

Phase 7　二〇二三年八月二十四日　円卓の騎士

1

閣議室では内閣危機管理センターより、本日の状況報告が行われている。

第1・第2水陸機動連隊により、福岡空港内のIASは殲滅《せんめつ》された。しかしながら小型化したIASもいると考えられる為、福岡空港を中心とする半径5㎞圏内では引き続き住民の避難・制限を設け、捜索を続行する。

今のところ第一のIASの侵入経路は確定していないが、防犯カメラ等の検証によれば羽田経由で韓国から入って来た旅行者の可能性が高く、機内に持ち込まれた昆虫がIASと交雑していたことが疑われる。

報告に耳を傾けていた大場総理が、「韓国……」と呟いた。

「角度的にはその状況が一番高いという分析結果が出ています」

「韓国と対馬は直線で50㎞。更に西には北朝鮮、そして中国がある。黄砂と同じでIASの脅威は大陸から流れてくる」

「今一度、防衛ラインを強化します」防衛大臣の浜島《はましま》が答えた。

「マスコミの方はいかがいたしましょうか」釜下《かましも》官房長官の言葉に大場総理が眉間に皺

を寄せた。傍《はた》から見てもはっきり分かるほど苛立っている。

「同じことを何度も言わせないでくれ。政府はこの事件をＩＡＳではなくあくまでもテロとして扱う。関係者には箝口令を布き、ＳＮＳの情報は厳しく取り締まる。これは国家の治安維持という観点から行われる」

「承知いたしました」と釜下が頭を下げた。

立ち上がりかける閣僚達に向かって大場は「最後に一つ」と付け足した。

「水機団が意外に使えることが分かりました。福岡まで下がったラインを一気に押し上げてみましょう」

2

小菅太一《たいち》の葬儀は小菅の地元である黒部《くろべ》市内でしめやかに営まれた。葬儀場となった寺の造りはたいそう古いが、その分、堂々とした風格を感じさせた。水機団からは草香江と永田の二人が出席した。自分の番がきて草香江は椅子から立ち上がると、焼香台へと向かった。小菅の両親や親族に一礼し、献花台を見た。小菅のはにかんだような笑顔がそこにあった。

小菅は兵士というには頼りなく、どこか幼さを残している隊員だった。なんとかというアイドルグループが好きで、「疲れた時は携帯で動画を観てたら癒されるんです」とはにかむように笑っていた。猛者揃《もさぞろ》いの水機団でやっていけるのかと心配していたが、心根が素直で努力を惜しまないところが周りに受け入れられていった。誰よりも速く泳げたり、正確に的を射抜けたり、ずば抜けた身体能力を持っていたり、秀でた統率力を発揮したりするのとは違う。小菅には周りをホッとさせる癒しのようなオーラがあった。部隊にはそういう者も必要だ。互いの欠けた部分を補い合ってこそ、一つの集団となった時に強さを発揮する。しかし、小菅の笑顔を見ることはもう出来ない。今にも「中隊長」と呼びかけられそうな気がして、草香江はぐっと唇を嚙むと、抹香を一摘みして香炉にくべた。柔らかい煙が立ち上る。草香江は遺影に向かって手を合わせ、「すまない」と心の中で詫びた。

「今日は遠いところ、わざわざありがとうございました」

帰り際、小菅の両親は揃って見送りに出て来て頭を下げた。小菅は母親似だった。泣き腫らした顔であっても分かった。草香江は黙って頭を下げ、踵を返した。ふいに母親から「中隊長さん」と呼びかけられて立ち止まった。振り返ると、小菅の母親が一歩前に進み出ていた。

「あん子は優しい子でした。私は太一が自衛隊に入ることに反対しとったんです。でも、帰ってくる度立派になった気がして、我が子ながら嬉しく思っておりました。だけど……もう二度と……姿は……見られ……せ……」

嗚咽《おえつ》で言葉が潰れた。「やめんか」と言いながら小菅の父親が母親の肩を抱いた。草香江には返す言葉がなかった。棺には小菅の遺体は入っていない。空っぽだ。小菅は二度と、両親や妹に姿を見せることも、家に帰ることも、黒部の澄んだ空気を吸うことも出来ない。草香江はもう一度頭を下げると、足早にその場から立ち去った。

黒部駅から一度電車を乗り継ぎ、富山きときと空港に着いた時は日もかなり西に傾いていた。十六時十分発の羽田行きに乗り込み、羽田から飛行機を乗り継いで長崎空港に向かう。着いた時はすでに夜の九時を回っていた。移動中、草香江はほとんど口を開かなかった。永田も必要なこと以外何も言わなかった。到着ロビーを横切り、佐世保行きのバス乗り場へ歩いていると、永田が不意に立ち止まった。

「どうした？」

「一泊しましょう。明日の朝一番で戻れば支障はありません」

「何を言ってる？」

「いいじゃないですか。今日くらい」スーツ姿の永田がふわりと微笑む。笑顔があまりに自然だったから、草香江は返す言葉を失った。そんな草香江を尻目に永田はさっさとスマホでホテルを検索し始める。

「なるべく駅の近くにします。あ、ありますね」

「お、おい！」

「シングル二つで予約します」

二つ……。

出した。

「行きましょう。こっちです」

永田が来た方とは反対側に歩き出す。草香江は呆然としたまま数歩後ろをついて歩き出した。

チェックインを済ませ、十分後に再びロビーで落ち合う。永田は同じグレーのスーツ姿だったが、化粧や髪形を整えてきたのか、疲れた表情はどこにも見当たらなかった。

「お腹空きましたね」

「そうだな」

空腹は感じていなかったが合わせるように言った。永田が再びスマホを取り出して検索を始める。

「知っているお店があるんですか」

そんなものは一軒もなかった。草香江は「こっちだ」と告げて先にロビーを出た。

思案橋《しあんばし》の飲み屋街を歩いたことはある。そっちに行けば何かあるはずだった。ただ、何度か連れられて思案橋の飲み屋街を歩いたことはある。それに、これ以上永田にリードされっぱなしでは体裁が悪い。

五分ほどでネオンが見えてきた。赤や黄色や緑といった色とりどりの灯りに永田の横顔が照らされ、すっきりした彫りの深い顔立ちが強調された。のっぺりと凹凸《おうとつ》の少ないいわゆる日本人顔とはちょっとかけ離れている。もしかすると先祖には外国人がいるのかもしれない。ほろ酔い加減で赤い顔をした中年サラリーマン数人とすれ違う。不思議なものでも眺めるように草香江と永田を見つめた。片やプロレスラーに見紛う武骨な男、片やハーフモデルのような女の組み合わせは、酔客には好奇の的になるようだった。

草香江は一軒の店先に足を止めた。店の名は「ツリー」といった。ログハウスのような造りで派手な照明も看板もなく、派手な通りの中でひと際落ち着いた佇まいだった。バーのようだが何か摘むものくらいはあるだろう。入り口から中を覗くと、ドアが開いた。口ひげを生やし、エプロンをした若い男が「こんばんは」と挨拶し「二名様ですか」と尋ねた。草香江が頷くと、そのまま奥のテーブルに案内された。店はカウンターとテーブルが四席ほど、こぢんまりとしていたが、間接照明が組み合わさった壁と無数の写真を照らし出し、異国のような雰囲気を醸し出していた。客は草香江達を入れて五人、お喋りをしたり、携帯を眺めたりと思い思いの時間を過ごしている。とりあえずマルガリータ・ピザとソーセージとチーズの盛り合わせ、シーザーサラダを頼んだ。草香江はバーボンのソーダ割りを、永田は赤ワインを選んだ。若い男がグラスを持って現れた。「一つでいいですか」そう言って灰皿をテーブルに置いた。「一人でやってるんですか」と永田が尋ねると、若い男は「はい」と返事をして、「ごゆっくり」と笑みを浮かべ、カウンターの方に歩き去った。

永田がワイングラスを差し出す。

「献杯しましょう。頑張った小菅3曹に」

そうか……。永田はこれが言いたかったのだ。

草香江はグラスを摑んだ。永田が見つめる。草香江はグラスを掲げた。

小萱、ありがとう。

思い出と共にバーボンを一気に呷った。身体の中に熱いものが染み込んでいく。

「ここで区切りにする」

「はい」

小萱のことを忘れることはない。しかし、前に進まなければならない。

「次は対馬解放ですね」

「どうかな……」

福岡空港に出現したIASを水機団が撃退したという報道は一切なされていない。テロの制圧というまことしやかなフェイクニュースを政府が作り出し、流している。そこまでしてひた隠しにしようとする政府が、閉じた蓋を開けるとは考え難い。

グラスの中の氷がカランと音を立て、草香江は我に返った。

「お疲れのようですね。もう戻りますか？」

「沙村輪と行本玄のことを考えていた」

沙村輪が福岡海上保安部に乗り込み、行本玄を留置場から連れ出した経緯は繁本から聞いた。その後のことも嶋津舞から谷重経由で話は聞いていた。輪は今、佐世保市内にある米海軍佐世保基地にいる。玄を伴っているところをみればジャイガンティスの研究を進めているのは間違いない。

「沙村さん、玄くんをアメリカに連れて行こうとしていたらしいですね。でも、まだ日本にいる」

「行本玄が妹を残したまま行くはずがないからな」

「それだけでしょうか」

「どういう意味だ？」

「沙村さんには別の理由もある気がするんです。嶋津さんの話から推測すると、沙村さんは福岡空港で玄くんをジャイガンティスにするつもりだったと思います」

　そのことは草香江も考えていた。おそらく行本玄と沙村輪の間で、何かの取り決めが交わされたのだ。

「俺達が防いだから、その機会を逸したのかもしれん」

「私が沙村さんなら、次の機会は対馬にすると思います。そうすれば二人の思惑は完全に一致します」

　草香江は答える代わりにグラスを傾けた。

「でも、本当にあり得るんでしょうか。私には信じられません。人間を巨大化させるなんて……」

「意味があると思うか？」

「え？」

「巨大化させることにだ。ＩＡＳはせいぜい２ｍくらいだろう。なのになぜ、人間を巨大化させることにこだわる?」

「以前、沙村さんがその理由を語られてましたよね」

福岡病院の応接室で輪が熱弁した時の記憶はまざまざと残っている。

「何かはぐらかしているような気がしてな……」

草香江は自分の考えを永田に伝えた。

「IASの巨大化を想定したカウンターパート、ですか……」

「どう思う?」

「さぁ」永田はそれ以上答えずワインを口に運んだ。草香江もバーボンを飲んだ。二人とも黙って酒を飲み続けた。

「中隊長」と永田が呼んだ。

「ジャイガンティス、当てにはしませんか?」

当然だという目で永田を見た。

「俺が行本玄から欲しいのは情報だけだ」

「私もそう肝に銘じます」

「問題はどうやって接触するかだが……」

スマホが震えた。マナーモードを解除することを忘れていた。表示に目をやり、草香江は携帯を永田に見せた。永田が片方の眉を吊り上げ、「また何か調べものを頼んだんですか」と言った。

「いや」草香江は首を振るとスマホに出た。

「やっと繋がった！」

丹澤巳緒が大声を上げたので、草香江は瞬間、スマホを耳から遠ざけた。

「中隊長、とっておきの情報です」

「またやったのか」

技術陸曹となった今でもハッカーの血が疼《うず》くのを抑えられないらしい。

「そのうち、通信長の首が飛ぶぞ」

「それは置いといて――」

丹澤の言葉を聞きながら、草香江はみるみる身体が熱くなるのを感じた。その様子を感じ取ったのか、永田が息を潜めて見つめている。スマホを切った後、草香江は氷で薄くなったバーボンで喉を潤した。

「丹澤はなんと……？」

「対馬解放作戦を政府が正式に承認したそうだ……」

「えっ」といったきり永田が絶句した。

もう、なりふりは構っていられない。

なんとしても行本玄に接触を試みようと草香江は決意した。

3

その機会は意外なほど早く巡って来た。

翌朝、相浦駐屯地に戻ると、官舎に私物を置いてすぐ隊舎に向かった。中隊長室の机の上には書類が山積みされている。午前中にすべてに目を通し、お土産を配るのはその後だと決めた。次期訓練案を読んでいた時、固定電話が鳴った。第一科からだった。面会の申し入れだという。手帳を見るまでもなく、そんな約束はしていなかった。

「相手は？」

「行本玄さんです」

どういうことなんだ……。

しかも沙村輪はいない。一人で来ているという。

草香江は応接室ではなく、駐屯地内にある喫茶店に案内するように頼んだ。来訪の目的がなんなのかは分からないが、かしこまらない場所での会話がいいと即断した。電話を切った後、すぐに携帯を摑んで永田にかけたが留守電になった。短いメッセージを残すと、読みかけの書類を机の上に広げたまま、中隊長室を後にした。

喫茶室には他に人はいなかった。行本玄は白いシャツにGパンという姿で椅子に座り、テラスの方に顔を向けている。草香江はその後ろ姿を見つめながらゆっくりと近づくと、

「行本くん」と声をかけた。玄が振り向き、立ち上がる。ちょこんとお辞儀をした。

「どう言えばいいのかな。初めましてでもないからね」

「行本玄です」

「草香江です」

ありきたりな自己紹介をして向かい合うように席に着いた。

一度目は長崎県平戸市の黒島で、二度目は福岡県春日市の福岡病院で会っている。最初は長髪で痩せこけ、髪を切った後は嶋津舞を人質にして脱走を試みた獣のような姿だった。福岡航空基地での一件ももちろん耳に入っている。挑発的な態度を見せ、怒って詰め寄った柔道初段の水沼1尉に怪我を負わせた。今、目の前にいる玄は血色も良く、穏やかな目をしている。少年から青年へと移り変わる、若葉のような雰囲気を漂わせている。

「何か飲むかい？　ここはアイスコーヒーが美味《うま》いんだ」

「じゃあそれを」

草香江は厨房《ちゅうぼう》の方に向かって「アイスコーヒー、二つ」と言った。キッチンには誰もいないが、おそらく声は届いているだろう。玄は静かにこっちを見つめてくる。探るような目つきではなく、澄んだ目で。ずっと見られているのに不思議と嫌な感じはしなかった。

「なぜ、ここへ？」

「鵺と戦った人と話がしてみたいと思ったので」

「ＩＡＳのことだね」

「そう言った方がよろしいですか」

玄が敬語を喋ることに軽い驚きを覚えたが、何も言わずにおいた。

「猿の顔、狸の胴体、虎の手足に尾っぽは蛇。むしろ日本人には鵺の方がしっくりくる。鵺は鎌倉時代に書かれた平家物語に登場する架空の化け物だが、もしかすると、架空ではなかったのかもしれないな」

「ずっと昔からいたのかもしれないって、沙村さんも」

「人は目に見えるものだけを頼るし信じたがる。特に現代人はね」

「それって……何を信じていいのか分からないってことですか」

玄は考え込むようにテーブルに視線を落とした。

パートの中年女性がアイスコーヒーを運んできた。テーブルに置くと、何も言わずさっさと厨房に引っ込んで行く。

「実はまだオープン前なんだ」草香江が苦笑いした。だが、玄は表情を変えない。

しばらく、互いに黙ったままアイスコーヒーを飲んだ。不思議だった。目の前に玄がいる。対馬から漂流してきた少年。玄を助けたところから、止まっていた歯車が再び動き出したのだ。

「……あの」

「ん？」

「人が鵺に勝つなんて驚きました……」

「勝ったんじゃない。バラバラにして冷凍し、動かないようにしただけだ。君のヒントがなかったらとても無理だった」

「それでも……」

ところどころ言葉が足りずに分かりづらい。だが、ＩＡＳを止めたということにとても興奮しているようだった。

「もう一度島に行くんですよね」

昨夜、丹澤が知らせてきた情報は、今朝方、防衛省を通じて正式に通達された。もちろん一般には知らされていない。玄は沙村輪から情報を得たのだろう。

「今度こそＩＡＳから島を解放する。それには君の力を借りたい」

「俺の？　ジャイガンティスですか？」

「違う」即答した。

「戦いは我々の手でやる」

玄が確かめるようにじっと見つめてくる。

「沙村さんになんと言われたのかは知らないが、君がそんなものになる必要はないと思う」

「ジャイガンティスは――」

「子供を当てになどしない」断固とした口調で言った。

　玄が黙る。

「最初の作戦が上手くいかなかったのは情報が不足していたからだ。対馬に現れたのがIASだと分かっていたら、対処はまったく違っていた。玄くん、島のことを教えてくれ。生存者の数、隠れている場所、IASの出没地域。どんなものでもいい」

「そんなことなら」だが、そう答える玄の目は暗い。

「君には謝っても謝り切れない。本当に申し訳なく思っている……」

　草香江は頭を下げた。

「申し訳なく思っている。偉い人にも同じことを言われました。……口ではなんとでも言える。親父もお袋も鵺に喰われました。友達も先生も喰われました。木も虫も犬も猫も島のものは全部」

　顔を上げると玄が唇を噛んでいた。

「僕は自衛隊を当てにしません。妹は自分で助けます。島に残っている人も。そして鵺を一匹残らず島から叩き出します。ジャイガンティスになれば……」

「バカを言うな！」

　大声が出た。厨房からパートの中年女性が顔を覗かせた。

「島は必ず我々の手でIASから奪い返してみせる」

　玄が見つめた。

「約束する」草香江は玄の目を見返した。
だが、玄は返事をすることも頷くこともしなかった。

4

連日のように島の上空にOH－1を飛ばしている。体長12・0m、全高3・8m、全備重量約4t。メインローター1は一機だが、最大速度は時速280㎞に達する。上空からの偵察や情報収集に長《た》け、戦闘中には攻撃の成果を確認する観測をし、攻撃ヘリの代わりに目標を捜索する。機動性にも優れており、ホバリングの安定性、空中一回転などの激しい機動もこなせる。そこから付いたニックネームはニンジャだ。とはいえ、対馬は峻険《しゅんけん》な森や林に遮られた地形であり、たとえニンジャであってもすべてを見通すことは出来ない。そこで玄だ。玄の情報で住民がどこに避難しているのかはあらかた把握出来た。上対馬町の豊《とよ》砲台跡、美津島町緒方《みつしまちようおがた》の姫神山《ひめがみやま》砲台跡、同じく美津島町黒瀬《くろせ》の城山《しろやま》砲台跡の三ヵ所だ。玄は姫神山砲台跡に隠れていたので近くの城山砲台跡には何度か行ったことがあると言った。しかし、島の最北端にある豊砲台跡に行ったことはなく、噂では全滅したとも聞いたそうだ。正確なところは分からない。二つの砲台跡は互いに近くにあり、情報も新しいものであることから、住民が存在しているのは間違いない。問題は離れたところにある豊砲台跡をどうやって確認するかだった。砲台跡には電気は通っておらず、テレビ、ラジオ、携帯などの類いは存在しない。よって島の住民と双方向の連絡を取ることは叶《かな》わない。

先日から数回に分け、ヘリからのビラ配布を実施した。玄によれば住民はほとんど砲台跡で暮らしており、外に出ることは滅多にないそうだ。だが、ビラを目にする可能性はゼロではないと言っていた。ビラには間もなく自衛隊が救助に向かうこと、ＩＡＳとの激しい戦闘が予想されるから砲台跡から出ないようにとの注意がなされている。情報が届き、勝手に居どころを変えないでもらうのを祈るのみだ。

ＩＡＳの個体数は皆目分からない。玄によれば樹木のようなものや、小動物のようなものも存在している。魚のように泳ぐものや鳥のように飛ぶものは見たことがないそうだ。目下、ニンジャが集めた画像解析を全力で行っているが、十四体及び可能性があるものが三体確認されるに留まっている。どれも福岡空港で見たものとは違っている。共喰いで数を減らしたのかもしれないが、福岡空港を照らし合わせて考えた場合、そんなに少なくはないだろう。草香江自身、百体近くは存在すると考えて行動するべきだと主張している。少なければそれで構わない。だが、想定よりも多い場合の精神的ダメージと肉体的消耗、かつ、補給のことを考えれば、数は多めに見越しておいた方が得策だと考えられる。

三週間という準備期間は瞬く間に過ぎた。

第3水陸機動連隊隊舎の作戦室で開かれる第八回対馬奪回作戦会議。これが出動前の最後の会議になることは、その場にいる誰もが知っていた。いつもなら飄々とした素振りの草香江も硬い表情をして座っている。永田は草香江の後ろに座り、その場をぐるりと眺めた。正面にはスクリーンが二つ。その前に四角い作戦台が置かれ、それを挟むようにして隊員達が座っている。右から水陸機動団の本部管理中隊長、1中隊、2中隊、3中隊。その隣には偵察中隊と飛行戦闘上陸班がいる。向かいには、右から海上自衛隊第2護衛隊。「いせ」「あしがら」「はるさめ」「あさひ」の各面々が並び、その隣には第1から第4までの科長がいる。誰も口を開こうとせず、黙って会議が始まるのを待っていた。廊下を打ち鳴らす革靴の音が近づいてくる。会議室に赤城団長の姿が見えた瞬間、全員が一斉に椅子から立ち上がった。赤城団長は大きな目でその場にいる全員を見回すと、中央の椅子に座った。再び息を合わせたように全員が一斉に着席する。

「いよいよ明日になった」赤城団長の太い声が部屋中に響いた。

「作戦の最終確認をしたい」

防衛班長が立ち上がると、作戦概要を読み上げ始めた。対馬奪回作戦。作戦名は「軛《くびき》」と名付けられた。対馬を解放する。ＩＡＳの脅威から解き放つという意味が込められている。作戦の趣旨は大きく分けて二つ。一つは住民の救助、もう一つはＩＡＳの殲滅だ。前回の上陸作戦では当初の目的であった殲滅から救助へと途中で方向性が変わった。その為に現場が混乱し、全住民の避難を完了することが出来なかったという痛恨のミスを犯した。しかし、今回は違う。最初から二つのことを同時に行う。

第1期　作戦準備
第2期　上陸作戦
第3期　島内部の戦闘
第4期　砲台跡地の確保及び住民保護
第5期　対馬奪回完了

救助と殲滅を同時に行う。かなり高難度の作戦ではあるが、これを実行しうる戦法もしっかりと練られているし、行本玄の情報と実際にIASと戦闘を行って得たデータも存在する。作戦時間は七十二時間、迅速果敢に行動し、必ず対馬を奪回する。この場にいる全員が固く心に決めている。スクリーンに対馬の地図が映し出された。

「情報提供者の情報により、残留住民の多くは対馬南部、美津島地区の二ヵ所ある砲台跡にいると推測されます。北端の豊砲台跡は無人偵察機で数回に亘り偵察を行いましたが、現在までIASを含めた生物らしきものの反応は得ておりません。よって、今作戦は南部を重点目標として行います」

防衛班長が言葉を切ると、スクリーンの画像が変わった。

「ご覧の通り、目標地点は姫神山中腹に存在します。周辺は峻険な崖に囲まれており、上陸可能な場所はありません。地積を検討した結果、唯一、美津島町緒方には内陸に深く切れ込んだ入り江の漁港があり、岸壁を使えばヘリコプターの発着も可能です。ここを本作戦の海岸堡《かいがんほ》とします」

　防衛班長はレーザーポインターで地図を指した。

「海岸堡から姫神山展望台までは約１・５㎞、徒歩でも二十四分ほどの距離です。最初に北東方向からＵＨ－１三機が侵入し、偵察中隊が約三分の一の５００ｍ近辺を捜索。水深から判断し、護衛艦隊は三浦湾の約９㎞地点に錨泊《びょうはく》、そこからＡＡＶ、エア・クッション型《ＬＣＡＣ》揚陸艇等で漁港に上陸します。上陸後直ちに戦闘上陸大隊は海岸堡を設定、各中隊の足掛かりを作ります」

　地図上に三つのルートが示される。

「第１中隊は林道沿いを姫神山展望台まで前進し、周辺のＩＡＳを殲滅。第２中隊は第１中隊が姫神山展望台まで進出後、第１中隊を超越し、砲台跡周辺のＩＡＳを殲滅、残留住民の救出。第３中隊は――」

　永田が僅かに顔を上げた。しかし、草香江は微動だにせず耳を傾けている。

「最も早く進行し、この１㎞地点から分岐する別の林道へ侵入。Ａ地点にて円陣防御し、ＩＡＳを努めて多く引き寄せ殲滅。作戦は以上となります」

　説明を終えると防衛班長は一歩後ろに下がった。防衛班長はＤＡＲＰＡや後ろに備えているという噂のある米軍のことに一言も触れなかった。何者も当てにしないという無言の意思表示だと思った。ただ、沙村輪と行本玄の二人は現場に同行する。強い申し入れが政府を通じて上層部へ伝えられていた。赤城団長は連隊指揮所から出ないという確約の下で、同行を了承した。

じっと腕組みをして目を閉じていた赤城団長が、ふわりと目を開けた。

「何か言うことはあるか」

全員が沈黙した。何もないという意思表示だ。だが、永田は草香江の手が挙がるのを見た。

「草香江」

赤城団長が名前を呼ぶと、草香江が椅子から立ち上がった。

「再び対馬に上陸出来ること。前回の任務に就いた自分からすれば、本当に待ち望んでいたことであり、かつ、これは全国民も同じ思いだと確信しております。ただ、これまで何度も具申してきた通り、我々はまだIASに勝っておりません。動きを封じたに過ぎません。バラバラになったIASの破片は冷凍保存されていますが、その細胞は今も生きています。IASは想像を絶する強力な生命力を有しており、人間に限らず動物、植物、昆虫など生きとし生けるものすべての細胞と結びつき、新たな能力を獲得します。IASは未だもって未知の存在です。くれぐれもそのことを忘れないでいただきたいと思います」

一息に喋ると、草香江は席に着いた。

「しっかり怖れろといいたいのだな」

赤城団長の言葉に草香江は「はい」と答えた。

「何が起こるか、何をしてくるのか分からない相手を怖れ、警戒するのは大事なことだ。だからこそ、備え、考え、やがて反撃に転じる。諸君なら必ずやそれが出来ると信じている。美しい対馬を取り戻そう」

赤城団長の言葉に一人、また一人と席を立ち始めた。草香江も立った。永田もそれに続いた。

Phase 8　二〇二一年九月十八日　姫神山砲台跡　二

砲座跡に並んだ無数の木にはキノコが生えている。砲台跡で見つかったキノコを原木に植菌し、栽培をしている。適度な湿度と薄暗い環境が適していたようで、かなりのキノコが繰り返し成長している。

ちょうど美咲がキノコを収穫していると、通路から声がした。一人や二人じゃない。行本美咲は身を硬くした。鵺が出たのかもしれないと思った。身を縮めて様子を窺った。鵺が出たにしては様子がおかしい。「やった」とか「とうとう」というはしゃぐような歓声が聞こえてくる。カップラーメンの入れ物に集めたキノコを壁の方に置くと、声に引き寄せられるように歩き出した。集合室ではこの砲台跡に避難しているほとんどの人が集まっており、空気は高揚したように熱を持っていた。梅野が美咲を見つけるやいなや、飛び跳ねるようにして近づいてきた。先日から腰が痛いと言っていたのが嘘のような足取りだった。

「どうかしたんですか……」

「これよ」

梅野の手には皺だらけになった一枚の紙切れが握られていた。

「なんですか?」

「いいからこっちに来て」

梅野は美咲の腕を摑んで松明の側まで引っ張っていくと、A4サイズのチラシを炎に翳《かざ》すようにして見せた。

【対馬住民の皆さん
我々は間もなく皆さんの救助に向かいます。その際、皆さんが鵺と呼んでいる生物、IASとの激しい戦闘が予想されます。砲台跡からは決して出ないようにしてください。砲台跡へは隊員が迎えに参りますので、彼等の指示に従って行動してください。もうしばらくの辛抱です。我々は必ず皆さんを迎えにいきますので、それまで信じて耐えてください。

陸上自衛隊水陸機動団
Y・G】

「ほらここ！　もうすぐ助けに来るって書いてあるでしょう！」

小躍りするかのように梅野が身体を震わせる。ここのところ何度か頭上でヘリコプターのような大きな音が聞こえていた。このビラと関係があるのかもしれない。デマとは思えなかった。間もなくと日にちこそ明記されていないが、すぐ側でヘリコプターの音がしたり、こうしてビラが撒《ま》かれるなどこれまでに一度もなかったことだ。しかも、砲台跡とこちらの居場所を言い当てている。でも、心の奥が晴れなかった。

「どうしてかな」としわがれた声がした。皆が阿比留の方を見た。

また痩せてる……。

美咲は目を細めた。阿比留は二週間ほど前から体調を崩し、兵舎跡でほとんど寝たきりになっている。村瀬夫妻が両脇から支えるようにして、阿比留を椅子に座らせた。

「これまでずっと放っておいた島民を、なぜ、今になって救助に来るというのだろうな」

阿比留の疑問はもっともだと思った。救助に来るのなら、もっと早く、何度もそのタイミングがあったのではと思う。

なのにどうして今なのか？

隣にいる梅野の興奮が冷めていく。

美咲はもう一度最初から文面を読んだ。ゆっくりと、丁寧に。視線が最後の一文を過ぎた時、イニシャルに目が留まった。

「おばさん、ここ」

梅野が美咲の指した箇所に顔を近づける。

「Y・Gって書いてある……」

「そうだねぇ」

梅野はよく分からないといった返事をした。

「これってお兄ちゃんだよ。行本のY、玄のG」

「えっ!?」

「絶対そうだよ！　お兄ちゃんが助けを呼びに行ってくれたんだよ！　そうじゃなきゃ、

急に自衛隊が助けに来るなんてあり得ない！」

「なんだい？」と阿比留が言う。梅野が小走りにチラシを持って行き、身振り手振りで説明を始める。美咲は後ろに下がって壁に背中を付けた。足がふわふわしていた。生きていたと思った。生きていると信じてはいたが、時間が経つにつれて心のどこかに諦めのような気持ちが巣食い始めていたのも確かだった。

お兄ちゃんが迎えに来てくれる……。

そう思っただけで、身体中の血が駆け巡るのを感じる。

ただ待つわけにはいかない。生きてこの島を出る為には何をすればいいのか。救助に来るまでにそれを考え、実行しないといけない。でも、身体の震えが止まらない。

美咲は集合室から抜け出ると、薄暗い通路に出た。ひんやりとした空気が吹き抜ける中を、真っ直ぐに歩いて行く。空気が更に冷たくなった。やがて、石が詰まれ、隙間を木材で埋められバリケードが築かれた場所に出た。ここから先は外だ。かつて砲塔部があった部分は今、だだっ広い円い空間だけになっている。石の隙間から外を覗いた。ぽっかりと穴が空いた天井、その向こうに切り取られたように夜空が見えた。星が見える。雲間から薄らと月も見える。いつしか外を見るのが辛くなっていたが、どこかで兄も同じ夜空を見ていると信じられる。こんなに嬉しいことはなかった。

ガタガタと地面が揺れた。最近、地震が多い。壁から小石がポロポロと落ちてくる。美咲は隅にしゃがみ込み、揺れが収まるのを待った。それほど強い揺れではないから怖くはなかった。

十五秒ほどで揺れはなくなった。立ち上がって夜空を見た。

「お兄ちゃん」と呼びかけた。応えるように星が瞬いた。

Phase 9　二〇二二年十月十日　対馬上陸作戦

1

行本玄は海上自衛隊の護衛艦「あしがら」の船首に立って、黒い海原を、その先を見つめていた。まだしっかりと夜は明けきっていない。東の空が明るくなり、辺りに浮かんだ雲の形を縁取っている。雲はぶ厚く、海風は冷たい。十月とは思えないほどに。だが、玄の火照った心を冷やすには到底物足りない。船室のベッドで何度寝返りを打っても、いや、そうすればそうするほど目が冴えた。とうとう我慢出来ずに船室を出ると、誘われるようにして船首に向かい、もう小一時間ほど海を眺めている。

「ここにいたのか」

背後から声がして玄は肩越しに振り返った。迷彩柄の戦闘服を着た草香江が歩いてくるのが薄らと見える。

「おはようございます」

「やっぱり落ち着かないか」

草香江は玄の隣に並ぶと、光の当たり始めた水平線を見つめた。海の向こうにはまだ何も見えない。

玄はそっと隣にいる草香江を見た。玄の身長は176㎝。隣の草香江は頭一つ分高い。180㎝は軽く超えている。胸の幅、肩の盛り上がりなど横にもぶ厚い。服越しでも筋肉の鎧《よろい》をまとっているような力強さを感じる。漁師をしていた父親も年の割には力があったし、父親の漁師仲間には締まった身体をしている者もいた。だが、草香江はその誰とも違っている。戦う為の身体がいかなるものか、初めて分かった気がする。

「草香江さんでも緊張するんですか」

草香江の片方の眉がぐいと上がった。まるで仁王のように見える。

「いつも堂々としてるから……」

「お世辞も言えるんだな」

「そんなんじゃないです」

玄はちょっとムキになって答えた。草香江が微笑む。

「俺は今日という日を待っていたんだ」

前回、対馬に来た時からという意味だろう。

草香江を始め水機団の隊員達と接するにつれ、幾つか誤解していたことが分かった。なかでも自衛隊が対馬の住民を見捨てたのではないということがはっきりと分かった。隊員達、特に現場へ赴いた草香江は、そのことでずっと自分を責めていたそうだ。福岡空港にＩＡＳが現れた時は自ら先遣隊を進言し、戦いに赴いていたことも知った。すべて対馬奪回の道が開けると信じての行動だったという。本人が話したのではない。永田や第3連隊の隊員達から聞いたことだ。どこまでが真実かは分からないが、草香江と接するうちにだんだん心が柔らかくなっていくのを感じている。

「第3中隊はＩＡＳを引き寄せる役回りを務めるって聞きました。それって囮になるってことですよね」

「そんなこと、誰に……丹澤か。あいつの口にはチャックが必要だな」

「なぜですか」

「ん？」

「死ぬかもしれないのに」

「死ぬことと死を厭《いと》わないことはまったく別のことだぞ」

草香江は一呼吸おいた。

「いいか、部隊にはそれぞれ役割がある。俺が囮役を買って出たのは、その任務を誰よりも的確に行えると思ったからだ。ＩＡＳと戦うのが初めてと三度目じゃ心の持ちようもおのずと違ってくる」

玄は漁のことを思い出した。一度でも獲《と》ったことのある魚なら、癖や逃げ方、息遣いまでが分かる気がした。しかし、初めての魚だとそうはいかない。経験からなんとか捕まえようとはするが、予測を超えた行動をとられると慌ててしまう。

「心の持ちようが違えば、慌てずに戦うことが出来る。慌てないということは、とっさの判断も早くなる。俺達が一体でも多くＩＡＳを引き付けられれば、第1中隊、第2中隊はより確実に救助を実行することが出来る」

　そうだとしても危険なことに変わりはない。第3中隊には草香江の副中隊長格として永田真唯子1尉がいる。永田とはほとんど話をしたことはないが、とても綺麗な人だ。

「永田さんもですか……」

　草香江は当然という風に頷いた。玄には信じられなかった。

「永田が女だからか？　そういうことを気にするんだな」

「そりゃしますよ……」

「それもさっきの話と同じことだ。俺は永田に出来ないことが出来る。永田には俺に出来ないことが出来る。一緒にいることで補える。君も妹さんとはそうだったんじゃないのか」

　そうなのだろうか？　美咲は優しい。でも、ただ優しいだけじゃない。砲台跡から大人達が助けを呼びに出て行き、誰も帰って来ないと分かった時、玄は自暴自棄になった。美咲はそんな玄を励まし続けた。「大丈夫だよ。なんとかなるよ」と言って。今までずっと美咲を守ることばかりを考えてきたが、もしかすると守られていたのは自分の方だったのかもしれない。

「妹さんはきっと無事だ」

「簡単に言わないでください……」

「簡単には言ってない。島での君の話を聞いて思った。残った人達は全員で協力して補い合っている。俺が想像していた何倍も強い」

太陽が昇り、辺りを明るく照らし出した。水平線に黒い影が浮かび上がった。対馬の島影がおぼろげにだが見えた。美咲を助ける。島の人を助ける。対馬を取り返す。その思いがあったから自分は死ななかったのか、それが自分の役割だったのかは分からない。でも今、自分は一人じゃない。草香江やたくさんの水機団の隊員達が自分と共にいてくれる。共に戦ってくれる。

「草香江さん、一つお願いがあるんですが」

「なんだ?」

「砲台跡に行ったら妹にこれを渡してほしいんです」

玄はそう言うとポケットからバレッタを出した。

「美咲のやつ、何度言っても髪を切らなくて。きっとまた伸びてると思うんです。だから……」

「預かろう」

玄は草香江にバレッタを渡した。

ふいに草香江の反対の手が玄の肩を摑んだ。太く、頼もしい手だった。いつかは自分もこんな男になりたいと思った。

2

【十月十日午前七時九分　対馬　三浦湾沿岸9㎞地点に第2護衛隊到着　ヘリコプター搭載護衛艦「いせ」、ミサイル護衛艦「あしがら」、汎用護衛艦「はるさめ」、汎用護衛艦「あさひ」】

【同日午前七時十四分　ヘリコプター搭載護衛艦「いせ」内に設置された前方指揮所より、赤城団長から作戦開始命令が発令。『軛』作戦開始】

【同日午前七時二十一分　西部方面ヘリコプター隊第1飛行隊UH―1J六機、三浦湾北東方向より侵入　情報中隊第3偵察班　上陸開始】

「着陸態勢に入ります」

無線でコックピットとやり取りしている機上整備員が長船に機長の指示を伝えた。

長船はヘルメットを被ると、後頭部からゴムを回してゴーグルを顔にフイットさせた。左手には包帯が巻かれている為、グローブをはめていない。跨《また》がっているのは偵察用オートバイ、XLR250R。自分の足はタイヤかと思うくらい完璧に馴染《なじ》んでいる。

数秒後、ドスンと衝撃が来た。これは着陸とは言わない。いつでも飛び立てるようにソリを地面に乗っけただけだ。機上整備員が後部ハッチを開くと、すかさず鉄板をカーゴと地上の間に立てかけた。長船は素早く幅30㎝ほどの鉄板の上にタイヤを載せると、スロットルを開けて地上に飛び出した。剥き出しの顔に風が当たる。さーっと潮の香りがした。素早く左右に視線を配り、入り江になった小さな港の周辺と姫神山に続く一本道に視線を走らせる。動くものは何もない。

長船を中心として、ＵＨ－１から降りた偵察中隊六人が揃った。長船は声ではなく、ハンドサインを出した。六人がそれぞれ二組になり、さっとその場から散っていく。ａ班は入り江の右側、ｂ班は入り江の左側に向かって走り去った。長船はアクセルを吹かすと、仲根《なかね》２曹を伴って前方へ走り出した。

偵察中隊に課せられた捜索範囲はおよそ５００ｍ。範囲の中には七十軒ほどの民家や施設がある。家は外からでも無人だと分かるくらい荒れ果てている。庭の草木は伸び放題、ガラスは割れ、ガレージは空き、車にも埃が積もっている。長船はオートバイのエンジンを掛けたままにして、一軒ずつ家の中を確認して回った。前回の対戦でＩＡＳは体熱が高いことが分かった。中には１００度近くにもなる個体もいたそうだ。暗視装置を付け、発光する物体がいないかを見極めていく。今のところ動くものはない。人の姿もない。どの家も無人だった。住民達は島を脱出したか、砲台跡に潜んでいるかのどちらかだろう。もちろん、そうじゃない痕跡も至るところで見つかった。キッチンや玄関、どす黒いものが壁や床にぶちまけられたまま固まっている。大量の血液だった。居間で襲われ、そのまま裏庭に引きずられた痕のようなものがある。肉が溶けて骨が剥き出しになったものが転がっている。突如、日常に襲い掛かってきた非日常。この光景を目にすると、逃げ惑い、呆然とし、泣き叫ぶ人々の声が聞こえてくるようだった。

「長船1曹！」

仲根の声がして、長船は民家を飛び出した。

「あれ……」仲根の指す方向には奇妙なものがあった。シャンデリアではない。天井からぶら下がったスリップ姿の女の遺体だった。しかもほとんどは骨と化している。

「どうすればこんなことになるんだよ……」

仲根が呻く。

女の遺体は頭がずっぽりとモルタルの天井に突き刺さっていた。見えているのは肩から下だ。大量の血でスリップは汚れ、床にも血だまりが出来ている。おそらく天井に入り込んだIASが住民を摑まえ、そのまま上に引きずり上げようとしたのだろう。

「IASならどんなことでもする。襲って食う以外に興味がない。行くぞ」

長船は遺体を呆然と見つめている仲根の肩を強く叩いた。

外に出て再びオートバイに跨がると、無線機に呼びかけた。

「c班よりマルマル。住宅内に生存者及びIASは確認出来ず。これより林道に向かう」

長船は無線を切ると、林道を見つめた。

現れるとすりゃこっからだな……。

林道は途中まで舗装されているが、先に行くにしたがって昔ながらの凸凹道に変わる。

道幅は狭く、対向車が来てもすれ違えないほどだ。何より、木々に覆われていて薄暗い。仲根に一声をかけ、ゆっくりとオートバイを走らせる。左右に畑や墓場がある場所を抜けると、道は急に深い森の中へと吸い込まれていく。上空にはUH－1が常時監視を行っているが、これだけ木々が密集していればモニターでは何も見えないだろう。入り江から300mを過ぎた。異常なし。更に進む。もうすぐ400mというところで長船は片手を上げた。後ろにつけている仲根が停まる。

「どうしたんです……」

「よく前を見てみろ」

暗くてよく見えないが、道の真ん中に黒く盛り上がっているものがある。

「土……？」

確かにそうにも見える。しかし、何かがおかしいと長船の直感が告げていた。長船は暗視装置で黒く盛り上がっているものを見た。周囲と比較して明らかに青白く発光している。

「IASだ……」

こちらの呟きが届いたかのように、黒い盛り上がりがゆっくりと動き始めた。土の塊に見えていたものはますます盛り上がり、やがて三角形になった。遠目からはちょうど大型犬が座っているような感じだ。

「c班よりマルマル。450m地点にてIAS発見。これから明るいところに誘い出す」

　長船は無線に告げると、ＩＡＳを見つめたままオートバイから降りた。

「仲根、よ～く聞けよ。今から俺がお前の後ろに乗る。合図したら一本道を戻れ」

　オートバイに乗って走りながらの立ち射撃くらいは造作もないが、今はＩＡＳを雑木林から引き出さなければ意味がない。となると、自分が仲根の背後に座って後ろ向きに射撃するのが一番だ。仲根はすぐに長船の言葉を理解した。長船は仲根のオートバイに後ろ向きに跨がると、背中に回した89式5・56《ハチキュー》㎜を構えた。「食らえ！」ＩＡＳに向けて引き金を引いた。静かな林道に銃声が木霊した。

「グオォォォォ」低くＩＡＳが唸った。こっちに向かって走り出す。

　喰らいついた！

　長船が仲根の背中を叩く。仲根がスロットルを開いた。犬のような形態だと思ったＩＡＳは、ムカデのように長い胴体をしていた。何本も生えた脚のようなものの中には昆虫の脚や人間の手のようなものも含まれている。ＩＡＳはぐんぐんと距離を詰めてくる。今や赤紫色をした体色、ビラビラのヒダのようなものが全身を覆い尽くしている様までハッキリ見えた。

「もっと吹かせ！」長船が急かしたが、「目一杯です！」と仲根が叫んだ。

　森を抜け、明るい光が戻った。頭上からＵＨ－１の爆音が降りてきた。ＩＡＳが一瞬頭上を見上げた。反射的に動くものを目で追う。これも確認されたＩＡＳの性質の一つだった。長船は走るオートバイから飛び降りると、藪の中に飛び込んだ。仲根もタイヤをスライドさせると、そのまま藪の中に身を隠した。UH－1のキャビンから84㎜《ハチヨン》無反動砲が発射される。IASの頭上から至近距離で打ち下ろされた弾丸は、IASの身体を直撃し、地面に叩きつけるようにして弾けた。「ズバッ！」と破裂音がしてIASの肉片がバラバラになって周囲に弾け飛んだ。

「やった！」仲根が藪に倒れ込んだまま叫び声を上げた。

長船は立ち上がるとIASの破裂した痕を見つめた。「効果テキメンだな」

福岡空港での戦闘の後、近距離戦術と合わせてIAS対抗兵器の検討を続けてきた。その結果、射速が遅く、散弾効果が見込まれるとして擲弾《てきだん》を改良することになった。弾は発射から0・5秒後、約25ｍで破裂するよう時限スイッチを取り付けてある。こうすることで着弾位置が多少ずれたり、身体を貫通したとしても、壁や地面など硬いものに当たれば衝撃で破裂する。擲弾は数世代前の弾丸だが、IASに対する最大効果の弾丸として現代に甦った。

「目標の活動停止を目視確認」無線で報告する長船も、声が上ずるのを感じた。

対馬に上陸して早々、IASを仕留めた。これで部隊の士気は大いに上がる。先陣を切った肩の荷が、ほんの少しだけ下りたように感じた。

3

【同日午前八時二十二分　戦闘上陸大隊第3戦闘上陸中隊　上陸開始】

キツいとは聞いてはいたが、正直なところここまでとは思わなかった。沙村輪は行本玄や丹澤らと共に護衛艦「あしがら」から輸送艦「しもきた」に移ると、そのまま水陸両用強襲輸送車《AAV》に乗り込んだ。戦闘部隊の輸送が先行される為、かなり長い間後部コンテナの中で待たされていた。潮風が吹いているとはいえ、鉄板で仕切られた狭いコンテナ内は熱い。その上、体温と吐き出す息が充満し、息苦しさを覚える。だが、海に出るとそれどころではなかった。対馬内陸の比較的穏やかな海は途端にＡＡＶを翻弄し始めた。体温と暗闇、しかも密閉された空間。そんな中で前後左右、ひたすら波に揺られるのだ。ものの数分で気分が悪くなってきた。丹澤はこんな状況の中でもノートＰＣを開き、画面をスクロールさせている。さっきからチラチラする光と画像、文字が目の端に映る度、胃が疼いてしかたがない。

「まただ……」丹澤が画面を見つめ独り言を漏らす。

「輪さん、ちょっとこれ見てください」

丹澤とは初対面から気があった。お互いに「丹澤」「輪さん」と呼び合うようになるのにたいして時間もかからなかった。丹澤がこっちに画面を向けた。画面には折れ線グラフのようなものが表示されていて、何かを計測しているようだった。

「この三週間の間に対馬で発生している微振動です。人体が揺れを感じる有感地震ではないですし、発生箇所も局所的。でも、日を追うごとに段々と回数が増していってるんです。これ、なんだと思います？　対馬には火山が噴火した痕跡はないし……。一応、司令部に報告はしたんですけど」

「……消して」

両足で踏ん張りながら、隣にいる丹澤の肩を押した。

「え？」丹澤がノートPCから輪へと視線を移す。

「もしかして具合悪いんですか」

「見たら分かるでしょ……」

「酔い止めとかは？」

「ない……」

丹澤がニヤリと笑う。

普段ならいくらでも言い返せる。でも、今は無理だ。口を開く度に胃から食べ物が逆流しそうだ。奥歯を噛んで耐えるのが精一杯だった。

「吐く時はちゃんと袋に吐いてくださいね。そうしないともらいゲロする人が出ますから」

もらいゲロ……。

ダメだ。もう、口を開くことも出来ない。甘く見た。こんなことなら酔い止めを飲んでおけばよかった。ＡＡＶの中は酷いと話に聞くだけじゃなく、体験搭乗をしておけばよかった。あぁ。今更後悔しても遅い。

「世話のやける科学者ですね」

こんなセリフを丹澤に言われるのが悔しい。丹澤が手を伸ばし、前屈《まえかが》みになった身体を無理やり引き起こす。やめて……。そう思ったがもはや言葉が出て来ない。

「力を抜いてください」

身体を圧し、背中を後ろの鉄板に押し付けた。

「接地面を多くしたら少し楽になります。それからこれ」

今度は口の中に何かを押し込まれた。

「柑橘《かんきつ》系のアメも効果アリです」

脂汗が噴き出してくるのを感じながら、輪は固く目を閉じ、耐えた。しばらくすると呼吸がほんの少しだけ楽になってきた。次第に揺れと身体が同化していくのを感じる。口の中に広がったオレンジ味が鼻から抜け、胃のムカムカがスーッと引いていく。嘘みたいだった。

お子ちゃまに助けられた……。

隣で一心不乱にノートＰＣを操作する丹澤の横顔を見つめていると、なんだか笑いがこみ上げてくる。

「輪さんってほんとすぐ顔に出ますよね」

「うるさいね」

「あ、喋れるようになった」

あんたのおかげよ。

輪は目を閉じた。

【同日午前八時三十四分　入り江の半径８００ｍ内に海岸堡の設定】

ＡＡＶから地上に出て周りを見た瞬間、息を飲んだ。百人規模の隊員達は言うに及ばず、物資を運ぶトラック、ＬＡＶと呼ばれる軽装甲機動車、ＡＡＶも数十両が並び、奥の空き地にはＣＨ－47《チヌーク》のまだら模様の機影が見える。空には観測ヘリコプターＯＨ－１が引っ切りなしに旋回を繰り返している。島の小さな入り江には、いつの間にか水陸機動団の陣地が生まれていた。

「凄い……」と思わず呟いた。「私もそう思います」と丹澤が興奮気味に同意した。

「これを見てると、今回の作戦が本気だってことがありありと分かりますね……」

「本気でやってもらわなきゃ困るわよ」

まだ足下はふらついていたが、吐き気はほとんど治まっている。

「人心地がついたら速攻で憎まれ口ですか」丹澤が茶化したが、輪は乗らずに周囲に目を向けた。

対馬を解き放つ。草香江達の言葉に想像を巡らせていても、確たる実感はなかった。

この光景を見るまでは。永田には「当然です」と言い返されるかもしれない。でも、ようやく実感出来た。水機団全員が一丸となって対馬をＩＡＳの軛から解き放とうとしている。本気なのだ。

もしかするとここでもジャイガンティスの出番はないかもしれない。

そう思ったが、口には出さなかった。

「こっちです」丹澤の指示の下、入り江の右端にあるガスセンターの敷地へと向かった。道が悪いのかと思っていたが、周辺はアスファルトで舗装されている。これなら車椅子での移動もスムーズだ。すでに天幕が張られ、連隊指揮所や救護天幕の他、輸達が入る小さな天幕も設営されていた。

「私はこっちなんで」

連隊指揮所に向かおうとする丹澤に「ちょっと」と呼びかけた。丹澤が立ち止まって振り向く。

「これが終わったらご飯食べに行こう」

丹澤は表情を緩めると「楽しみにしてます」と答えた。愛用のノートＰＣを掲げると、そのまま連隊指揮所の天幕へと入っていった。

「随分仲がいいんだ」天幕の方を見ながら玄が言う。

「味方にしとく方がいいでしょ。それだけ」

「水機団の人って優しい人が多いよな」

情報提供者として水機団に通うようになってから、玄は憑《つ》き物《もの》が落ちたみたいになった。目つきも物言いも振る舞いも変化した。本来の姿に戻ったと言った方が正確なのかもしれない。これはこれで悪くはないが、闘争本能まで薄れさせてもらっては困るとチラリと思う。

天幕に入ると「輪さん！」と声をかけられた。白衣を着た若い女がいる。

「舞！　なんで――」

「私も手伝いたいって申し出たんです」

舞は輪から隣にいる玄に視線を移した。

「玄くんも元気そう。血色も良くなってるし」

玄は頭を掻いた。舞が微笑むと玄もぎこちない笑みを浮かべた。その時、机の後ろで白衣を着た男が立ち上がった。

「あんたもいたんだ」輪は谷重に向かってぞんざいな口を利いた。

「そっちが無理やり対馬行きをせがんだんだから、俺がモニターの設置とかやらされてたんだぞ！　やることが山のようにあんのによ！」

「知らないわよ。ＡＡＶの順番がそうだったんだから。あとはいい。こっちでやるわ」

「もう済んだ」谷重はそう言うや、大股で天幕を出て行く。出る前にポンと玄の肩を叩いた。

「なんなの、あれ」

「谷重先生、ずっと気にされてたんです。玄くんのこと。今だって救護天幕の方を後回しにしてこっちの準備をされてたんですから」

「盗聴器でも仕掛けてたんじゃないの」

「輪さん」舞がたしなめる。

「冗談よ」

天幕の外から「嶋津！　早く来い」と谷重の怒鳴る声がした。

「それじゃあ」舞は天幕の外へ走り出た。

「さてと」辺りを見回す。「まずはコーヒーから始める。そのポットを取って」

玄はコーヒーを入れた大きめの水筒に手を伸ばしながら、「その後は？」と尋ねた。

「しばしお手並み拝見ってとこね」

輪は谷重が設置してくれたモニターの電源を入れた。

4

【同日午前九時一分　水陸機動団第3水陸機動連隊第3中隊　出発】
入り江沿いに建った住宅街を過ぎ、田畑を通り越すと、路上に陥没と血溜まりが見えた。ここが情報中隊から報告があった一体目のIASを破裂させた場所だ。飛び散った肉片はまだそのままにしてある。すべての中隊が通り過ぎた後で、目達原の不発弾処理隊が液体窒素で冷凍し運び出すことになっている。

草香江には気になることがあった。ＩＡＳの数が少な過ぎるのだ。ニンジャからの報告では可能性も含めて十七体しかいない。

「人間の数が限られているからでは」と永田は言った。

おそらく違う。ＩＡＳが喰うのは人間だけじゃない。動物や植物、虫まですべてだ。そんなバケモノが半年の間、この島に跋扈《ばっこ》してきた。玄の報告にもあったが、福岡空港でも実際に共喰いが起こっていた。ＩＡＳは相手が同族でもお構いなしに食らいつく。おぞましいほどの食に対する本能だった。確かに共喰いは大いにあり得る話だとは思う。しかし、それだけだろうか。しきりに胸の中がざわめいた。

草香江は視線を前に向けた。正面に薄暗い森が口を開けている。草香江はＬＡＶのハッチを開けて上半身を覗かせたまま、周囲に気を配った。ここから先は情報中隊も調べていない。いわば未知なる場所となる。後ろを振り向いた。時速10㎞、ＬＡＶの後方には永田の乗車する３ｔトラックがピタリと張り付いている。その後ろ、殿《しんがり》を務めるのはＡＡＶだ。海上ではのろく、揺れも強く、隊員達の間では「動く棺桶《かんおけ》」と揶揄されるが、山道では自慢の速度を活《い》かせる。12・７㎜機関銃一門と40㎜自動擲弾銃一門もいざという時に役に立つ。何より装甲がぶ厚い。十分に盾代わりにもなるだろう。

正面に視線を戻した。森に入ると空気が冷たく感じられる。鳥のさえずりがしない。虫の声も聞こえない。静かな森に車両のエンジン音だけが響く。草香江は暗視装置をかざして周囲を見回した。発光するものは何もない。

「500m地点を通過」小柴が車内から伝えてきた。

そこから400mほど進めば林道は二股に分かれる。真っ直ぐに進めば姫神山砲台跡、左に曲がれば姫神山展望台の背後に出る。第3中隊の任務はそこで陣を張り、砲台跡周辺に潜むIASを炙り出して殲滅することだった。

更に進んだ。異常は見当たらない。相変わらず鳥のさえずりも虫の声もしない。時折、風が吹き抜けて木々の葉っぱが揺れる。拍子抜けするくらいどこにでもある普通の、だが、不気味なほど静かな森だった。

「約70mで二股に差し掛かります」

小柴の声が硬い。緊張が伝わってくる。落ち着けと声をかけようとした瞬間、口から出た言葉は「停めろ」だった。小柴がLAVを急停車させた。後続も次々と停止する。

「どうかしましたか……」

「ここで待機だ」

草香江はLAVから降りると、10mほど林道を進んで足を止めた。足下の林道には深い亀裂が入っている。背後から足音が近づいて来る。

「地割れですね」

永田が林道を見下ろした。太いものと細かいものを入れて四つの亀裂がある。

「車輪を取られるほどじゃありませんね。でも、後続の為に鉄板を敷いておきます」

この道はこれから第1中隊、第2中隊も通過する。リスクは早めに潰しておいた方がいい。

「そうしてくれ」

亀裂を辿って視線を右手の斜面に向けた時、草香江は息を飲んだ。林道の亀裂は谷底の方まで続いており、それに沿うようにして森が抉《えぐ》られたように陥没していた。太い杉の木が何本も飲み込まれている。草香江は視線を反対側に向けた。よく見ると同じように山側の斜面も亀裂があった。

「丹澤の言っていた微振動の影響でしょうか……」

「お前はどう思う？」

「私は専門家ではないので。でも、普通の地割れとは少し違う気がします」

草香江も永田にしても地震について詳しい知識は持ち合わせてはいないが、東日本大震災や熊本地震発生の際に災害派遣部隊の一員として現場に赴いた経験がある。地震で山崩れが起こったら、もっと広い範囲の表層が崩れるはずだ。しかし、目の前の地割れは一直線に伸びている。

「田舎でこんな光景を見たことがあります」

永田の目は亀裂を見つめたままだ。

「夏休み、高知の親戚の家に遊びに行った時です。畑で野菜の収穫を手伝っていました。その時、自分の足が穴に埋まったんです。私はびっくりして尻餅をつきました。親戚のおじさんが近づいてきて、モグラの通り穴だと言いました。モグラが土の浅いところを進むと、直線で土が盛り上がります。しばらくすると、盛り上がった土は下に落ち、溝のようになるんです」

「これが何かが通った跡だと言うのか……」

永田は首を振った。

「分かりません。ただ、そのことを思い出しただけです」

モグラの通り穴……。

もし、永田の言う通りだとすればこれはモグラのように可愛らしいものじゃない。深々と土を抉り、大きな杉の木を陥没させるほどの巨大なものということになる。草香江はもう一度、山の谷から山の頂へと続く斜面を見つめた。亀裂の進む先には姫神山砲台跡がある。このまま進むのか。それとも立ち止まって状況を確認するか。選択肢は二つだ。

「どうしますか」

「この亀裂がどこまで続いているのか確認する。位置と角度を伝え、可能な限りニンジャに調べてもらう。こちらからも先遣隊を出す」

空と地上から両面で補い合えば、見えづらい森の中でも見えてくるものがある。

「連隊指揮所に報告します」永田が車列の方へと戻りかけた時、いきなり地面が突き上げられるように大きく揺れた。林道に停めた車体が左右に振られてガタガタと音を立てた。トラックに乗っている隊員達がざわめいた。

「ＩＡＳだ！」と誰かが叫んだ。

谷間の亀裂から木の根のような長い触手が何本も這い出してくるのが見えた。

下からか！

「全員下車！　戦闘態勢を取れ！」

トラックやＬＡＶから隊員達が飛び出してくる。

草香江はＬＡＶに向かって走りながら歯ぎしりした。土の中では姿は見えない。暗視装置で体熱を確認することも出来ない。完全に盲点を突かれた。ＡＡＶの12・７㎜機関銃が真っ先に火を噴いた。オレンジ色の光を発しながら、谷間に土煙を巻き上げる。続けて62式７・62㎜機関銃とハチキューが一斉に乱射される。

「ヒトマル、こちらマルマル。送れ！」小柴から無線をひったくるようにして呼びかけた。

「二股に差しかかる林道の約70ｍ手前で亀裂を発見。谷底から山の斜面まで続いている。亀裂からは多数の触手が伸び、我々は戦闘を開始した。送れ」

「繰り返す。マルマル、ＩＡＳではなく触手か？」

「その通り。形状は白く、木の根に近い。本体はおそらく――」

「ウワーッ」と叫び声がした。

声のする方を見た。触手に絡め取られた飯田《いいだ》２曹が空中に持ち上げられている。

「飯田！」隊員達が手を伸ばし、呼びかける。

「触るな！」

草香江は飯田の足を掴もうとする隊員を間一髪で路上に引き倒した。

「イタい！　イタい！　グアーッ！」

飯田の胴体が触手に締め付けられていく。飯田の口から噴水のように血飛沫が飛び散った。

「イタ……タタ……イイイイ……タタタタタァ……」

飯田の皮膚がどす黒く変色し始めた。交雑が始まった。草香江は拳銃を取り出すと、飯田の額を撃ち抜いた。飯田の首が反動で後方に倒れた。しかし、すぐに起き上がると微かに顔を傾けて草香江を、隊員達を見た。口の中から舌ではなく触手が現れる。

「タタタ～タタ……タタタタ」

意味不明の言葉を発しながら、飯田と同化した触手がうねった。だが、次の瞬間、飯田と触手は地面に撃ちつけられ、破裂した。木の上にハチヨンを構えた永田の姿があった。

「ここでは不利です！」

狭い一本道の林道、円陣を組んで戦うことも出来ない。見れば亀裂からは次々に触手が這い出してきている。隊員達は懸命に応戦しているが、ほとんど効果は見られない。

「中隊長！」ＬＡＶの運転席から小柴が呼んだ。急いで駆け戻ると渡された無線機を掴んだ。「草香江」と村松連隊長が直接呼びかけてきた。

「ニンジャからの報告だ。たった今、姫神山砲台跡から多数の住民が逃げ出しているのが確認された」

「ＩＡＳの姿は！」

「姿は見えん。熱源も確認されてはいない」

「連隊長、ＩＡＳは地面に潜っていると思われます」

「なんだと……」

そのことにもっと注意を払うべきだった。しかし、今更悔やんでも遅い。

「しかも、共喰いにより巨大化していると推測されます」

「巨大化……」村松が絶句した。

考える余裕はなかった。すでにもう住民達が襲われているのだ。

「我々に住民の救助をやらせてください」

本来なら第３中隊がＩＡＳを引き付け、その間に第１、第２中隊が住民の救助を行う手筈《てはず》だった。その為に草香江率いる第３中隊は先発したのだ。しかし、今となっては引き付けるどうこうの話ではない。一刻も早く住民を助けなくてはＩＡＳに食い尽くされてしまう。

「これより作戦を変更する。第３中隊は姫神山砲台跡で残留住民の救助に当たれ。すぐに第１、第２中隊も送る」

「了解」草香江は無線を切った。

「聞け！　これより姫神山砲台跡に行く！」

草香江の命令がさざ波のように唱和されて広がっていく。応戦しながら林道を駆け上がる隊員、トラックの荷台に乗り込む隊員、それを手助けしながら触手に向けてハチキューを撃つ隊員達がいる。

「永田、トラックに戻れるか」

「やってみます」木の上から永田が林道に飛び降りた。

「掩護《えんご》する」

永田がおよそ30ｍを走り抜け、トラックに乗車する間、草香江は林道に這い上がろうとする触手目がけてハチキューを撃ち続けた。トラックのエンジンがかかる。草香江はＬＡＶに飛び込むと、座席に置かれた１１０㎜個人携帯対戦車弾《ラム》を摑み、開け放たれたハッチから上半身を出した。谷底から伸びた触手がトラックを絡め取ろうとしている。草香江はラムを構えた。擲弾を放つ。爆音が響き、触手が破裂して千切れ飛んだ。破裂した弾の破片が凄まじい音を立ててＬＡＶとトラックの車体に突き刺さった。

「出せ！」

小柴がＬＡＶのアクセルを踏んだ。後方ではトラックが走り出すのが見えた。ＡＡＶも動き出している。作戦は序盤で壊れた。だがまだ戦いは始まったばかりだ。必ずや住民を救助し、ＩＡＳを倒してみせる。姫神山砲台跡はすぐそこにある。

Phase 10　二〇二二年十月十日　姫神山砲台跡　三

突然、地面が激しく揺れた。体験したことない激しい揺れだった。美咲はかつて弾薬庫として使われていた食糧貯蔵室の中にいた。石で組んだひな壇には拾い集めたバケツや空缶などが並び、オオバコやカラムシ、スベリヒユなどの食べられる野草が栽培されている。美咲が溜まった雨水を汲《く》んでかけている時、ドスンと大きな音がして地面が揺れ、ひな壇が崩れた。美咲は揺れにも拘《かか》わらず、地面に散らばったバケツを起こして回った。飛び出したオオバコを元に戻し、中に土を入れていく。この野草は隠れている人全員が命をギリギリで繋いでいる貴重な食料だった。一つとして無駄にするわけにはいかない。揺れはまだ続いていたが、怖ろしいなどとは思わなかった。

菜園を守る。

頭にあるのはそれだけだった。どこかで悲鳴が聞こえた。その時だけは手が止まった。しかし、食糧貯蔵室から出ることはなかった。まだ、半分以上が床にぶちまけられたままになっている。

「美咲ちゃん、どこ！」

通路から梅野の声がした。

「ここです！」大声を上げながらも、手は必死で土を手繰り寄せた。梅野が食糧貯蔵室に飛び込んできた。崩れた石につまずき、派手に床に転がった。

「おばさん！」

美咲は梅野に駆け寄ると、「大丈夫」と呼びかけながら抱き起こした。ハッとした。梅野の身体が熱に浮かされたようにブルブルと震えている。

「どうしたの……」

「早く……出て……ここから……」

声にならない声を上げた。

「おばさん！」

「出たの……鵺が……」

美咲も砲塔部で見かけたことがある。全体は分からなかったが、ヤマネコくらいの大きさをイメージしていた。

「これって地震じゃないの？」

「違う！　いきなり地面から……大きな手が……」

「……手？」

梅野が白目を剝いた。気絶したのだ。

「おばさん！　おばさん！」

身体を揺り動かしたがダメだった。美咲は梅野を壁際まで引きずった。入り口から白いものが音もなく忍び込んできた。太さは大人の腕くらいある。木の根かと思ったが、先端にも途中にも、至るところに指が生えている。なんの脈絡もなく、法則もなく、勝手気ままに生えているといった感じだ。指が辺りを触りまくる。美咲は音を出さないように注意しながら、自分と梅野の手前に石を置いた。木の根のような白い手が伸びてきた。指に触れられればたちどころに捕らえられる。

お父さん、お母さん……。

死んでしまった父と母のことを思った。

指が近づいてくる。美咲は歯を食いしばり、目を見開いて白い指を見つめた。目を閉じてしまえば負けだと思った。片手に石を摑み、振り上げた。触られた瞬間、振り下ろそうと思った。白い指が石に触れた。まるで感触を確かめるようにペタペタと石を触りまくった。指の動きが止まった。ズリズリと地面を這うようにして木の根のような腕が食糧貯蔵室から出て行った。

美咲は振り上げた手を下ろすと、深く息をついた。呼吸をするのを忘れてしまっていた。梅野の肩を揺り動かした。三度目で呻いた。「おばさん……」と小声で呼びかけた。梅野が目を開け、「あー」と声を上げそうになった瞬間、掌で口を塞いだ。美咲は首を振った。声を出さないでという合図を送った。

梅野の身体を支えてゆっくりと立ち上がると、入り口の方に向かった。通路を覗く。遠くから誰かの叫び声がする。言葉は分からない。通路の壁に反響していんいんと響いた。通路に木の根のような手はなかった。美咲は梅野の手を引くようにして食糧貯蔵室を出た。通路は薄暗く、所どころにある松明がほんのりと周りを照らしている。

「外に出よう……」

今度は梅野が手を引く。

「早くしないと！」

その時、漁師をしていた父親の言葉が浮かんだ。

「いいか美咲、魚を上手く獲るコツはな、魚を慌てさせることだ。逃げ道を一ヵ所にして魚を慌てさせれば、みんなそこへ逃げていく」

突然、砲台跡の中に木の根のような腕が現れた。みんなパニックになって冷静な判断がつかず、同じ方向へ逃げていく。つまり外だ。

「おばさん、やっぱりダメ。中に戻ろう」

「ええっ？」梅野の声が震える。

「これは狩りだよ。みんな鵺に追い立てられてる。今、外に出てしまうと食われる」

「でも……、外に出なきゃ……」

閉じ込められる。その危険性は十分にあった。

「せめて半日、隠れていよう」

幸い、食べ物もある。水もある。我慢していればしばらくは耐えられる。

「美咲ちゃん……」

「私を信じて」

美咲は通路の壁にぶら下げられている松明に近づくと、枠からそれを外し始めた。食糧貯蔵室の中にも松明はあるが、一本では心許ない。

足音がして振り返った。

梅野が走っていく。

待って！

だが、美咲は呼びかけなかった。信じてもらえなかったのは悲しい。悔しい。でも、何が正しいのかは分からない。梅野は外に出ようと決めた。それだけのことだ。

美咲は松明を摑むと、再び食糧貯蔵室へと戻った。さっきまでと同じように、倒れたバケツを元に戻し始める。松明の灯りに緑色の葉が照らされた。綺麗だと思った。生きていると思った。こんなに薄暗い部屋の中でも、健気《けなげ》に、懸命に、命を育んでいる。

生きろ。

物言わぬ植物から励まされている気がした。美咲は袖で汗を拭った。涙かもしれない。汚れたシャツに染みが小さく広がる。

「私、まだ生きてる……」

生きてるから動ける。考えられる。

「諦めない。生きるから……」

それだけを考えよう。兄が迎えに来るまで。再び会うまで。私は生きる。

零れた土を搔き集め始めた。

Phase 11　二〇二一年十月十日　対馬決戦

1

「これ見て！」モニターを凝視している輪が鋭く呼びかけてきた。天幕の外にいた玄は輪の側に走った。

「今、上空から姫神山砲台跡の映像を送ってきてる」

目を見開いて映像を凝視した。住民が砲台跡から飛び出している。遠くて誰かまでは分からない。しかし、間違いなく自分の知っている人達だった。そこには美咲もいるはずだ。居ても立ってもいられずモニターの前から動こうとした時、輪に腕を摑まれた。

「もうすぐ第3中隊が到着する」

草香江の顔が浮かんだ。玄は答えず、再びモニターに目を向けた。

美咲……。

やっと島に戻って来たのだ。もう一度会いたい。生きて、笑っている顔が見たい。

輪は持ってきた黒いケースを開けた。そこには注射器とアンプルがクッションの中にすっぽりと収められている。交感神経作動薬カテコールアミン。これを投与すればノルアドレナリンが急激に刺激される。

「いつでもいいよ。早く鵺をブッ殺したくてジリジリしてるんだ……」

「まだあなたに伝えてないことがある。ジャイガンティスになるということは、一時的に人間ではなくなるということ。細胞が活性化する症状はＩＡＳと同じだといってもいい」

「やっぱりそうか。鵺にならないと鵺は殺せないと思った」

「それに、人間に戻れるという確実な保証はない……」

玄は袖をまくって輪の方に腕を突き出した。

「玄……」

ＩＡＳが現れなければ、今頃は制服を着て、仲間達と笑い合い、高校に通っていた。玄だけじゃない。美咲も、島の人間も、福岡空港に残った人々も、世界中の人々も。

私の両親と妹、そして私自身も……。

理不尽だ。でも、嘆いても仕方ない。だから抗うことに決めたのだ。

「あなたを絶対に守る」

輪は玄の腕に注射器の針を刺した。

2

【同日午前九時四十八分　姫神山砲台跡　第3中隊】

空から雨粒が落ちてきた。だが、誰一人として雨など気にする者はいなかった。

地面から無数の触手が伸び、逃げ惑う人々を捕まえている。ある者は身体を二つに千切られ、ある者は混合して触手と同化している。他にも人なのか動物なのか分からないようなものが、倒れた人を押さえつけ、生きたまま頭を食い千切っている。血飛沫と内臓と汚物の匂い。さながら地獄の晩餐《ばんさん》だった。

俺が見たのはこれだ……。

かつて対馬に上陸した時と同じ、眼前に広がった光景に絶句した。それは人同士が争って出来るようなものではなかった。戦おうとする気力を根本から萎えさせる、無差別でなんの秩序もない破壊。

いや、破滅といった方がいいかもしれない。今、目の前にあるものがまさにそれだった。

「……なんだよ……これ……」小柴が激しく震えている。どこで何をすればいいのか、頭が混乱して何も考えられないのだ。

小柴が草香江の顔を見た。草香江は呆然とした小柴に「返事は！」と怒鳴った。

「助けるぞ！」

「……はい！」

小柴の目には薄らと涙が浮いている。他の隊員達も同じようなものだろう。隊員達は常に中隊長の顔色を見る。自分が戦う意志を漲《みなぎ》らせていれば、隊員達は怖れを抑えて付いて来るはずだ。

「指揮所への報告はお前に任せる」草香江はLAVから飛び出した。

「車両を一列に並べろ。盾代わりに使うんだ」

「訓練通り、五人一組で動け」

「狙うのは触手じゃない。個別のIASを威嚇しながら射撃ポイントに誘導しろ」

走りながら矢継ぎ早に指示を飛ばした。草香江の勢いと表情を見て隊員達が我に返った。弾かれたように動き出す。

草香江は隊員達から姫神山砲台跡に視線を移した。姫神山砲台跡はレンガとコンクリートで出来た要塞のような形をしている。正面には無数の入り口が並んでおり、その前にはテニスコート二つ分ほどの広場がある。付近には石造りの迷路のような城壁と鬱蒼とした森がある。数人が手近な城壁の上や木に登っていく。高いところに攻撃のポイントを取り、そこにIASを引き寄せる。あとはハチヨンとラムを撃ち下ろして各個撃破していく。幸いなことに地面から伸びた触手は広場に限られている。なるべく触手に接近しないようにしながら、動き回る個別のIASを攻撃することは可能に思われた。

城壁の上で真島1曹が配置に就いた。ラムを下向きに構える。四人の隊員達が男性住民に食らいついている毛むくじゃらのIASにハチキューを発砲した。「ドス、ドス」と音がして弾丸がIASの顔を、腹部を貫いた。IASがギロリと目を剝いた。おぞましい顔だった。人間のような顔をしている。だが、真ん中からぱっくりと二つに分かれ、奥には別の顔が見え隠れしていた。四人の隊員達が発砲しながら城壁の方に下がっていく。木の上から真島のカウントする声が響いた。

「5、4、3、2、1」

一団になってハチキューを撃っていた隊員達が一斉に地面に伏せた。「ドン」という破裂音がする。真島が撃ち下ろした擲弾がIASの身体に当たり、そのまま地面にぶつかってバラバラに弾け飛んだ。「うおーっ！」と歓声が上がった。

「皆さん、こっちへ！」

その間にも永田が逃げ惑う住民に大声で指示する。

「車の陰に隠れてください！」

永田の声に気づいた住民が、一人、また一人と車両の方へ駆け寄っていく。

「ここは任せる！」

永田に呼びかけると、右から回り込むようにして砲台跡に向かった。岩陰に幼い男の子を抱いた母親がいるのが見える。周囲を素早く確認しながら、男の子と母親の元に駆け寄った。母親は震えながら男の子を差し出そうとした。爪が欠け、黒ずんでいる。男の子が喚きながら必死で母親の首にしがみついた。

「ダメです。あなたも一緒に！」

車両が停まっている方を指さした。

「あそこまで走りますよ」

草香江は男の子を抱き、母親の手を摑んだ。走り出す。左の方にいる赤い体色をしたIASが、肉を貪り食うのを止めてこっちを見た。丸い背中、細長い手足、顔は老人のようだが全体のシルエットはバッタのようにも見える。動物と昆虫の混合型だ。距離は約15m。草香江は走りながらハチキューを撃った。「ギイイイイ」と金切り声を上げ、IASが両腕を振り上げる。いきなりジャンプした。草香江達のすぐ後ろまでIASは跳んで迫った。怖ろしいほどの跳躍力だった。振り向きざまにもう一発撃ち、また走る。LAVの天井から上半身を覗かせた永田が見える。ラムの砲身がこちらを向いている。

「5、4、3、2」

1と同時に草香江は母親と男の子を抱いて横っ飛びした。「ズドン」という爆発音がして、土と肉、土煙が草香江と親子の身体に降り注いだ。

「怪我はありませんか」

尋ねると母親は微かに頷いた。男の子が泣き出した。泣いているのは無事な証拠だ。母親と男の子をAAVの後ろに誘導する。

「ここを動かないでください」

そう告げて再び砲台跡の方に向かって走り出した。

3

丹澤はモニターを見つめていた。第3中隊の隊員達が砲台跡の広場に散開しながら攻撃を始めている。当初は囮《おとり》と聞いていたが、姫神山砲台跡が襲われていることで命令が変わったのだ。

五人一組になりながらIASを囲い込むと、土煙が舞い上がる。モニターからは一切音は流れていないが、天幕の外から時折「ドーン」という破裂音が遅れて聞こえてくる。

「第3中隊、攻撃開始」

「住民の救助開始」

「対IAS戦術、効果あり」

「混合型IAS一体、撃破」

無線を通して連隊指揮所と現場のやり取りが飛び交う。

無数のIASを相手に果敢に戦いを挑みながら、島の人達を助けている。他人の為に己の命を投げ出すようにして戦っている。島の人を助けようという信念が、死を厭《いと》わなくさせている。たまたま声をかけられたのが自衛隊だった。入ったのは退屈凌ぎだ。どこか腰かけの気分だった。でも、今は違う。水機団に移ってから自分は変わった。変わりつつあるのを自覚していた。

「住民十二名を保護」

「第1中隊、第2中隊の出発はまだか」

「第1中隊、間もなく出ます」

「第2中隊、準備完了とのこと」

「第3中隊を孤立させるな。ここは一気呵成《いっきかせい》だ」

自分の心が熱くなるのを感じていた。

4

【同日午前十時六分　海岸堡　水陸機動団第3水陸機動連隊第1中隊・第2中隊】
降り出した雨の中を出発した第1・第2中隊は、第3中隊からの報告通り、姫神山に続く林道で触手に遭遇した。中隊と一緒に林道を進んでいた情報中隊第3偵察班の長船1曹は、直ちに連隊指揮所に報告した。状況は悪かった。第3中隊の報告よりも触手の数が増しており、谷底の亀裂からだけではなく、林道に出来た亀裂からも触手は現れた。その為、LAV、トラック、AAVで構成された車列は林道の亀裂の手前で足止めとなり、細い道に一列に並んだまま身動きが取れなくなってしまった。部隊は散開して触手に応戦したが、触手を相手には対IAS戦術もあまり効果が見られず、いたずらに隊員の数を減らした。車体を盾にして発砲しても、触手はトラックに巻き付き、谷底の亀裂へと引きずり込んだ。

このままではこの場に釘付けにされてしまう……。

長船は第1中隊長、羽根田伸郎《はねだのぶろう》3佐の元に走った。

「山を迂回《うかい》しろだと？」

羽根田は怪訝な顔をした。長船はそうなることを予想していた。砲台跡までは一本道だ。ここを突破すればものの数分で現着する。

「ここを第2中隊に任せ、触手を迂回しながら進むんです。その分時間は掛かりますが、確実に砲台跡に着けるのと、部隊の消耗を防げます」

姫神山砲台跡にいる第3中隊は、住民を守りながらの戦闘という極めて困難な状況の中にある。一刻でも早く後続部隊が掩護しなければ、やがては弾薬も尽き、一人また一人と倒されてしまうだろう。草香江とは違って、日頃から無口であまり馴染みもなければ親しみもない羽根田中隊長だったが、長船は一歩も引かない思いで相手を見つめた。

羽根田が山の斜面を見上げた。

「やってみるか」

羽根田の言葉に「はい」と答えた。

長船は仲根に第2中隊に張り付くように頼むと、自らは第1中隊を追って山に入った。深い森だった。斜面には落ち葉と小枝と土が溢れ、その上雨のせいで滑る。度々足下を取られた。それでも必死になって斜面を這い上がった。第1中隊は先頭で戦っていたが、三十人いる隊員は一人も欠けていなかった。そこに長船が加わっている。この人数が駆け付ければ、第3中隊はかなり楽になるはずだ。

「マルヒト、こちら偵察中隊」

「こちらマルヒト。送れ」

「第1中隊は林道を外れ、山の中に入った。亀裂を迂回しながら姫神山砲台跡に向かっている」頭の中には地図がしっかりと叩き込まれている。このまま斜面を進んでいけば、姫神山展望台へと続く別の林道にぶつかるはずだった。そこから砲台跡は目と鼻の先だ。

「ドスン」と何かが降ってきた。長船は音のした茂みの方を見た。足が止まった。ブーツが見える。誰かの下半身だった。まるで捩《ねじ》り切られたように切断面が醜い。

「嘘だろ……」思わず声が漏れた。

「どうした！」

無線から呼びかけられた。長船は答えず、急いで斜面を這い上がった。「あっ！」と叫んだ。亀裂は谷底周辺だけではなかった。姫神山砲台跡までずっと続いている。その可能性を草香江は示唆していたが、調査する前に触手に襲われていた。

「マルヒト、亀裂を確認した。姫神山砲台跡まで一直線に続いている。新たな触手に襲われ、第1中隊は戦闘に入った」

早口で言うと無線を切った。

まさかこんなことになるとは予想もしていなかった。第1中隊は山の中腹の森で、新たに亀裂から現れた触手に襲われていた。福岡空港での戦いを経験し、IAS撃退の方策を練ってきた。五人一組になり、四人は囮、一人は高台に登り、上から擲弾を撃ち込む。それはIASが単体だった場合に可能な作戦だった。隊員達が木に登ろうとするところを触手が容赦なく貫き、巻き付き、捕らえた。地面に引きずり降ろされ、串刺しにされたまま混合する隊員達を長船は呆然と見つめた。長船の耳に羽根田の悲痛な叫び声が響いた。羽根田の身体に触手が巻き付いているのが見えた。羽根田は拳銃で触手を撃った。ビクともしなかった。長船は駆け寄りながらハチキューを二発撃ち込んだ。触手に僅かに穴が空いたが、すぐさま再生し始める。

せめて巻き付いている部分が切れさえしてくれれば……。

新たな弾を装填し、構えた。だが、遅かった。羽根田の顔の右半分が溶けたように崩れかかっている。「中隊長！」と誰かが叫んだ。羽根田がもごもごと口を動かした。くるりと目玉が裏返り、ピンポン玉が飛び出すように目玉が左右に飛んだ。羽根田の身体を同化させた触手が別の隊員に襲い掛かった。長船は再びハチキューを撃った。さっきまで羽根田だったモノが長船の方に向いた。

「逃げろ！」尻餅をついたままの隊員に叫ぶ。

触手が長船の方に伸びてきた。茂みに横っ飛びして触手を躱《かわ》すと、引き金を引いた。弾は貫通し、ほんの一瞬触手の動きが止まる。でも、それだけだ。逃げる間も考える間も与えてはくれない。触手が伸びてきた。間一髪、長船の足下が崩れて崖を転がり落ちた。息が出来ない。喘ぎながら上を見た。さっきいた場所から5ｍほど落ちていた。しかし、触手は襲ってこなかった。立ち上がろうとしたが、腰に激痛が走った。呻きながら、這うようにして木の陰に隠れた。無線機を摑むと「マルヒト」と呼びかけた。反応がない。もう一度「マルヒト！」と呼んだ。落ちた時に何かにぶつけて壊れたようだ。長船は土で汚れた無線機を放り投げた。自分のせいだと思った。斜面の上からは叫び声と銃声が鳴り響いている。

「くそっ！」

長船は必死で立ち上がった。戻って状況を伝えなければならない。このままでは全滅もあり得る。茂みを掻き分けるようにして進み始めた。

5

姫神山の方から次々に負傷した隊員が運ばれてくる。救護天幕の中はすぐに患者で溢れ返った。比較的軽い負傷者は外で衛生隊員の治療を受けている。天幕の中は呻き声と血の匂いと消毒液の香りがした。

「血圧が下がってます」

「昇圧剤投与。それから輸血も頼む」

舞は素早く輸血パックを点滴用のスタンドにセットすると、「私は向こうを」と言ってその場を離れた。奥のベッドにいる若い隊員はぐったりとしていた。左腕が付け根からなくなっている。見えているのは肩峰《けんぽう》と呼ばれる骨だ。上腕骨が丸々なくなっている。触手に引き千切られたのだと連れてきた別の隊員は言っていた。引き千切られたから混合はされなくて済んだのだろうが……惨い。痛み止めを注射しているから意識が朦朧としている。その間に処置をしなければならない。とはいえ、ここでやれることは限られている。止血と点滴。早く病院に運んで処置しなければ、折角助かった命も無駄になる。

舞は止血しながら「先生」と谷重に呼びかけた。

「どうした！」

「これ以上負傷者が増えれば、ここでは対応しきれなくなります」

谷重は周囲を見回し「そうだよな……」と呟いた。とにかく、負傷者の数が多い。しかも第2中隊ばかりだ。第1中隊と草香江や永田のいる第3中隊はどうなっているのか。現場のことを知る由もないが、少なくとも上手くいってないことだけは分かる。

「ヘリを動かしてもらうように頼んできます」

「頼む」

舞が天幕の外に出ようとした時、地面がズンと突き上がった。天幕の外に積まれている段ボール箱がずれて地面に崩れ落ちた。

こんな時に地震……。

今の感じは少なくとも震度3かそれ以上はある。しばらくそのままの体勢で様子を窺い、揺れが収まったと感じて天幕の外に出た。いきなり凄まじい轟音が響き、舞は短い悲鳴を上げた。あちこちで叫び声が上がる。おそるおそる声のする方に目をやると、AAVの天井が大きく凹んでいた。側には太い大木が転がっている。なんで、こんな木がここにあるのだろう。「来るぞ！」と誰かの大声がした。姫神山の方から弾かれたように大木が飛んで来て、今度は入り江に落ちた。まるで爆弾でも落とされたような水柱が立ち上った。

「今の音はなんだ！」谷重が天幕から飛び出して来た。

「木が降って来てるんです！」

「木ぃ？」

谷重が潰れたAAVを見つめた。「これが降ってきたってのか……」

「IASでしょうか……」

「バカいえ、ゴジラじゃないんだぞ！」

「でも――」

「こんな大木をぶっ飛ばすようなサイズなんてあり得ねぇ！」

「IASにあり得ないなんてことはないわ」

舞が振り向くと、そこに輪がいた。

「草香江さんがしきりに気にしてたわ。偵察ヘリで確認されるIASの数が少な過ぎるって。もし、IASが共喰いして数を減らすのではなく、次々に同化していたとしたらどうなる？」

「それで巨大化したっていうのか……」谷重がハッとなった。「あんたまさか、こうなることを知ってたのか……」

「可能性は大いにあると考えていたわ。それに対抗するにはこっちも巨大化しないとね」

「あり得ん」谷重が首を振った。「俺はあれからずっとそのことを考えてきた。しかし、医学的にも科学的にもどう考えたって人間が巨大化なんか出来るはずがねぇ」

「人を突き動かすのが信念なら、私の信念はＩＡＳを倒すこと。一匹残らずこの世界から滅ぼすこと。その為ならなんだってやる」

「輪さん、玄くんは……」

舞の問いかけに輪が薄く笑う。

再び地面が大きく揺れた。立っていられないほどの大きな揺れだった。輪は姫神山を見た。まるで火山が爆発したかのように、姫神山の頂上から無数の木々と土煙が舞い上がった。噴煙の中に白くて細長いものがのたうつのが見え隠れする。まるで天に上ろうとする無数の大蛇のようだった。

「おいおいおい……」谷重が二歩、三歩と後ずさりする。

「あなた達にも見せてあげるわ。この状況を一変させる力をね……」

天幕を見つめる輪の目が、言葉が、熱を帯びた。

6

長船が連隊指揮所に飛び込むと、丹澤と目が合った。丹澤の目が大きく見開かれている。顔が汗と泥と血にまみれ、おまけにずぶ濡れだ。よほど憐れな格好をしているのだろう。

「報告……」長船は敬礼したあと、村松連隊長や居並ぶ幹部に向かって口を開いた。

「第1中隊は林道から逸れ、山に入って突破を試みましたが、新たなIASの触手に襲われ……羽根田中隊長は戦死、他にも多数の死者・負傷者が出ております」

「羽根田が……」村松はそのまま押し黙った。

「第2中隊に続き、第1中隊もか……」第1科長が呟く。

「マルマル、こちら偵察機1。送れ」

「偵察機1、こちらマルマル。送れ」ベテランの通信員が答える。

「姫神山砲台跡前の広場に異変。広範囲の地面が円形状に激しく上下運動を繰り返している」

　その場にいる全員がモニターに注目した。もうもうと噴煙が立ち上り、砲台跡前に広がる広場が霞んでいる。

「第3中隊はどうした？」

第2科長の問いかけを受け、通信員が尋ねた。

「何も見えない。角度を変えてアプローチする」

偵察機1の機長が言いかけた時、噴煙の中から何かが飛び出してきた。途端、モニターに映った映像が激しく揺れる。

「偵察機1、どうした！」

「触手に捕まった！」

「偵察機1、すぐにそこから離脱しろ」村松が大声で言った。しかし、画面は揺れ続けたままだ。

「出力最大！」「振り切るぞ」機長と副操縦士達の必死の会話が聞こえてくる。噴煙の中から新たな触手が二本、三本と伸びてきた。

「くそっ！　テールローターが――」

画像がふいに途切れた。それから数秒遅れて、姫神山の方からドーンと低い爆発音が聞こえてきた。丹澤は砂嵐のままのモニターを見つめている。長船は短く舌打ちした。

連隊指揮所の中が静寂に包まれた。

「ここまでか……」村松の低い声がした。その場にいる全員が村松の方を見た。

「第1、第2中隊を失い、第3中隊は孤立。今から援軍を呼んだとしても時間が掛かる。それどころかあの巨大なＩＡＳを相手にするには、我々の火力と力ではどうにも出来ん」

「そうですね……。これはあまりにも想定外だと思われます」第3科長が同意する。

「また撤退するんですか……」

「またとはなんだ！」第1科長が声を荒らげた。

「連隊長の言葉を理解出来てないようだな。我々は精一杯のことをやった。何も恥ずべきことはない」

「そんなの草香江3佐は納得しませんよ……」

「草香江が納得しようとしまいと関係なかろうが」

「俺だってそうです！　ここで引いたら仲間にも申し訳が立たない！」

頬に衝撃が走った。長船がそのまま机にもたれかかるようにして倒れ込む。いつもは冷静な第2科長が鬼のような形相をして見下ろしている。

「お前、誰に向かって話をしてる！」

丹澤が駆け寄ってきて、長船が立ち上がるのを支えた。

「長船」と村松が呼びかけた。

「お前の気持ちは分かる。みんな同じ思いだ。しかし、ＩＡＳとの戦いはこれが最後じゃない」

長船は唇を強く嚙んだ。何も言えなかった。

「第3中隊に撤退命令を出せ」

【同日午前十一時十七分　海岸堡　村松連隊長より撤退命令が下される】

連隊指揮所が俄かに騒がしくなった。撤収準備が始まったのだ。

呆然とその場に立ち尽くす長船の袖を丹澤が引っ張る。長船は力なく連隊指揮所から外に出た。

「どこに行くんだよ……」

「まだ手はあります」

そんなものがどこにあるっていうんだ。あったらとうの昔に使ってる。

その時、玄が天幕から外へ飛び出すのが見えた。「玄！」と輪の叫び声がした。車椅子に乗った輪が遅れて外へ出た。

「輪さん！」丹澤が駆け寄る。「どうしたんです！」

輪は答えない。ただ、目を見開いているだけだ。長船は天幕の中を覗き込んだ。机の上に黒いケースが開いたまま置かれ、床には注射器が落ちているのが見える。

「……使ったんですね」

丹澤の問いかけにも輪は反応しない。

「輪さん！」丹澤が輪の肩を掴んで揺すった。

「……どうして」

「何がです？」

「発動しないのよ……。なんでなのか……。薬剤の配分も変えた、量も増やした。私がやって出来たことはすべて試した。……でも発動しない。何が足りないの……？」

最後の言葉は自問のようだった。

「いいのか、このままで」長船は外を指さして言った。

走り出した玄の姿は外に溢れた隊員達に紛れて見えなくなった。雨が強くなっている。弾けた粒が輪の頭を、肩を、頬を濡らした。やがてエンジン音が聞こえた。玄がオートバイに乗って林道の方に向かって行くのが見えた。

「輪さん、追いかけよう！」

輪がぼんやりと丹澤を見つめている。

「長船さん、なんとかしてください！」

「なんとかって言われても……」長船の目に天井の潰れたＡＡＶが飛び込んだ。

「ちょっと待ってろ」

長船はＡＡＶに駆け寄ると、ドアを開けて操縦席に飛び乗った。鍵はついている。捻った。ドドドと大きな音を立てて車体が振動した。「早く乗れ！」と輪と丹澤に向かって呼びかけた。

7

【同日午前十一時三十四分　姫神山砲台跡】

ニンジャが山の斜面に叩きつけられた。地響きがした。考える間もなく、いきなり地面が大きく盛り上がり、そのままの勢いで陥没した。触手と逃げ惑う住民と隊員達もろとも穴の中に吸い込まれた。草香江は間一髪、近くの木にしがみついて落下を免れた。穴からは大量の噴煙が立ち上り、まともに目も開けられず、息をするのも困難だった。遮られた視界の中で、草香江は穴から何かがゆっくりと這い出してくるのを見た。途轍《とてつ》もなく巨大なシルエットだった。草香江は匍匐《ほふく》前進しながら茂みの中に進み、木の裏側に身を潜めた。袖で鼻と口を覆い、ゆっくりと呼吸する。口の中に土が入り込みザラついた。唾を吐いて、ゆっくりと木陰から顔を覗かせる。

……そのまま固まった。

それは青い身体をしていた。樹皮を思わせる鎧のような甲羅が幾重にも重なって、ところどころに毒々しい黄色やオレンジの斑《まだら》模様がある。クレーン車のクレーンのように太くて長い脚が八本ある。カブトムシやクワガタムシなどの昆虫の肢のようだった。小さな顔には鋭い牙があり、ヤマネコを思わせた。動物、植物、昆虫、すべての特徴を混合させたかのような姿をしていた。巨大ＩＡＳは地響きを立て、大きな手足を伸ばしながら、ゆっくりと地上に這い出してきた。腹部から下半身にかけて木の根のような触手が幾重にも伸びている。亀裂から這い出し、襲い掛かってきたものに間違いなかった。下半身の様子は言葉では表現が難しい。たとえるなら冬虫夏草のようだ。巨大ＩＡＳが悠然《ゆうぜん》と立ち上がる。身体を揺すり、土を払い落とした。草香江はＩＡＳを見上げた。大きい。まるで小山のようだった。体高はおよそ15m、体長は30mを超えているかもしれない。間違いなくこれが対馬の主だ。人だけでなく植物、動物、昆虫を食らい、同類であるIASを食らって巨大化した。「キーッ!」と甲高い声でIASが吼えた。草香江は両手で耳を塞いだ。それでも音が手の厚みを突き破って入ってくる。あまりの音に鼓膜が破れそうになる。無数のヒントがあったにも拘わらず、こうなることを予想出来なかった。己が恨めしい。しかし、今、それをどうこう言ったところで状況が好転しないことも分かっている。巨大IASの足下で何かが動いた。人影だった。草むらに隠れていた中年の女が走り出した。「動くな!」と叫んだが遅かった。巨大IASの腹部から触手が伸び、女の足に巻き付いた。草香江は弾かれたように茂みから飛び出すと、ハチキューを女の足に巻き付いた触手目がけて撃った。中年の女が地面を引きずられ、そのまま上空に持ち上げられた。草香江は再び巻き付いている触手を狙って引き金を引いた。

カチリと音がした。

弾切れ……。

「美咲ちゃんを!」と中年の女が叫んだ。

美咲。その名前に聞き覚えがあった。

「どこにいる!」

中年の女の口と腹から血が噴き出した。別の触手が背中に突き立っている。みるみるうちに腕や首筋がどす黒く変色していく。

「食糧……チョョョョョ…ゾゾゾウウウウ……シシシシシッ！」

女の目玉が飛び出し、だらりと垂れ下がった。草香江はホルスターから拳銃を取り出すと、中年女の額に向けて引き金を引いた。発射された弾丸は中年女の額を貫通し、首ががくりと垂れた。

美咲……。食糧貯蔵室……。

触手が草香江を狙って伸びてきた。走った。「ドン！　ドン！」と射撃音が響く。どこかで隊員の誰かが掩護してくれていた。

「顔を狙え！　一点集中するんだ！」草香江は走りながら叫んだ。

一斉に射撃が開始された。弾丸が四方から巨大ＩＡＳの顔を目がけて撃ち込まれる。草香江は石垣の裏に飛び込むとＩＡＳを見た。オレンジ色の射線が放射状に延びている。正確な射撃だった。しかし、ぶ厚い盾のような前脚が邪魔をして肝心の顔に着弾しない。巨大ＩＡＳが吼えた。草香江は地面に伏せ、耳を塞いだ。高周波のせいで頭がしめつけられるようだ。石垣から這い出すと、車両の方に回り込むように走った。

どうすればいい……？

巨大ＩＡＳに手持ちの武器ではなんの効果も得られない。もはや戦術や作戦がどうこうというレベルではなかった。戦闘が始まって二時間近く経つのに、未だに第1、第2中隊が到着しないところを見ると、完全に孤立させられたようだった。草香江の姿を見て隊員が駆け寄ってきた。

「中隊長、弾切れです！」

「こっちももうすぐ切れます！」

「全員、車両まで後退だ！」

隊員達が口々に「後退」と叫びながら駆け出した。草香江も立ち上がると、ＬＡＶの方に向けて走った。

「中隊長！」永田が駆け寄ってきた。額から血を流している。

「怪我を――」

「かすり傷です」

「部隊は何人残ってる」

「ここにいるのは十四人です」

中隊の半数がやられていた。

「住民は何人確保した？」

「十六」

本当はもっと多くの人間がいたはずだった。だが、ここに辿り着いた時には砲台跡は崩れかけ、触手に襲われていた。この人数が多いのか少ないのかは分からない。一つだけはっきりしているのは、十六人の命だけは守らなければならないということだった。

「すぐに全員を連れて海岸堡に向かえ。途中まで下がれば、他の中隊とも合流出来る」

「中隊長は」

「まだ住民が残っている」草香江は崩れかけた砲台跡を見た。

「美咲という子が食糧貯蔵室にいるそうだ」

「美咲……」永田が目を見開いた。

「玄の妹だ」

「私も行きます」

「ダメだ」草香江は即座に否定した。

「お前の役目は車両の中の命を守ることだ」

「しかし！」

「俺がＩＡＳの視線を逸らす。その隙に行け」

「こんな時に言う、気の利いたセリフが思い浮かびません……」

「現実はそんなもんだ。行け！」

永田はトラックの方へ駆け去った。

草香江はＬＡＶの陰から巨大ＩＡＳを見つめた。ハチキューの弾丸は硬い甲羅のような皮膚に弾き返される。至近距離で無反動砲を撃ち下ろそうにも、巨大過ぎてどうにもならない。ＩＡＳは動くものを襲う性質がある。それに頼るしかなさそうだと思った。どのみちいたとしても、車から降ろすつもりでいた。

草香江はＬＡＶの運転席に座ると、エンジンを掛けた。バックミラーでトラックを見た、数人の隊員がトラックに乗り込むのが見えた。小柴１曹の姿は見えない。

頼むぞ、永田……。

心の中で呼びかけつつ、アクセルを踏み込んだ。そのまま巨大IAS目がけて突っ込んでいく。巨大IASが背後から近づいて来るLAVに気づき、顔を向けた。大きな前脚を振り上げる。ハンドルを切って振り下ろされる前脚を避けた。今度は腹部から無数の触手が伸びてきた。これに捕まったらお終《しま》いだ。草香江は巨大IASの前脚と胴体の間をすり抜けるように走った。触手が一瞬、行き場を失い混乱したようにばらけた。草香江はその隙を見逃さなかった。そのままアクセルを踏み込み、巨大IASの胴体の真下を潜り抜けた。バックミラーには無数の触手が迫って来るのが見える。

もう少しだ！

砲台跡の崩れた石垣の奥、僅かに空洞になっている部分があった。草香江は腰のホルスターから拳銃を抜き取ると、フロントガラスを撃った。フロントガラスが粉々に砕け散る。触手の何本かがLAVの車体を叩いた。バックミラーが千切られた。歯を食いしばった。そのまま空洞になっている場所に突っ込む。衝撃で車体のフロントが浮き、草香江は運転席から放り出され、空洞の中に転がった。身体を丸め、頭を手で守る。背後でLAVが爆発した。部品が飛び散り、激しい炎が上がった。草香江は外の方を見た。爆発の影響か炎のせいなのかは分からない。触手が入ってこようとしない。立ち上がった。拳銃を右手に持つと、そのまま真っ暗な通路の奥へと入っていった。

8

永田は73式型大型トラックのハンドルを握り、姫神山砲台跡を出て慎重に林道を下った。後続にはＡＡＶがいる。住民と隊員の命を草香江から託された。その使命はなんとしてもまっとうするつもりだ。それが済めばすぐに砲台跡にとって返し、草香江の元に駆けつけるつもりでいた。林道にはＩＡＳの姿は見えない。亀裂からも触手は出てこなかった。そこに見えるのは仲間達の惨たらしい遺体ばかりだった。すぐにでも生存者を探したかったが、今は住民を入り江まで送り届けることが先決だった。

「マルマル、こちらマルヒト。送れ」

無線で呼びかける。

「砲台跡に巨大ＩＡＳ出現。現在、救出した住民と負傷者を連れて入り江に向かっている。送れ」

「了解した。住民と負傷者を収容後、撤収を開始する」

「撤収……？」

「１１１７に撤退命令が出た」

「まだ、砲台跡には住民が残っているんですよ！」

永田は持っていた無線を助手席の方に叩きつけた。日頃はほとんど感情を露《あら》わにしない。元々感情の起伏を表に出す方ではないが、自衛隊に入ってからは更に抑えるように訓練してきた。一々理不尽だなんだと腹を立てても仕方がないし、涙を見せれば「だから女は」と後ろ指を差される。しかし、今は歯止めが利かなかった。ハンドルを叩いた。

「くそっ！」と呻いた。何度も、何度も。たとえ全部隊が撤収しようとも、自分だけは草香江を迎えに行く。それがどういう結末を迎えたとしても後悔はない。草香江だけは絶対に死なせたりはしない。前方から猛スピードで何かが近づいて来るのが見えた。薄暗い森の中、しかも雨が降っている。アクセルに掛かった足を上げてスピードを緩めつつ、傍らにあるハチキューに左手を伸ばした。それが偵察用オートバイだと分かった時はもう目の前に来ていた。乗っていたのは隊員ではなかった。ジーパンに白いシャツ姿。行本玄だった。玄はアクセルを吹かして林道を駆け上がっていった。時を待たずして今度はＡＡＶが向かってくるのが見えた。天井が何かに踏みつけられたように凹んでいる。永田はブレーキを踏み込むとトラックを停めた。ハチキューを摑んで運転席から飛び降りると、「運転しているのは誰か！」と声を張った。

「永田１尉！」ＡＡＶの操縦席から長船１曹が顔を出した。「何をしてるんだ！」近づいて車内を覗くと、丹澤、そして輪の姿もある。永田は一瞬で理解した。輪がジャイガンティスを発動させようとしたのだ。しかし、上手くいかなかった。だから玄は一人で妹を探しに飛び出した。

「長船１曹、道が分岐するところまで下がって」

永田はそれだけ言うとトラックの方に駆け戻った。林道の分岐点でAAVとトラックをすれ違わせると、トラックの運転は小柴1曹に任せた。ハチキューを摑むと天井の凹んだAAVに駆け寄り、後部のコンテナに滑り込んだ。

「出して！」永田が叫ぶと長船が再びアクセルペダルを踏み込む。コンテナが大きく左右に揺れた。永田は車椅子を摑むと「沙村さん」と呼びかけた。

「あぁ、あなた……」輪がぼんやり答える。

「砲台跡に草香江3佐がいます。玄くんの妹を探しに行きました」

「生きてるの……」

「分かりません。はっきりしているのは、あのIASを相手に砲台跡は長く持たないということです。……ジャイガンティスなら勝てますか？」

輪は俯き、やがて顔を上げると「勝てる」と言った。

「でも、発動しなきゃ意味がない……」

「どうすれば発動するんです？」

突然急ブレーキがかかった。コンテナが大きく振られ、永田は輪が振り落とされないように車椅子を支えた。揺れが収まると同時にハチキューに弾を込め、「ここにいてください」と言い残してコンテナのドアを開けた。周囲には何も見えない。

「どうした」

周囲に意識を配りつつ操縦席に声をかける。

「あれです！」長船が指さす方にオートバイが見えた。しかし、そこに玄の姿はない。輪がドアを開けようとすると「開けないで」と鋭く制した。ＡＡＶを盾にしながら辺りを見回す。茂みが濃く、目視では何も見えない。

「長船1曹、メガネは！」

長船は天井のハッチを開けると上半身を覗かせ、暗視双眼鏡を取り出して周りを見た。

「十一時の方向に熱源反応三つ」

一つは玄、おそらくあとの二体はＩＡＳだろう。

「このまま茂みに入って」

再びＡＡＶが動き出す。玄の姿が見えた。丸太のような棒を抱えて戦っている。住民なのか隊員なのか分からないが、変形したＩＡＳがいる。玄は近づいて来るＩＡＳを棒で打ち据え、飛び退《しさ》った。もう一体のＩＡＳが掴もうと腕を伸ばす。今度は棒で突いて倒した。俊敏で的確な動き。まるで獣のようだった。長船がアクセルを踏み込んだ。玄がＡＡＶに気づき、素早くその場を離れた。ＡＡＶがＩＡＳに体当たりした。撥《は》ね飛ばされＩＡＳが地面に転がる。すかさず永田がラムの引き金を引いた。ズドンと音がしてＩＡＳが破裂した。もう一体が車体に飛びついてきた。覗き窓にＩＡＳが顔を押し付けた。ひび割れた皮膚が濃い血の色をしている。丹澤が叫び声を上げて後ずさりした。玄が飛び込んできて、ＩＡＳの横っ腹を棒で薙ぎ払う。ＩＡＳが体勢を崩してＡＡＶから離れた。長船はその隙を見逃さず、後進させて距離を取った。永田が二発目のラムを放つとIASは肉塊となって辺りに飛び散った。

輪は後部コンテナのドアを開けると、肩で息をする玄を見た。

「怪我は！」

玄は何も答えない。目が獣のように燃え滾っている。自分のことなど一切構っていない。そんな様子が窺えた。

「今ので気づかれたわね……」

視線の先には巨大IASがいる。砲台跡に圧《の》し掛かるようにして、コンクリートやレンガを破壊しているが、真ん中にある顔はこっちに向いている。

「こっちを見てる……」丹澤の声が震えた。

目の当たりにするとあらためて凄まじさが身に染みる。あんな奴が相手ではどうにもならない。

「退避する」有無を言わせぬ口振りで言った。

玄が走り出そうとする。永田は反射的に腕を摑んだ。

「放せ！」

「行ってどうするの！　餌食になるだけよ！」永田の腕を振り払おうとする玄に輪が鋭く言った。

「行かせない」輪が行く手を阻むように玄の前に回り込む。

「あんたの身体はあんただけのものじゃない。人類にとっての大事な未来よ」

「美咲を助けに行く……」玄は輪を睨んだ。本気の目だった。たとえ輪を殴ってでも、殺してでも、砲台跡に向かおうとするだろう。

「いいわ。やってみなさいよ。しかし、そうしたところでどうなる？　到底あのＩＡＳには勝てない。あんたも、砲台跡にいるあんたの妹も、ここにいる全員が死ぬ」

「あんた言ったよな。必ずＩＡＳを倒せるって。妹を助け出せるって。それを証明するって！　してみろよ！　早く！　今！　ここで！」

「丹澤」

いきなり名前を呼ばれて丹澤がビクリと身体を震わせる。

「落雷の発生確率はどれくらい詳しくサーチ出来る」

「日本の気象レーダーは十分間隔ですが、米軍のを使えばおそらく分単位で……」

「そっちのお兄さん」

「え、オレ？」長船が自分を指した。

「ラムの有効射程距離ってどれくらいなの」

「通常は４００ｍ。風の影響がなけりゃそれ以上でもいけるはずだけど」

輪は永田の方に視線を移した。

「ＡＡＶにワイヤーって積んであるわよね」

「引き揚げ用のウインチがあります。……さっきからなんの話をしてるんですか……？」

「すぐにラムの弾丸にワイヤーを取り付けて。それを雷雲に撃ち込む」

「雷雲に……？」永田がハッとした。「そんな無茶な……」

輪は答えず、玄の方に向き直った。

「私を信じなさい」

9

油の匂いとは違う、すえたかび臭い湿気の匂いがした。微かに人の体臭も混じっているようだ。まさしくこの中に人が生活していたのだ。IASの影に怯えながら。

草香江は床に落ちている松明を拾い上げるとライターで火を点けた。ぼおっと辺りが明るくなる。通路を進むと、同じような部屋が幾つもあった。ビニールシート、紙コップ、紙皿などが転がっている。更に奥に進むと、レンガとコンクリートで造られた部屋とは違い、明らかに人が新しく掘ったような穴が幾つもあった。「誰かいるか」と呼びかけてみた。声が壁に当たって反響する。返事はなかった。

更に奥に進んだ。右手の部屋の中を覗く。積み上げられていた石が崩れていた。バケツやプラスチックの容器が見えた。

「自衛隊の者だ。誰かいるか」

「……はい」

　石積みの奥から小さな声がした。駆け寄って松明をかざすと、痩せ細った少女が壁に身体をつけるようにして座っているのが見えた。少女が草香江をじっと見つめる。

「行本美咲さんだね」

「そうです……」

「玄くんと一緒に迎えに来た」

　声にならない声が洩れた。美咲は両手で顔を覆うと肩を震わせた。

　ドスンと地響きがした。バラバラと天井から土が剝がれ落ちてくる。

「ここは危険だ」草香江は手を差し出した。美咲が草香江の手を摑む。冷たくて、細く、傷だらけの手だった。

「よく頑張ったね」

　草香江を見つめる美咲の頰には涙の痕がくっきりと浮かんでいる。

「他の人は……」

「助けた人もいる。助けられなかった人もいる」

　草香江は正直に答えた。

「女性がね、君がここにいることを教えてくれた」

「梅野さん！　生きてるんですか！」

　草香江は首を振った。美咲の顔が再び歪んだ。

「やっぱりあの時、止めればよかった……」

いきなりＩＡＳに襲い掛かられて、住民はパニックを起こしたのだろう。半年間、辛抱強く砲台跡に籠もって暮らしてきたはずなのに、草香江達が到着した時にはまるで炙り出されるように逃げ惑っていた。

「断じて君のせいじゃないよ」草香江は優しく諭すように言った。

美咲は何も答えなかった。

「抜け穴とかはあるかな」

「分かりません……」

「なら、右か左の森に近い場所に出られる場所は？」

「それならあります。お兄ちゃん達が使っていた隠し場所」

草香江は美咲の先に立って食糧貯蔵室を出ると、周囲を見回した。薄暗い通路にＩＡＳの触手は見えない。

「こっちです」美咲は草香江が入ってきた方とは逆の、より深い方へと歩き出した。奥に行けば行くほど空気が淀み、糞尿《ふんにょう》の匂いが混ざった。共同のトイレがあるのだろう。念のため、通りがかった部屋はすべて見て回った。残っている住民がいたら当然連れて行くつもりだった。

「お兄ちゃんは皆さんを迎えに行ったんですね」

ふいに美咲が尋ねた。

「海で漂流しているところを助けたんだ」

「漂流？」

「薬を探す途中、ＩＡＳに襲われて崖から落ちたと言っていた」

「やっぱり……」

「さっき、なぜ、迎えに行ったと？」

「ビラを見ました。イニシャルですぐに兄だって分かりました」

あれは丹澤のアイディアだった。

「でも、不思議に思ってました。兄は皆さんのこと……」

「憎んでいたんだろう」

美咲が草香江を見つめる。

「島に置き去りにされたんだ。我々を恨むのは当然だ。君の兄さんは必死で島に帰ろうとしていた。君が無事だと知ったら飛び跳ねて喜ぶだろう」

「飛び跳ねて……」

表現がおかしかったのか、松明の下で美咲が笑った。その顔は玄とよく似ていると思った。

「そうだった」草香江は立ち止まると、ポケットを探った。

「兄さんからの預かり物だ」

バレッタを美咲に手渡した。

「お兄ちゃんが……」

美咲はしばらくバレッタを見つめていたが、後ろで髪を束ねて付けた。

「久し振りにすっきりした……」

暗くてはっきりとはしないが、微笑んでいる美咲の瞳には光るものが混じっている気がした。

更に通路を進んだ。まるで網の目のようだった。だが、草香江は左の方に進んでいることをなんとなく感じ取っていた。砲台跡の全景を頭の中に浮かべる。左の方には森があり、辺りには無数の崩れかけた石壁があった。

「ここです」美咲が立ち止まった。

辺りは真っ暗だ。美咲が壁の石を外し始めた。外の光が隙間から差し込んでくる。

「お兄ちゃんはここのことを秘密にしてましたけど……」

美咲が大人の拳くらいの石を外した。その瞬間、白いものが突き破るように飛び込んで来て反対の壁に突き立った。草香江は呆然としている美咲を抱えると、来た道を駆けだした。石壁を突き崩して次から次にＩＡＳの触手が侵入してくる。足を絡め取られて転倒した。とっさに美咲が松明を拾いあげ、草香江の足に巻き付いた触手に押し当てた。ジュッと肉の焼ける音がして触手が緩んだ。草香江はその瞬間を逃さず、足を引き抜いた。

「こっちです！」

美咲が駆け出す。草香江も立ち上がって後を追った。いきなり正面の壁が壊れ、触手が入ってきた。後ろからも触手が迫る。

挟まれた……。

草香江は自分の背後に美咲を隠し、拳銃を握った。銃弾は残り三発、ＩＡＳ相手にどうなるものでもないというのは分かっている。だが、この子だけは守りたい。なんとしても。最後は自らが盾となってもだ。草香江は全身の筋肉を漲らせ、中腰になって身構えた。

10

玄をＡＡＶに乗せ、開いているハッチから上半身を出させた。背中には無線用のアンテナを紐で括《くく》りつけた。避雷針代わりだ。

「ノルアドレナリンの大量分泌。次に細胞を活性化させ、無限増殖させる。それには強い刺激が必要なの。でもここに、大容量を生む発電システムはない」

「だから雷を使うんですね」丹澤がノートＰＣを扱いながら言った。

「雷はいつ、どこに落ちるか分からない。あんたのサーチを信じて誘雷させる。目一杯ワイヤーを伸ばしてラムを雷雲に撃ち込めば、落雷エネルギーがワイヤーを伝わって避雷針に落ちる」

「理論上は、ですよね。後悔しませんか……」

「どうせするなら、やってから後悔した方がいい」輪はきっぱりと言い切った。

地響きがした。巨大ＩＡＳが砲台跡の空洞の一つを踏み抜いた音だった。どのみち、やらなければたくさんの人が死ぬ。それだけははっきりしている。もう後戻りは出来ない。

「ワイヤーの取り付け完了」

輪は永田に向かって頷くと丹澤を見た。

「雷雲は？」

「姫神山上空にはあと三分二十秒で達します」

輪はＬＡＶに近寄ると、「玄」と呼びかけた。

「覚悟は出来てる？」

玄の視線は真っ直ぐに砲台跡、巨大ＩＡＳに向けられている。巨大ＩＡＳが何かを見つけたように激しく動いている。おそらく獲物だろう。草香江と玄の妹の可能性が高い。

「あそこに誰かいる」

それが玄の答え、いや、覚悟だった。もう一刻の猶予もない。輪は空を見上げた。雨雲が濃くなり、雨がますます強まっている。

「そろそろ来ます！」と丹澤が声を上げた。

「こっちはいつでもいいぞ」

長船が空に向かってラムを構えている。永田と輪はＡＡＶから10ｍほど離れた岩陰の奥からその様子を見つめた。

「カウント入ります。5、4、3、2、1、GO！」

長船がラムを撃った。オレンジ色の光が射速を増しながら黒雲に吸い込まれていく。無反動砲は距離が延びるに従って射速が増していく。雲の中が激しく点滅する。祈るような気持ちで見つめた。辺りが閃光《せんこう》に包まれた。直後に「ドーン」という激しい落雷音が木霊した。輪は一瞬目を背けた。次に目を開けた時、AAVが横倒しになっているのが見えた。その先に玄が倒れている。

「玄！」

車椅子を変形させて四本の脚を出すと、唸らせて茂みから飛び出す。地面に倒れ込んだ玄の元へ駆け寄った。仰向けになった玄の身体からは煙が出ており、肉の焼ける匂いがした。シャツが裂け、肌が見える。玄の身体には模様が現れている。「リヒテンベルク図形」、電流がどのように流れたかを示す痕跡だ。

輪は車椅子から落ちるように地面に転がると、玄の腕を取った。

脈がない……。

今度は両手を組んで垂直に圧迫した。

「1、2、3、4、5」

まず速く、三十回、同じテンポで圧す。頭を持ち上げ、口に直接息を吹き込む。

目を開けて！　お願いだから！　早く目を開けて！

再び同じテンポで圧す。あばら骨が砕けても構わない。圧す。何度も何度も。

「輪さん……」丹澤が呼んだ。

「死んでない！　仮死状態よ！」

玄が死ぬはずがない。

あなたは他の人とは違う。

再び口に息を吹き込んだ。まだ、温かい。

大丈夫。もうすぐ目を覚ます。

そうでしょう、あんたが死ぬはずないもの！

「ここは危ない！」と長船が叫んだ。「ＩＡＳから丸見え過ぎる」

「沙村さん！」永田が輪の肩を強引に引いた。

「離して！」

永田が見つめている。哀しい目だ。ゆっくりと首を振った。途端、じわりと永田の顔が霞んだ。

私はＩＡＳを倒す為ならどんなことでもする。家族を奪われた時、そう誓った。

なのに……。

玄の身体にすがりつき、強く揺さぶった。

「玄！　起きて！」

しかし、玄は動かない。永田と長船に両腕を摑まれ、茂みの方に引きずられた。その間も玄の名前を呼び続けた。

死ぬはずがない。玄が死ぬはずがない！

11

炸裂音《さくれつおん》がした。迫ってくる触手がピタリと止まった。

この音は……。

ラムが着弾した音だとすぐに分かった。

誰かがＩＡＳと戦っている……。

草香江は周りの石を崩して穴を広げ始めた。美咲も手伝った。二人で石を押し退け、ようやく一人が通り抜けられるほどの穴が広がった。「先に出る」美咲に告げると、頭から穴に身体を捻じ込んだ。なんとか通り抜ける。周りを警戒した。すぐ側に巨大ＩＡＳがいる。向かって左側の方から攻撃が続いている。弾道は二つだ。それだけではどうにもならないのは攻撃を加えている方も分かるだろう。となると意図は一つ。砲台跡から少しでも巨大ＩＡＳを引き離そうとしている。草香江は「早く」と呼びかけた。誰かが作ってくれたチャンスを逃してはならない。

草香江は美咲の手を摑むと、穴から引きずり出した。美咲の目が巨大ＩＡＳに釘付けになった。

「向こうの岩陰まで走るぞ！」

幸い巨大ＩＡＳはこちらに気づいていない。草香江は美咲の手を摑んで走り出した。強い力で引き戻される。後ろを見た。触手が美咲に巻き付いている。

「イヤーッ！」

美咲の叫びが空気を切り裂いた。

12

その声に呼応するかのように、玄の身体が弓なりになって大きく跳ねた。

「ウォォォォォォ」と獣のような唸り声を上げる。

「……輪さん、ダメです！」

丹澤の静止を振り切り、玄の元にすり寄る。手を伸ばし、身体に触れようとして──止めた。顔の筋肉が激しく動いている。喜び、怒り、悲しみ、苦しみ、あらゆる表情が溢れ出しては消えていく。ボキボキと骨の軋《きし》むような音が響く。足が、手が、首が、縦に横に引っ張られるように伸び出した。

「これって……」

丹澤が呆然と呟く。巨大化が始まったのだ。輪は息をするのも忘れて、目の前で起きている現象に目を見張った。玄の全身から湯気が立ち上る。側にいても分かるくらい凄まじい熱を感じる。すでに輪の身長よりも大きくなった右手が地面を摑んだ。丸太のような太い指が地面にめり込んでいく。輪はバランスを崩してよろけた。

「危ない！」

丹澤に引きずられるようにして後ろに下がった。しかし、目は玄に釘付けのままだ。

「ガァッ」と玄が苦しそうに唸った。もがいているようにも見える。

「まだ大きくなってる……」

7m……。いや、それ以上だ。10mに達しているかもしれない。

巨大IASが気づいた。砲台跡から地響きを立てて向かってくる。

「玄、立って！」輪が叫んだ。

玄が上体を起こそうとする。踏ん張った足がぬかるんだ地面にめり込んだ。

「立つのよ！」

触手が伸びてきた。玄の腕に、首に、腹に巻き付く。玄が身をよじった。捕らえた獲物を吟味するように巨大IASが玄を眺めた。串刺しにしようと大きな前脚を振り上げる。その時、玄の足が動いて巨大IASの腹を蹴りつけた。玄の身体に巻き付いた触手が途中で千切れ、巨大IASは砲台跡まで飛ばされた。地鳴りがして土煙が舞い上がった。玄が立ち上がった。「オオオオオオッ！」と吼えた。

それは人と呼ぶにはあまりにもいびつな形をしていた。皮膚は肌色というより茶色に近く、体毛はない。代わりに鋭い棘《とげ》のような突起が後頭部から背中にかけて無数に生えている。身体の大きさを支える為か象のように巨大な足をしていた。全身からは絶え間なく水蒸気のような霧がまとわりついている。体熱が高く、雨粒が蒸発しているのかもしれない。喉から下が大きく盛り上がり、皮膚の上からでも心臓が脈打つのがはっきりと分かる。身体に比べて顔は極端に小さく鬼のように厳《いか》めしい。まるで怒りという感情が具現化されたようだった。

「これってＩＡＳじゃないんですか……」丹澤の声が震えている。

目の前の巨人は玄には見えない。人にも見えない。ＩＡＳと呼ぶ方が正しいくらいいびつな姿をしている。

「ジャイガンティスよ！」

巨大化した玄がジロリとこっちを見た。大きくて赤い目だった。巨大化した玄は輪を見つめ、自分の身体を確かめるように両手を広げた。瓦礫《がれき》に飛ばされた巨大ＩＡＳが身体を起こすと、「キーッ！」と啼いた。玄も「オオオオッ！」と吼えた。二体が向かい合った。

「ＩＡＳを倒して！」

言葉が通じたのかどうかは分からない。玄――ジャイガンティスは地響きを立てながら、巨大ＩＡＳの方へと突っ込んでいった。山猫のような小さな顔が牙を剝く。ジャイガンティスは大地を蹴ると、巨大ＩＡＳの腹部に飛びついた。そのままベリベリとＩＡＳの甲羅を引き剝がしていく。ＩＡＳが「キーッ！」と悲鳴のような啼き声を上げた。

「神話……」丹澤がスマホを向けたまま呟く。

神話か……。確かに。

それ以上の言葉が見つからない。今、目の前で繰り広げられている光景は、有史以前の世界、もしくは神々の世界、想像の世界の産物だ。巨大ＩＡＳとジャイガンティスが向かい合う。ジャイガンティスがＩＡＳの繰り出す触手を摑み、勢いよく引き千切った。触手から大量の体液が辺りに飛び散る。ジャイガンティスは高笑いするかのように大きく吼えると、ＩＡＳ本体に向かって突進した。大きな足で地面を蹴ると、そのままジャンプして激しい蹴りを食らわせた。巨大ＩＡＳが弾き飛ばされ、砲台跡に激突した。石垣が崩れ、大地が震える。立ち昇る土煙の中、ジャイガンティスはＩＡＳの背中に飛び乗ると、再び甲羅を引き剝がし始めた。腕の筋肉が大きく盛り上がる。とてつもない腕力だった。しかし、背後から迫った触手が首に、右手に巻き付いた。

「後ろに気を付けて！」

動きを封じられたジャイガンティスの背中に新たな触手が突き刺さった。「グアーッ」とジャイガンティスが叫び声を上げた。突き刺さった箇所から皮膚が黒ずみ始める。ジャイガンティスは左手で首の触手を摑むと、嚙みつき、引き千切った。右手の触手を外すと、背中に手を廻して突き立った触手を力任せに引き千切る。半ば交雑した触手の先端をジャイガンティスの皮膚が押し包んでいく。やがて自分の一部に変えてしまった。

「ＩＡＳの交雑するスピードを上回ってる……」

ＩＡＳが身体を震わせてジャイガンティスを地面に振り落とした。そのまま長い四肢を振って弾き飛ばした。ジャイガンティスは輪達がいる方とは反対側の森へと転がった。ジャイガンティスが立ち上がった時、その手には大木が握られていた。森の中から駆け出すと、身構えるＩＡＳの顔面を叩き伏せた。よろめく巨大ＩＡＳの太い前脚を摑み、力任せにへし折った。巨大ＩＡＳが悲鳴を上げて前のめりに倒れ込む。ジャイガンティスがＩＡＳの顔を摑んだ。両肩や腕の筋肉が大きく盛り上がり、身体が膨らんでいくかのように見えた。巨大ＩＡＳは身悶《みもだ》え、残る力を振り絞るようにして暴れた。口から体液と一緒に肉片を吐き出す。同時に触手を伸ばし、ジャイガンティスの身体に巻き付いてなんとか引き剝がそうとする。ジャイガンティスの全身に付着した体液と肉片はすぐに混合を始めた。それでもジャイガンティスは構わなかった。皮膚が焼けても、腹を刺されても、足を締め付けられても、巨大ＩＡＳの顔を摑んだ手を離そうとしない。最後の力を振り絞っているように見えた。

轟音と共に城壁の陰からオレンジ色の射線が伸び、ＩＡＳの腹部に着弾した。一発、二発、三発。永田達が撃っているのだ。巨大ＩＡＳが金切り声を上げた。ジャイガンティスはその隙を見逃さなかった。巨大ＩＡＳの顔を力任せに引きずり出していく。首の付け根から太い血管や粘膜のようなものが一緒についてきた。ジャイガンティスが更に引きずると、今度は別の顔が現れた。脊髄《せきずい》と同化した鳥のような馬のような奇妙な顔があった。真っ赤にただれたような目がジャイガンティスを睨みつけている。ジャイガンティスは地面に投げ捨てると、ゆっくりと足を上げた。渾身《こんしん》の力で顔を踏みつけた。骨が砕けるような鈍い音がして奇妙な顔が潰れた。ＩＡＳの身体が地響きを立てて地面に横たわる。ジャイガンティスは確かめるように身体を一度、二度と蹴りつけていたが、いきなりがくんと膝を折った。

「ハアァァァァァ」深い息をしている。とても苦しそうだ。やがて、前のめりに倒れ込んだ。

「玄！」輪は車椅子で駆け出すと、ジャイガンティスの顔の側で止まった。

「玄……」ともう一度呼びかけてみる。

ジャイガンティスの巨大な赤い瞳に輪が映った。

ジャイガンティスは二度、三度と瞬《まばた》きをして——目を閉じた。

Epilogue　二〇二一年十月十七日　眠れる巨人

混むことを予想して早めに出たが、拍子抜けするように道は空いていた。日曜日の午前中、秋晴れに恵まれた九州自動車道は見通しもよく、快適なドライブ日和だった。唯一の趣味である愛車のマスタングGTにも気持ちが伝わるのか、走るというより滑るように路面を走り続けている。V型8気筒エンジンの醸し出す音はどんな音楽より性に合っている。だから、車に乗る時はラジオもBGMも一切なしと決めていた。

「なんだか嘘みたいですね」

助手席に乗っている永田真唯子がポツリと言った。視線は窓の外に向けられたままだ。

「何がだ」

「何もかもです。あんなことがあったのに、世界は何も変わってない……」

対馬上陸作戦から一週間が過ぎた。

水陸機動連隊に代わり、西武方面隊が主導して住民の捜索と残存する索敵を空と地上から展開している。今のところ住民やIASが見つかったという報告はない。隊員と住民の遺体収容や不発弾処理班が出動してのIASの肉片回収と洗浄など、やることはまだ山のようにある。対馬の封鎖解除はもう少し先になるだろう。

先になると言えば、我々もそうだ。水陸機動連隊は壊滅的な打撃を受けた。死者・負傷者は合わせて百人を超える。これは自衛隊が創設されて以来の死傷者数だった。連隊を元の状態まで戻すにはかなりの時間がかかるだろう。

当然のことながら、政府は今回の件も情報を外には出していない。大多数の国民は何も知らず、いつもの日常を過ごしている。

「喉、渇きませんか」

言われてみれば少し渇いたような気もする。

「次のパーキングに入ろう」

永田は身体を捻って後部座席に手を伸ばすと、バッグの中から水筒を取り出した。

「いつも持ち歩いてるのか」

「はい」と永田は事もなげに返事をした。

「立派な職業病ですね」

永田は水筒の上蓋を外して中身を注ぐと、草香江に渡した。

「ほうじ茶です。熱いから気を付けてください」

上蓋に顔を寄せるとほうじ茶の香ばしい香りがした。ゆっくりと口に含むと、心地良い温かさが喉を伝わって身体の奥へと流れた。

「美味いな、これどこのだ？」

「ティーバッグです。近所のスーパーで買いました」

「ふふ」と永田が笑った。

「いいんだ。美味いものは美味い」

「ですね」

太宰府《だざいふ》ICで高速を降り、そのまま下道で春日方面に向かう。やがて福岡病院が見えてきた。海で漂流していた玄を見つけてから何度もここを訪れた。こんなに縁がある場所になろうとは夢にも思わなかった。駐車場に車を停めると、正面玄関ではなく北側にある警備センターから入った。永田の手には花が握られている。嶋津舞が駆け寄ってきた。

「インターンには日曜日もないのか？」

「草香江さんと永田さんがいらっしゃるって谷重先生から聞いたから。あ、先生は今――」

「知ってる」

谷重は東京にいる。防衛省防衛政策局戦略企画課のIAS検討部会に出席している。あまりのハードさに「俺もこのままじゃIASになっちまいそうだ」と弱音を吐いて電話してきた。

草香江は先を歩く舞に「対馬では大変だったな」と声をかけた。

「皆さんに比べたら私なんか……」

「嶋津さんが負傷者のヘリでの輸送を司令部に意見具申してくれたって聞いたわ。ありがとう。おかげでたくさんの命が救われた」

「いえ……」永田の言葉に舞は小さく首を振った。まるで、自分のしたことなど大したことでもないというように。そして、表情を曇らせた。

「まだ眠ったままなんです」

「あれから一度も目を覚ましてないのか」

「なんだか……最初の時と似てますよね」

最初は口を利こうとしなかった。今は眠っていて呼びかけにも反応しない。

舞は病室の前で立ち止まると、ドアを開けた。草香江は一瞬身を硬くした。車椅子に座った沙村輪がベッドの脇に寄り添っているのが見えた。

「私はこれで。お帰りになる前には声をかけてくださいね」

舞は一礼すると、今来た廊下を歩き去っていった。

「見てよ。血色いいでしょう」

輪が顎をしゃくる。ベッドで眠っている玄の肌艶は確かに普通に見えた。

「玄、聞こえてる？　あなたの大好きな人達が見舞いに来てくれたわよ」

輪が優しく呼びかけながら玄の身体を揺すった。

「呼吸器も何もついてないんですね」永田が棚の上に花を置きながら尋ねた。玄は顔にマスクもなければ、脈を測る線《コード》も管のようなものも出てない。

「自発呼吸もあるし、脈も体温も正常。ただ目を覚まさないだけ。冬眠してるみたいにね」

草香江は椅子に座って玄の顔を眺めた。永田が「玄くん」と名前を呼ぶ。微かな呼吸音と布団の上下運動がその生を示している。穏やかな寝顔に巨人の面影は何もなかった。

草香江にはまだ、あの時の巨人が玄だと信じられないでいる。幸いにして直に巨大化した玄を見たのは草香江、永田、長船、丹澤、沙村輪の五人のみだ。スマホで撮った丹澤の動画は上層部に没収され、行方が分からない。政府上層部は草香江達に厳しい制限をかけた。多くの者達は「巨大ＩＡＳは細胞が壊れ、突如内部崩壊を起こして死んだ」という説明を信じている。ＤＡＲＰＡがどういう考えなのかは分からない。

「何と言って謝ったらいいんだろうな」

草香江は玄の妹である美咲を守ることが出来なかった。

「ありのまま事実を伝えればいいと思うけど」と輪が答えた。

「ありのままか……」

「それしか出来ないもの」

自分がどれほど謝ったところで美咲が帰って来ることはない。輪の言う通り、正直に、包み隠さず伝えるのが一番なのかもしれない。

「私ね、なんであの時、巨人化が起きたのか、ずっと考えてるのよ」

「誘雷したからではないんですか」と永田が言った。

「一つはそれもあると思う。でも、それが直接の原因じゃない気がする。これは仮説だけど、玄は妹が喰われるところを見たんじゃないかって……」

「それはないでしょう。その時は仮死状態でしたから」

「そう、仮死状態だった。間違いなくね。でも、それは私達みたいな普通の人間の話。玄の鋭敏な感覚は生きていたのかもしれない。そうじゃないとあのタイミングで玄がジヤイガンティスになったことの説明がつかない。おそらく玄は喰われるところを目の当たりにした。その衝撃が引き金になって細胞が異常活性した。巨大IASの顔を引きずり出して、何度も踏みつけてたの、あなた達も見たでしょう？　あれはそういうことだったんじゃないかってね」

「そうだとしたら、あまりにも哀しい変身だ……」

「そうね。ほんとに。そりゃ目覚めたくもなくなるわよね……」

草香江のスマホが鳴った。表示を見ると丹澤からだった。

「中隊長、ちょっと大丈夫ですか」と早口で言った。

「見舞いに来てる。永田も一緒だ。沙村さんも」

輪がいることを告げ、それとなく話の内容には気を付けろと伝えたつもりだった。幾ら身近に接しているからといって、自分達とは別の組織の人間だ。

「見ていただきたいものがあるんです。一昨日、ニンジャが対馬で撮った画像です」

「なんでそんなものをお前が持ってるんだ」

「すぐに見てください」

丹澤は一方的に電話を切った。

「なんですか？」

「ニンジャが対馬で撮った画像を見てほしいそうだ」

「あの子、またやったんですね……」永田が溜息をついた。

「ちゃんと釘を刺さないと、そろそろ大変なことになりますね」

「それよりニンジャが撮った画像ってどんなの？」輪が急かすように言った。

「あなたに見せる義務はありません」

「そうかもね」

草香江のスマホが音を立てた。送られてきた画像をすぐに開いた。

「女の子……」思わず永田が呟く。「へぇ、まだ生存者がいたんだ」永田の言葉に輪が反応した。草香江は黙って写真を見つめた。

海辺だろうか。岸壁のような場所に座っている少女の後ろ姿だった。歳は十代くらいか、痩せており、長い髪をひとまとめにしている。まとめた部分が太陽の光に反射して輝いている。

「……ん」草香江が目を細めた。指を使って顔の部分をアップにした。ハッと息を飲んだ。

「どうかしましたか」

永田が異変を感じて眉をひそめた。

「いや、そんなはずは……」

草香江はもう一度画像を見た。

海を見つめている少女の後頭部には、砲台跡で美咲に手渡したバレッタが輝いていた。

本書は、二〇一九年五月、書き下ろし単行本として早川書房より刊行された『G-ジャイガンティス-』を、文庫化にあたって『GIGANTIS volume1 Birth』と改題し、大幅な加筆修正を行ったものです。

本文デザイン　三村　漢（niwa no niwa）

集英社文庫

GIGANTIS《ジャイガンティス》 volume《ボリューム》1 Birth《バース》

2021年9月25日　第1刷　　　定価はカバーに表示してあります。

著　者　小森陽一《こもりよういち》

発行者　徳永　真

発行所　株式会社 集英社
東京都千代田区一ツ橋2-5-10　〒101-8050
電話　【編集部】03-3230-6095
　　　【読者係】03-3230-6080
　　　【販売部】03-3230-6393（書店専用）

印　刷　株式会社 廣済堂

製　本　株式会社 廣済堂

フォーマットデザイン　アリヤマデザインストア　　マークデザイン　居山浩二

ISBN978-4-08-744298-4 C0193